ZETA

Título original: *Tender Rebel*
Traducción: Lilian Schmidt
Ante la imposibilidad de contactar con el autor de la traducción, la editorial pone a
su disposición todos los derechos que le son legítimos e inalienables.
1.ª edición: junio 2011

© 1988 by Johanna Lindsey
© Ediciones B, S. A., 2011
   para el sello Zeta Bolsillo
   Consell de Cent, 425-427 - 08009 Barcelona (España)
   www.edicionesb.com

Printed in Spain
ISBN: 978-84-9872-522-3
Depósito legal: B. 14.241-2011

Impreso por LIBERDÚPLEX, S.L.U.
Ctra. BV 2249 Km 7,4 Polígono Torrentfondo
08791 - Sant Llorenç d'Hortons (Barcelona)

Tierna y rebelde

JOHANNA LINDSEY

*Este libro está dedicado con amor
a todos mis lectores, con un agradecimiento
especial a aquellos que deseaban que
el tío Tony tuviese su propia historia.*

1

Inglaterra, 1818.

—¿Tienes miedo?

Roslynn Chadwick dejó de mirar por la ventanilla del carruaje, por la que había estado contemplando el paisaje durante una hora sin verlo realmente. ¿Miedo? Estaba sola en el mundo, sin tutor ni familiares. Iba camino de un futuro incierto, dejando a sus espaldas todo cuanto conocía. ¿Atemorizada? Estaba aterrorizada.

Pero Roslynn trataría de evitar que Nettie MacDonald lo supiera. Nettie ya estaba bastante inquieta; lo había estado desde que cruzaron la frontera inglesa la mañana anterior, si bien trataba de ocultarlo quejándose, según su costumbre. Hasta entonces, Nettie había estado alegre y despreocupada, incluso cuando cruzaron las tierras bajas de Escocia, que despreciaba. Nettie, que había sido una montañesa durante toda su vida, es decir durante cuarenta y dos años, nunca creyó que algún día debería abandonar sus bienamadas tierras bajas y además cruzar la frontera inglesa. Inglaterra. Pero era imposible dejar atrás a la querida Nettie.

Roslynn se esforzó por sonreír para complacer a su doncella y tranquilizarla.

—Oh, Nettie, ¿por qué habría de tener miedo? ¿Acaso no logramos salir subrepticiamente en medio de la noche? Geordie nos buscará en Aberdeen y Edimburgo durante semanas y jamás adivinará que nos hemos fugado a Londres.

—Seguramente —dijo Nettie, complacida por el éxito que habían tenido hasta ese momento y olvidándose momentáneamente de que experimentaba temor y disgusto hacia los ingleses. Mucho más profunda era su aversión hacia Geordie Cameron—. Y espero que ese maldito se asfixie con su propio malhumor cuando compruebe que lograste burlar sus detestables planes. Duncan no me agradaba, pero sabía qué era lo mejor para ti. Fue él quien contrató a ese excelente tutor para que no olvidaras tu verdadero idioma, especialmente ahora que estamos entre estos endemoniados ingleses.

Roslynn sonrió y decidió gastarle una broma.

—Cuando vea a un inglés, recordaré de inmediato mi verdadero idioma. No me negarás estos últimos momentos en que puedo hablar sin necesidad de pensar en cada palabra que pronuncio, ¿verdad?

—Bah. Sólo lo olvidas cuando estás alterada.

Nettie lo sabía. En ocasiones, Nettie conocía a Roslynn mejor que ella misma. Si bien Roslynn no estaba malhumorada, que era cuando comenzaba a hablar con el acento escocés que había aprendido de Nettie y de su abuelo, lo cierto era que estaba alterada, y con razón. Pero no lo suficiente para olvidar el auténtico inglés que le había enseñado su tutor. Roslynn suspiró.

—Espero que lleguen los baúles o nos veremos sin nada que ponernos. —Ambas habían partido con una sola muda de ropa para desorientar aún más a su primo Geordie, por si alguien las veía y lo informaba.

—Ese es el menos grave de tus problemas, niña. Fue un acierto traer a esa modista londinense a Cameron Hall para que te hiciera todos esos bonitos vestidos. El bendito Duncan pensó en todos los detalles; incluso hizo enviar los baúles con anticipación, uno por uno, para que Geordie no sospechara.

Y Nettie pensó que había sido divertido huir en plena noche, con las faldas recogidas y usando viejos pantalones de montar para que, a la luz de la luna, las confundieran con hombres. Lo mismo opinaba Roslynn. De hecho, era el único aspecto de toda esa locura del cual había disfrutado. Habían cabalgado hasta el pueblo más próximo, donde aguardaban el carruaje y su conductor, y debieron aguardar varias horas para asegurarse de que no las seguían antes de emprender el viaje. Pero habían sido necesarios todos esos inconvenientes y ocultamientos para burlar a Geordie Cameron. Por lo menos, así opinaba el abuelo.

Y Roslynn le creyó, sobre todo al ver la expresión de Geordie cuando se leyó el testamento del abuelo. Después de todo, Geordie era el sobrino nieto de Duncan Cameron, el nieto menor de su hermano y el único pariente masculino que aún vivía. Geordie había estado en todo su derecho al suponer que parte de la inmensa fortuna de Duncan sería para él, aunque sólo fuera una pequeña parte. Pero Duncan había legado todo su patrimonio a Roslynn, su única nieta: Cameron Hall, los molinos, todo. Y Geordie había realizado grandes esfuerzos para no dar rienda suelta a su indignación.

—No debió sorprenderse tanto —dijo Nettie al día siguiente de la lectura del testamento—. Sabía que Duncan lo odiaba; que lo culpaba de la muerte de tu querida madre. Por eso te cortejaba tan diligentemente durante todos estos años. Sospechaba que Duncan te lo dejaría todo. Y por eso, ahora que Duncan no está, hemos tenido que marcharnos tan deprisa.

No había tiempo que perder. Roslynn lo supo cuando Geordie volvió a pedirle que se casara con él después de la lectura del testamento, y ella volvió a rechazarlo. Esa misma noche, ella y Nettie se habían marchado. No era el momento de apenarse ni de arrepentirse de la promesa que le había hecho a su abuelo. Ya había sufrido bastante cuando dos meses antes se enteraron de que Duncan se moriría. Y, en realidad, su muerte fue un alivio, pues durante los últimos siete años se había estado debilitando y soportando dolores; sólo su empecinamiento escocés había logrado mantenerlo vivo durante tanto tiempo. No, no podía lamentar que su abuelo hubiera dejado de sufrir. Pero cómo extrañaría al querido anciano, que había desempeñado el papel de padre y madre para ella durante todos esos años.

—No llores por mí, niña —le había dicho unas semanas antes de morir—. Te lo prohíbo. Me has dedicado demasiados años y, cuando muera, no quiero que desperdicies ni un solo día más. Debes prometérmelo.

Una promesa más al anciano que amaba, que la había criado, reprendido y protegido desde que su hija había regresado a su hogar con una niña de seis años llamada Roslynn. ¿Qué importaba una promesa más, cuando ya le había hecho esa promesa fatal que ahora le provocaba tanta ansiedad? De todos modos, no había tenido mucho tiempo para apesadumbrarse; por lo menos la había cumplido.

Nettie frunció el entrecejo cuando vio que Roslynn miraba nuevamente por la ventanilla, pues sabía que estaba nuevamente pensando en Duncan Cameron. Desde que Roslynn llegó a Cameron Hall, disfrutaba provocando al viejo y feroz escocés, que lo aceptaba complacido. Ambas lo extrañarían, pero ahora debían pensar en muchas otras cosas.

—Nos estamos acercando a la posada —anunció Nettie, sentada en el asiento que daba hacia el frente del carruaje.

Roslynn se inclinó hacia delante para mirar por la ventana. El sol del atardecer iluminó su rostro y sus cabellos. Eran hermosos, de color dorado rojizo como los de Janet, su madre. Los cabellos de Nettie eran morenos y sus ojos eran de color verde apagado, como el de un lago sombreado por altos robles. Los ojos de Roslynn eran de un color similar: gris verdoso con reflejos dorados. Todos sus rasgos se asemejaban a los de Janet Cameron, antes de que huyera con su inglés. En realidad, Roslynn no se asemejaba en nada a su padre, ese inglés que había enamorado a Janet, convirtiéndola en una sombra de sí misma cuando él murió en ese trágico accidente. Janet ya nunca fue la misma y, un año después, ella también murió. Gracias a Dios, Roslynn había contado con el apoyo de su abuelo. La niña huérfana de siete años se adaptó perfectamente al anciano escocés, que satisfacía todos sus caprichos.

«Oh, estoy cometiendo el mismo error que ella al pensar en los muertos, cuando debería preocuparme por el futuro, tan incierto.»

—Esperemos que las camas sean más mullidas que las de anoche —dijo Roslynn cuando el carruaje se detuvo frente a la posada—. Es lo único que me entusiasma de Londres. Sé que Frances tendrá camas cómodas para nosotras.

—¿No te alegra volver a ver a tu mejor amiga después de tantos años?

Roslynn miró a Nettie, sorprendida.

—Por supuesto. Estoy ansiosa por verla. Pero las circunstancias no son las más propicias para un encuentro agradable, ¿no? Quiero decir que no tendré tiempo para visitas. Oh, ese Geordie —dijo, frunciendo el entrecejo—. Si no fuera por él...

—No hubieras hecho promesas y no estaríamos aquí, pero de nada vale quejarse ahora, ¿verdad? —replicó Nettie. Roslynn sonrió.

—¿Quién se quejaba anoche de la cama dura?

Nettie emitió un bufido, negándose a responder y urgiendo a Roslynn para que descendiera del coche cuando el conductor abrió la puerta y le extendió la mano para ayudarla a bajar. Roslynn rió y Nettie volvió a bufar, esta vez para sí misma.

«No eres tan anciana como para no poder soportar un poco de incomodidad, Nettie», pensó, contemplando el andar ágil de Roslynn que la hizo sentir mucho más mayor en ese momento. «Aunque la cama sea de piedra, esta noche no dirás una palabra. Así no te hará bromas.»

Pero luego Nettie sonrió, meneando la cabeza. Roslynn necesitaba bromear un poco para dejar de preocuparse por el futuro. «Aunque la cama sea muy blanda, será mejor que digas que es una roca. Hace mucho que no la oyes reír ni ves una expresión traviesa en sus ojos. Necesita hacer bromas.»

Cuando Roslynn se acercó a la posada, no advirtió la presencia de un joven de dieciséis años que estaba de pie sobre una banqueta encendiendo el farol que se hallaba sobre la puerta, pero lamentablemente él percibió la de ella. Al oír la risa de Roslynn, tan diferente de las que solía oír, miró por encima de su hombro y estuvo a punto de caer de la banqueta, azorado ante su aspecto. Parecía una llama encendida pues el sol del atardecer hacía refulgir sus cabellos rojizos. A medida que se acercaba, pudo distinguir los finos rasgos de su rostro ovalado de pómulos altos, nariz pequeña y labios carnosos. Cuando pasó por la puerta, el joven estiró el cuello para continuar mirándola, hasta que un sonido de desaprobación le hizo volver la cabeza y vio a la criada que con expresión severa lo miraba. El joven se sonrojó.

Pero Nettie se compadeció de él y no dijo nada. Sucedía dondequiera que fuesen, pues lady Roslynn Chadwick ejercía ese efecto en el sexo opuesto y ni los jóvenes ni los viejos parecían inmunes a su belleza. Y esta era la joven que andaría sola por Londres.

2

—¿Y te preguntabas quién era su sastre? —dijo despectivamente el honorable William Fairfax a su joven amigo—. Te dije que su sastre no tiene nada que ver con ello. Si deseas emularlo en algo, recoge el guante. Él ha estado en el asunto durante más de doce años.

El joven amigo de William, llamado Cully, se sobresaltó al oír el sonido del cuero rozando la piel, pero abrió los ojos. Los había cerrado momentos antes cuando aparecieron las primeras gotas de sangre en la nariz. Se estremeció al ver que ahora la sangre manaba en abundancia también de la boca y de la herida del arco superciliar.

—¿Te desagrada, Cully? —dijo William, sonriendo al ver la palidez de su amigo—. Imagino que a su contrincante también, por lo menos hoy. —Rió, pensando que sus palabras eran graciosas—. Si Knighton estuviera con él en el cuadrilátero, tendríamos a quien apostarle. Él fue quien lo entrenó. Pero Knighton, según dicen, hace diez años que no boxea. Aunque Malory está enardecido y eso iguala la situación.

Pero mientras contemplaban la pelea, junto con otros caballeros que rodeaban el cuadrilátero, sir Anthony Malory se relajó y miró ceñudamente al dueño del establecimiento deportivo.

—Demonios, Knighton, te dije que aún no estaba preparado. No se ha recuperado de la última vez.

John Knighton se encogió de hombros, pero sus ojos brillaban, divertidos, al mirar al enfadado pugilista a quien consideraba un amigo.

—No tuve noticias de otro que aceptara el reto, milord. Si permitiera que otro hombre ganara alguna vez, quizás hallaría quienes estuvieran dispuestos a pelear.

El comentario suscitó muchas risas. Todos los que estaban allí sabían que hacía una década que Malory no perdía una pelea ni permitía que nadie le sacara ventaja ni siquiera en las prácticas de boxeo. Estaba en óptimas condiciones; sus músculos eran perfectos, pero era su habilidad la que lo hacía tan extraordinario... e imbatible. Los promotores, entre ellos Knighton, darían cualquier cosa por hacerlo intervenir en una pelea profesional. Pero, para un libertino como Malory, el boxeo era tan sólo un ejercicio físico para mantenerse en buen estado y contrarrestar la vida disipada que llevaba. Sus visitas, tres veces por semana, a Knighton's Hall tenían para él la misma importancia que sus paseos matutinos a caballo por el parque. Sólo le proporcionaban placer.

La mitad de los caballeros que allí se encontraban eran también pugilistas que aguardaban su turno para subir al cuadrilátero. Algunos, como el honorable Fairfax, habían ido a contemplar a los expertos en acción, aunque ocasionalmente existía la oportunidad de hacer algunas apuestas. Otros pocos eran camaradas de Malory; solían asistir para ver cómo él derrotaba a sus contrincantes, escogidos por Knighton, y sabiamente se abstenían de competir con él.

Uno de ellos hizo una broma a Anthony. Casi de su misma estatura, pero más delgado, lord Amherst era un individuo sin prejuicios de vivaces ojos grises. Era de su misma edad, pero rubio, en tanto que Anthony tenía cabellos oscuros, y compartía con él los mismos intereses, especialmente las mujeres y el juego.

—Sólo lograrás que alguno de ellos lo haga con entusiasmo si conviertes en cornudo a algún joven corintio de tu fuerza y tamaño para que acepte el reto.

—Dada mi mala suerte, George —dijo Malory—, sólo lograría que escogiera un duelo a pistola y eso no es divertido.

George Amherst rió, pues si bien no todos sabían que Anthony era imbatible en el cuadrilátero, nadie ignoraba que era incomparable en el campo del honor. Incluso solía preguntar a sus retadores en qué lugar de su anatomía deseaban recibir la herida, lo que naturalmente los atemorizaba más aún.

Anthony nunca había matado a nadie en un duelo, dado que siempre se había batido por mujeres y pensaba que no valía la pena morir por ninguna de ellas, excepto por las que integraban su familia. Era soltero, pero sus tres hermanos mayores tenían hijos y, por ende, tenía sobrinos y sobrinas a quienes amaba mucho.

—¿Estás buscando competidores, Tony? Debiste llamarme. Sabes que siempre estoy dispuesto a complacerte.

George se volvió rápidamente, sorprendido al escuchar una voz que hacía diez años que no oía. Luego arqueó las cejas con incredulidad. En el vano de la puerta estaba James Malory, que indudablemente había envejecido pero que aún tenía el mismo aspecto peligroso de diez años atrás, cuando era el libertino más notorio de Londres. Alto, rubio y todavía apuesto. Dios, ¡era increíble! Luego George se volvió hacia Anthony para observar cómo reaccionaba ante la inesperada visita. Los dos hermanos habían estado muy unidos, ya que sólo había un año de diferencia entre ellos y ambos compartían los mismos intereses, si bien James era sin duda el más alocado; o al menos lo había sido. Pero luego James desapareció y aunque la familia no mencionó el motivo, los otros hermanos renegaron de él y ni siquiera lo mencionaban. Anthony no era una excepción. A pesar de que George había sido amigo íntimo de Anthony durante todos esos años, este nunca le había confiado por qué James había sido expulsado de la familia.

Pero, para sorpresa de George, Anthony no reaccionó mal. Su atractivo rostro no expresó emoción alguna. Había que conocerlo muy bien para percibir que ese brillo que asomaba a sus ojos de color azul cobalto denotaba placer y no furia.

Pero cuando habló, pareció dirigirse a su peor enemigo.

—James, ¿que mierda estás haciendo en Londres? Esta mañana debiste embarcarte.

James se limitó a encogerse de hombros.

—Hubo un cambio de planes, gracias al empecinamiento de Jeremy. Desde que conoció al resto de la familia ha sido imposible razonar con él. Seguramente ha tomado lecciones de manipulación con Regan, pues logró convencerme para que le permitiera finalizar aquí sus estudios, aunque no sé cómo lo hizo.

Anthony hubiera deseado reír al ver la expresión desconcertada de James, que había sido hábilmente manejado por un joven de diecisiete años, que más parecía hijo de Anthony que de James, y lo hubiera hecho si James no hubiera mencionado el nombre de Regan. Ese nombre siempre irritaba a Anthony, como a Jason y a Edward, sus hermanos mayores; y James lo sabía, por lo cual había empleado el nombre Regan en lugar de Reggie, que era como el resto de la familia llamaba a Regina Eden.

Mientras James hablaba se había adelantado, quitándose el abrigo para exhibir la camisa suelta que solía usar cuando capitaneaba el *Maiden Anne*. Dado que tenía toda la apariencia de complacer a Anthony en el cuadrilátero, Anthony se abstuvo de discutir sobre el nombre Regan, lo que hubiera iniciado una de las riñas habituales y habría puesto en peligro la oportunidad de boxear amistosamente con él.

—¿Eso significa que tú también te quedarás? —preguntó Anthony mientras James entregaba su abrigo a George y aceptaba los guantes que John Knighton le calzó con una sonrisa.

—Lo suficiente para dejar establecido al muchacho, supongo. Aunque Connie ha dicho que la única razón que teníamos para instalarnos en las islas era la de brindar a Jeremy un hogar.

Anthony no pudo evitar la risa.

—Dos viejos lobos marinos jugando a ser madres. Dios, cómo me hubiera agradado verlo.

—Yo en tu lugar no diría eso —dijo James, imperturbable—. Tú también hiciste de madre durante seis años todos los veranos, ¿verdad?

—De padre —corrigió Anthony—. O, mejor dicho, de hermano mayor. Me sorprende que no te hayas casado, como Jason, sólo para darle una madre a Jeremy. Claro que, considerando que Conrad Sharp está dispuesto a ayudarte a educar al muchacho, supongo que no lo creíste necesario.

James subió al cuadrilátero.

—Estás menospreciando a mi mejor amigo.

Anthony hizo una leve reverencia.

—De acuerdo. Pero, ¿quién se ocupará del muchacho mientras tú y Connie decidís regresar?

La derecha de James apuntó directamente al torso de Anthony, al tiempo que dijo:

—Tú.

Doblado en dos, Anthony trató de absorber el golpe y la respuesta. Las apuestas comenzaron. Finalmente había llegado alguien que parecía capaz de vencer al imbatible lord Malory. Malory era un poco más alto, pero el otro era más fornido y parecía estar en condiciones de abatir a cualquiera, incluyendo a Malory. E iban a tener el privilegio de contemplarlo. Sólo unos pocos sabían que eran hermanos.

Cuando Anthony recobró el aliento, miró ceñudamente

a James a causa del golpe por sorpresa, pero, respondiendo a sus palabras, preguntó:

—¿Yo? ¿Por qué he de ser el afortunado?

—El muchacho te escogió. Eres su ídolo... después de mí, naturalmente.

—Naturalmente —dijo Anthony y tomó a James desprevenido con un golpe de abajo hacia arriba que hizo retroceder a James. Mientras James movía la mandíbula, Anthony añadió—: Será un placer tenerlo conmigo, siempre que comprendas que no restringiré mis actividades como lo hice por Reggie.

Se acercaron el uno al otro, propinándose sendos golpes antes de que James respondiera:

—No lo pretendo, pues yo no lo he hecho. Es diferente cuando uno está a cargo de un joven. Por favor, ha estado frecuentando prostitutas desde que tenía catorce años.

Anthony se echó a reír, pero al hacerlo bajó la guardia y recibió un fuerte golpe en un lado de la cabeza. Pero reaccionó rápidamente y dio un puñetazo a James que lo elevó del suelo, a pesar de que James pesaba alrededor de doce kilos más que su hermano.

Anthony se mantuvo inmóvil, aguardando que su hermano se repusiera. Cuando James levantó la mirada, sonreía.

—¿Deseamos realmente quedar doloridos, Tony?

Anthony sonrió.

—No, sobre todo si podemos hacer algo más agradable y te aseguro que podemos. —Se acercó a su hermano y le rodeó el hombro con el brazo.

—Entonces, ¿cuidarás del muchacho hasta que comience la escuela?

—Me agradaría, pero, Dios mío, me harán toda clase de bromas. Cualquiera que vea a Jeremy creerá que es mi hijo.

—Por eso desea estar contigo —dijo James sonriendo y dejando ver sus blancos dientes—. Posee un endiablado

20

sentido del humor. ¿Qué te parece esta noche? Conozco un par de rameras...

—Rameras, por favor. Has sido pirata durante demasiado tiempo, capitán Hawke. Bien, conozco un par de damas...

3

—Pero, no comprendo, Ros —dijo lady Frances, inclinándose hacia delante—. ¿Por qué habrías de atarte a un hombre si no deseas hacerlo? Si estuvieras enamorada de él sería diferente. Pero hablas de casarte con alguien a quien aún no conoces.

—Frances, si no lo hubiera prometido, ¿crees que lo haría? —preguntó Roslynn.

—Quiero suponer que no; pero ¿quién podrá enterarse si no cumples la promesa? Tu abuelo está muerto y... —Frances se interrumpió al ver la expresión de su amiga—. Olvida lo que acabo de decir.

—Lo haré.

—Oh, pero creo que es lamentable —dijo Frances, suspirando enfáticamente.

Lady Frances Grenfell era una mujer notable desde todo punto de vista. Era menuda y no exactamente hermosa, pero muy atractiva, con sus cabellos rubios y sus oscuros ojos pardos. En un tiempo fue la joven más alegre y efervescente que Roslynn jamás había conocido, pero eso fue antes de que contrajera matrimonio con Henry Grenfell, siete años atrás. Ahora era formal, una matrona, aunque aún había momentos en que parecía la joven feliz de otras épocas.

—Ahora eres tan independiente como el que más —continuó diciendo Frances—. Posees muchísimo dinero y no debes dar cuenta de tus actos a nadie. Me llevó siete años de convivencia con un hombre al que no amaba para hallarme en tu misma situación, y aún tengo una madre que me regaña cuando hago la menor cosa que ella desaprueba. Aunque soy viuda y vivo sola con mi hijo, debo dar cuentas a alguien de mis actos. Pero tú, Roslynn, no debes preocuparte por nadie y sin embargo te ves obligada a entregarte a un hombre que se complacerá en coartar tu libertad, como lo hizo lord Henry conmigo. Y sé que no deseas hacerlo. Lo sé muy bien.

—Lo que deseo no importa, Frances. Importa lo que debo hacer.

—Pero, ¿por qué? —exclamó Frances, exasperada—. Eso es lo que deseo saber. Y no vuelvas a decirme que es porque se lo prometiste a tu abuelo. Si él lo consideraba tan importante, tuvo mucho tiempo como para casarte.

—En cuanto a eso —respondió Roslynn—, no había nadie con quien yo deseara casarme. Y el abuelo no me hubiera obligado a aceptar a quien no quisiera.

—¿En todos estos años no hubo nadie?

—Oh, detesto la forma en que dices «en todos estos años», Frances. No me recuerdes lo difícil que será para mí.

Frances la miró con asombro.

—¿Difícil? —Estuvo a punto de echarse a reír—. Bah, casarte a ti será lo más fácil del mundo. Tendrás tantos pretendientes que no sabrás qué hacer con ellos. Y nadie tendrá en cuenta tu edad. Dios mío, ¿no sabes lo increíblemente bella que eres? Y, como si eso no fuera suficiente, posees una fortuna digna de un banquero.

—Tengo veinticinco años, Frances —enfatizó Roslynn, como si hubiera dicho cien.

Frances sonrió.

—También yo y no me considero una anciana, gracias.

—Es diferente porque eres viuda. Has estado casada. A nadie le sorprendería que volvieras a casarte.

—No, a nadie, porque jamás lo haré.

Roslynn frunció el entrecejo ante la interrupción.

—Pero cuando me vean junto a todas esas jóvenes casaderas se reirán de mí.

Frances sonrió.

—Sinceramente, Ros...

—Es verdad. Yo misma me reiría de una solterona de veinticinco años que hiciera ese papel de tonta —dijo Roslynn con un bufido.

—Basta ya. Te aseguro; te juro, que tu edad no será un problema.

Roslynn no podía creerlo, a pesar de que lo deseaba. Lo disimuló, pero estaba al borde del llanto. Esa era la razón por la que la aterrorizaba la idea de buscar marido. Iba a ponerse en ridículo y no soportaba la idea.

—Pensarán que me pasa algo malo pues no me casé antes, Fran. Sabes que será así. Es propio de la naturaleza humana.

—Lo comprenderán perfectamente cuando sepan que has pasado los últimos seis años cuidando de tu abuelo y te alabarán por ello. Además, la edad es el menor de tus problemas. Y has evitado responder a mi pregunta, ¿no es así?

Roslynn rió al ver la expresión severa de su amiga, con esa risa cálida y ronca, tan propia de ella.

Ella y Nettie habían llegado a la casa de la calle South Audley la noche anterior, muy tarde, y las dos amigas no habían tenido oportunidad de conversar hasta esa mañana. Era una vieja amistad que había sobrevivido doce años, con una sola visita en los últimos diez, cuando Frances llevó a su hijo Timmy a las tierras altas de Escocia, cuatro años atrás.

Roslynn tenía otras amigas en Escocia, pero ninguna tan íntima como Frances ni a la que pudiera confiar todos sus secretos. Se habían conocido cuando tenían trece años, cuando el abuelo la había enviado a la escuela para convertirla en una dama, pues decía que se estaba convirtiendo en una joven salvaje, sin noción alguna de su condición social; lo cual era verdad aunque ella no siempre lo considerase justo.

Roslynn había durado dos años en la escuela y luego había sido expulsada y enviada de regreso a Cameron Hall por su «comportamiento incorregible». El abuelo no la reprendió. En realidad, la había extrañado mucho y se alegró de tenerla nuevamente a su lado. Pero contrató a una excelente maestra para que continuara la educación de Roslynn, y ninguna de las travesuras de la niña logró ahuyentar a la señorita Beechham; el abuelo le pagaba demasiado.

Pero durante esos dos años que pasó en Inglaterra, Frances y Roslynn se volvieron inseparables. Y si no se hubiera enamorado a los dieciocho años, hubiera compartido el amor de Frances a través de sus cartas. Por intermedio de Frances, supo cómo era estar enamorada. Por intermedio de Frances, también supo cómo era tener un marido al que no se amaba. Y aunque no había tenido niños, sabía todo lo relativo a ellos, por lo menos lo relativo a un hijo, porque Frances había compartido con ella todas las fases de la evolución de Timmy.

Roslynn también había compartido con su amiga todas sus experiencias a través de sus cartas, si bien la vida en las tierras altas no había sido muy emocionante. Pero los últimos meses no había querido preocupar a Frances con los temores del abuelo, de modo que no le había hablado de Geordie. ¿Y cómo decírselo ahora? ¿Cómo hacerle comprender que no se trataba de la manifestación senil de un anciano, sino de una situación realmente peligrosa?

Roslynn decidió comenzar por el principio.

—Frances, ¿recuerdas que te dije que mi madre se ahogó en el lago Etive cuando yo tenía siete años?

—Sí; fue un año después de la muerte de tu padre, ¿verdad? —dijo Frances, dando una suave palmada sobre su mano.

Roslynn asintió, tratando de no recordar su desolación a causa de ambas muertes.

—El abuelo siempre culpó a su sobrino nieto Geordie por la muerte de mi madre. Geordie era un niño perverso, que siempre maltrataba a los animales y provocaba accidentes que lo divertían. En esa época tenía sólo once años, pero ya había sido la causa de que uno de nuestros palafreneros se quebrara una pierna, que la cocinera sufriese una quemadura grave y que hubiese que sacrificar un caballo, sin contar las cosas que había hecho en su propia casa y de las cuales no nos enteramos. Su padre era primo de mi madre y, cuando nos visitaba, siempre traía a Geordie. El día en que se ahogó mi madre, hacía una semana que estaban de visita.

—Pero, ¿cómo pudo provocar la muerte de tu madre?

—Nunca hubo pruebas, Frances. Aparentemente, el barco que tomó zozobró y, como era invierno y ella estaba muy abrigada, no pudo nadar hasta la orilla.

—¿Qué estaba haciendo en el lago en invierno?

—Había crecido junto al lago. Era natural para ella estar en el agua. Le encantaba; en verano nadaba diariamente y recorría las orillas de ambas márgenes. Prefería remar a viajar en coche o cabalgar, por hostil que fuera el clima. Y poseía su propio bote de remos, fácilmente maniobrable. Yo también, pero nunca me permitían salir sola en él. Pero, de todos modos, a pesar de ser una excelente nadadora, ese día no llegó a la orilla.

—¿Nadie la ayudó?

—Nadie vio lo ocurrido. Ese día ella había planeado cruzar el lago, de manera que es probable que el bote se hundiera en el medio. Varios días después, uno de los granjeros dijo al abuelo que a comienzos de esa semana había visto a Geordie en el sitio donde se guardaban los botes. Si Geordie no hubiera sido tan propenso a causar accidentes, el abuelo no le hubiera dado importancia. Pero Geordie pareció tan afectado como yo por la muerte de mi madre, lo cual era muy sorprendente, pues ni mi madre ni yo le agradábamos.

—¿De modo que tu abuelo creyó que Geordie había dañado el bote?

Roslynn asintió.

—Quizás hizo algo para provocar una lenta inundación en el barco. Era la clase de cosa que divertía a Geordie: provocar que los demás se mojasen y hacer perder un buen bote. Si lo hizo, creo que fue una travesura de mal gusto. No creo que tuviera la intención de matar a nadie; sólo deseaba que se mojase y se enfadase. No pudo saber que mi madre se alejaría tanto de la orilla. No cruzaba el lago con frecuencia.

—Aun así...

—Sí; aun así... —dijo Roslynn, suspirando—. Pero el abuelo nunca fue capaz de probarlo, de modo que nada pudo hacer. El bote jamás apareció y no pudo saberse si había sido dañado. Después de eso, el abuelo nunca confió en Geordie; cuando venía a la casa, lo hacía vigilar por alguno de los criados. Lo odiaba, Frances. No podía decir al padre de Geordie cuáles eran sus sospechas, ni negarle la entrada a la casa. Pero juró que Geordie jamás recibiría nada de él. Cuando murió el padre de Geordie le dejó una pequeña herencia. El abuelo sabía que Geordie envidiaba su fortuna, pero el abuelo lo recibió porque era el hijo mayor y heredó la fortuna de los Cameron. Y, cuando Geordie pidió al abuelo mi mano, supo que lo hacía por interés.

—Te desvalorizas al decir eso, Ros. No sólo tienes dinero.

Roslynn hizo un gesto, como restando importancia a sus palabras.

—El hecho es que a Geordie nunca le había agradado, Frances, ni siquiera cuando nos hicimos adultos. Y el sentimiento era mutuo. Él me envidiaba porque yo era la parienta más cercana del abuelo. Pero cuando murió su padre y supo que su herencia no sería muy grande, se tornó súbitamente encantador conmigo.

—Pero lo rechazaste —dijo Frances.

—Naturalmente. No soy una tonta y percibí claramente que sus lisonjas eran falsas. De cualquier modo no desistió. Continuó fingiendo que me amaba, aunque yo veía el odio en sus ojos azules.

—Bien, aunque me haya enterado de todo ello, no comprendo por qué debes casarte tan deprisa.

—Al morir el abuelo, he quedado sin protección. No la necesitaría si no fuera por Geordie. Él me ha pedido que me case con él en muchas ocasiones. Es evidente que desea la fortuna de los Cameron y que hará cualquier cosa para obtenerla.

—Pero, ¿qué puede hacer?

Roslynn hizo un gesto de fastidio.

—Creí que nada. Pero el abuelo sabía más que yo.

Frances, inquieta, dijo:

—El dinero no caería en manos de Geordie si algo te ocurriera, ¿verdad?

—No; el abuelo tomó los recaudos necesarios para que eso no suceda. Pero Geordie puede obligarme a casarme con él si me atrapa. Existen modos, por medio de drogas o golpes e incluso con la intervención de un cura sin escrúpulos y no se firmaría el contrato matrimonial que el abuelo redactó para mí. Geordie controlaría todo si pudiera y, como dije antes, podría hacerlo si me atrapa. Cuando lograra casarse conmigo, ya no sentiría interés por mí. Es más; no se atrevería a tenerme a su lado por temor a que yo dijera qué había hecho.

Frances se estremeció, a pesar de que era una tibia noche de verano.

—No estás inventando todo esto, ¿no?

28

—Desearía que fuese así, Frances. El abuelo siempre esperó que Geordie se casara, pero no lo hizo. El abuelo sabía que aguardaba que yo me quedara sola, para que nadie protestara si me obligaba a casarme con él. Y es demasiado robusto como para que yo pueda luchar contra él, aunque soy hábil en el manejo del puñal y llevo uno dentro de mi bota.

—No lo dices seriamente.

—Oh, sí. El abuelo se aseguró de que supiera usarlo. Pero, ¿de qué me serviría un pequeño puñal si Geordie contratara a alguien para secuestrarme? Ahora sabes por qué debí abandonar Escocia tan deprisa y por qué estoy aquí.

—Y por qué deseas un marido.

—Sí, también eso. Una vez que me haya casado, Geordie nada podrá hacer. El abuelo me obligó a prometerle que me casaría lo antes posible. Lo planeó todo, incluso mi huida. Antes de buscarme aquí, Geordie recorrerá Escocia, de modo que tengo tiempo para escoger marido, pero no mucho.

—Demonios, no es justo —dijo Frances, apenada—. ¿Cómo puedes enamorarte tan deprisa?

Roslynn sonrió, recordando la seria advertencia de su abuelo:

—Primero protégete, niña, con una alianza en tu dedo. Más tarde, podrás hallar el amor. —Ella se había sonrojado al comprender el significado de sus palabras. Pero también le dijo—: Naturalmente, si encuentras el amor, no lo rechaces. Aférrate a él, pues podría resultar bien y no tendrás necesidad de buscarlo después.

El abuelo también le había dado consejos respecto del hombre al que debía escoger.

—Dicen que los libertinos son buenos maridos, siempre que una joven bonita conquiste su corazón (no sus ojos; su corazón). Ya han tenido muchas aventuras, de modo que están dispuestos a tener un matrimonio estable.

Pero Roslynn le había dicho que se decía que los libertinos nunca dejan de serlo. Ese consejo de su abuelo no la convenció.

—¿Quién ha dicho eso? Si es así, será porque no se ha enamorado. Enamóralo, niña y no te arrepentirás. Aunque no me refiero a los jóvenes. Deberás hallar a un hombre que tenga la edad suficiente como para que ya no desee vivir más aventuras amorosas. Pero tampoco querrás un hombre fatigado. Ten cuidado con eso.

—¿Y cómo distinguiré la diferencia entre uno y otro?

—Por sus sentimientos. Si puedes excitarlo (y deja de sonrojarte, niña). Excitarás a muchos hombres jóvenes y también a muchos libertinos. Tendrás muchos entre los cuales podrás escoger.

—Pero no deseo un libertino —había insistido ella.

—Lo querrás —dijo Duncan—. Son irresistibles. Pero asegúrate de que te ponga el anillo antes de...

—¡Abuelo!

Él bufó ante su exclamación.

—Si no te lo digo yo, ¿quién lo hará? Debes saber cómo manejar a un hombre así.

—Con el dorso de la mano.

Él rió.

—Vamos, pequeña, no eres razonable con respecto a esto —se burló—. Si el hombre te atrae y conquista tu corazón, ¿lo ignorarás sólo porque es un libertino?

—Sí.

—¡Pero acabo de decirte que son los mejores maridos! —había gritado al verla tan obstinada—. Y deseo lo mejor para ti, aunque no tendrás mucho tiempo para hallarlo.

—¿Cómo diablos lo sabes, abuelo? Dímelo, por favor. —No estaba enfadada; sólo confundida. El abuelo no sabía que ella ya tenía información acerca de los libertinos a través de Frances y, según su criterio, debía huir de ellos como de la peste.

—Yo lo fui, y no te sorprendas tanto. Había conquistado mujeres durante dieciséis años cuando me casé con tu abuela, y le fui fiel hasta el día de su muerte.

Una excepción. No era suficiente para que Roslynn cambiara de idea respecto de esa clase de caballeros. De cualquier modo se abstuvo de decírselo a Duncan. Dejó que creyera que la había convencido. Pero era un consejo que no pensaba seguir y sobre el que no había hecho promesa alguna.

En relación con la pregunta que Frances le había hecho acerca del amor, Roslynn se encogió de hombros y dijo:

—Si no sucede de inmediato, no sucede. Se sobrevive a ello.

Frances frunció el entrecejo.

—Yo no tuve alternativa.

—Lo lamento. No debí recordártelo. Pero, en lo que a mí respecta, preséntame un individuo atractivo que no sea muy mujeriego y lo aceptaré. Si considero que puede agradarme, será suficiente. —Luego sonrió—. Después de todo, cuento con el permiso de mi abuelo, incluso con la sugerencia de que puedo buscar el amor más adelante si no lo hallo en mi matrimonio.

—El... ¿lo harías?

Roslynn se echó a reír al ver la expresión escandalizada de su amiga.

—Déjame hallar un marido antes de pensar en un amante. Ruega que ambos sean la misma persona.

4

—¿Y bien, muchacho? ¿Qué tonterías piensas ordenar? ¿Te satisface? —Anthony estaba apoyado indolentemente contra el marco de la puerta contemplando a Jeremy, que examinaba su nueva habitación con evidente satisfacción.

—Demonios, tío Tony, yo...

—Detente —dijo Anthony frunciendo el entrecejo—. Puedes llamar tío a mis hermanos, pero te agradeceré que a mí me llames simplemente Tony.

Jeremy sonrió. No estaba intimidado en absoluto.

—Es espléndido, Tony. La habitación, la casa, tú. No puedo agradecerte lo...

—Pues no lo hagas, por favor —dijo Anthony—. Y antes de que continúes alabándome debo advertirte que pienso corromperte, mi querido muchacho. Tu padre se lo merece por dejarte a mi cargo.

—¿Lo prometes?

Anthony tuvo que reprimir la risa. El joven le había creído.

—No. Por Dios, ¿crees que deseo que Jason me mate? De hecho montará un escándalo cuando sepa que James te ha enviado a mi casa, en lugar de alojarte en la suya. No, te presentaré a ese tipo de mujeres que tu padre ha olvidado que existe.

—¿Similares a Regan?

Anthony frunció el entrecejo seriamente.

—Tú y yo nos llevaremos bien siempre que no pronuncies ese nombre. Maldición, eres como tu padre...

—Bueno, no puedo permitir que hables mal de mi padre, tío Tony —dijo Jeremy muy seriamente.

Anthony avanzó y acarició los cabellos negros del joven, tan semejantes a los suyos.

—Compréndeme, cachorro. Amo a tu padre. Siempre lo he amado. Pero lo atacaré siempre que me plazca. Fue mi hermano antes de ser tu padre y no necesito que tú lo defiendas. De modo que tranquilízate. No hablaba en serio.

Jeremy, apaciguado, rió.

—Rega... Reggie dijo que no eras feliz a menos que riñeras con tus hermanos.

—¿Ah, sí? Esa mujer siempre ha sido una sabelotodo —respondió Anthony cariñosamente—. Hablando de ella, me ha enviado una nota hoy. Parece que está en la ciudad sin su vizconde y necesita un acompañante para un baile esta noche. ¿Te agradaría la tarea?

—¿Yo? ¿Lo dices en serio? —preguntó Jeremy, muy emocionado.

—Por qué no. Sabe que no soporto esas fiestas y no me hubiera hablado de ello si hubiera otra persona disponible. Pero Edward ha llevado a su familia a Haverston esta semana para visitar a Jason y Derek también está allí, de modo que sólo quedamos tú y yo. Somos los únicos Malory de la ciudad a los que puede persuadir, a menos que transmitamos la tarea a tu padre. Siempre que lo hallemos a tiempo. Puede que permanezca aquí esta semana, pero dijo algo respecto de reunirse con una vieja amiga...

—Sarah —dijo Jeremy, y sus ojos azules brillaron—. Trabaja en una taberna de...

—No me abrumes con detalles.

—De todos modos, no iría a un baile, ni siquiera para

acompañar a su sobrina favorita. Pero a mí me fascinaría. Incluso poseo la ropa adecuada. Y sé bailar. De verdad. Connie me enseñó.

Anthony estuvo a punto de echarse a reír.

—¿Lo hizo? ¿Quién conducía a quién?

Jeremy sonrió.

—Nos alternábamos. Pero he practicado con las rameras y no se han quejado.

Anthony no tenía la intención de preguntar qué otros tipos de prácticas había realizado, pues podía imaginarlas. Era obvio que tenía demasiados contactos con los desagradables amigos de su padre. ¿Qué haría con ese pícaro encantador? Algo debía hacer, pues Jeremy, gracias a su padre, carecía de virtudes sociales. Un caballero pirata (ya retirado) y un libertino desacreditado: dos buenos ejemplos para imitar. Quizá debiera entregar el joven a sus primos cuando regresaran a Londres, para que le enseñaran los rudimentos.

—Estoy seguro de que Reggie estará encantada de bailar contigo, muchacho, pero si dices que es una ramera, la emprenderá a golpes contigo. Y te conoce bien, de modo que se alegrará de que la acompañes. Tengo entendido que le agradas.

—Así es. Le caí simpático el día del secuestro.

—¿Debes recordármelo? Y sólo cuando supo quién eras te tomó simpatía. Dios mío, cuánto trabajo se tomó James para vengarse del vizconde, para luego descubrir que Reggie se había casado con él.

—Bueno, eso cambió todo.

—Naturalmente. Pero no debió arrastrarte en su deseo de venganza.

—Se trataba de una cuestión de honor.

—Ah, de modo que también sabes de cuestiones de honor, ¿no? —dijo secamente Anthony—. Entonces supongo que aún hay esperanzas para ti... siempre que eliminemos a las «rameras» de tu vocabulario.

Jeremy se sonrojó levemente. No era culpable de haber pasado los primeros años de su vida en una taberna, hasta que su padre descubrió su existencia y se ocupó de él. Connie, el primer compañero y mejor amigo de James, corregía su lenguaje. Ahora aparecía otro dispuesto a corregirlo.

—Quizá no sirva para acompañar...

—No vuelvas a tomar tan seriamente todo cuanto digo. —Anthony meneó la cabeza—. ¿Acaso te hubiera sugerido que acompañaras a mi sobrina favorita si no te creyera capaz?

Jeremy frunció el entrecejo, pero por otro motivo.

—No puedo hacerlo. Demonios, ¿en qué estaría pensando? Por supuesto que no puedo. Si se tratara de otra persona... pero no. No puedo.

—¿Qué diablos estás diciendo?

Jeremy lo miró fijamente.

—No puedo llevarla al baile si yo seré el único que la proteja. ¿Qué ocurrirá si la asedia alguien como tú?

—¿Como yo? —Anthony no sabía si reír o estrangular al mozalbete.

—Sabes a qué me refiero, Tony, alguien que no acepte negativas. No se trata de que no atacaría al que se atreviera...

—Pero, ¿quién se dejaría impresionar por un joven de diecisiete años? —dijo Anthony, frunciendo el entrecejo—. Maldición, no soporto estos condenados asuntos. Nunca he podido ni podré. Pero estás en lo cierto. Supongo que deberemos llegar a un pacto. Tú la acompañarás y yo la vigilaré. Creo que el salón de baile Crandal está frente a un jardín, de modo que podré hacerlo sin aparecer directamente. Ello satisfará aun a su sobreprotector marido. ¿Te parece bien, joven Galahad?

—Sí, siempre que sepa que estás allí y que intervendrás si surgen problemas. Pero, demonios, Tony, ¿no te aburrirás toda la noche allí afuera en el jardín?

—Seguramente, pero supongo que puedo soportarlo

por una noche. No sabes cuál sería la alternativa si apareciese en una de esas reuniones, y no hagas preguntas al respecto. Es lo que envenena mi vida, pero es la vida que escogí, de modo que no me quejo.

Y después de ese críptico comentario, Anthony dejó a Jeremy a solas en su nueva habitación.

5

—Y bien, querida, ¿me crees ahora? —murmuró Frances, acercándose a Roslynn por detrás. Roslynn estaba rodeada por un círculo de admiradores que no la habían dejado ni un instante a solas desde que llegó al baile, el tercero en tres días.

Si alguien hubiera oído la pregunta, la habría considerado perfectamente inocente. Si bien la mirada de los caballeros presentes retornaba continuamente a Roslynn, que llevaba un vestido de raso color verde azulado, en ese momento estaban discutiendo amistosamente una carrera que tendría lugar al día siguiente. Ella había comenzado el tema para interrumpir la discusión previa, sobre quién bailaría con ella a continuación. Estaba fatigada de bailar, especialmente con lord Bradley, que aparentemente tenía los pies más grandes que existían a ese lado de la frontera escocesa.

Afortunada o lamentablemente, Roslynn no necesitó que Frances le explicara la pregunta. Frances la había formulado con mucha frecuencia en el transcurso de los últimos días, encantada de haber estado en lo cierto respecto de la acogida que tendría y de que Roslynn hubiera estado equivocada. Disfrutaba del éxito de Roslynn como si fuera propio.

—Te creo —suspiró Roslynn, con la esperanza de que fuera la última vez que lo diría—. Te aseguro que sí. Pero ¿cómo habré de escoger entre tantos?

Frances le dijo en un aparte:

—No necesitas escoger a ninguno de ellos. Acabas de comenzar la cacería. Hay otros a los que aún no conoces. No tomarás una decisión a ciegas, ¿verdad?

—No, naturalmente; no tengo la intención de casarme con un perfecto extraño. Bueno, lo será en cierto modo, pero trataré de averiguar todo lo que pueda acerca de él. Deseo conocer a mi presa lo mejor posible para evitar errores.

—Tu presa, por Dios —dijo Frances poniendo los ojos en blanco con gesto dramático—. ¿Es así como lo consideras?

Roslynn volvió a suspirar.

—Oh, no sé, Frances. No importa cómo se mire, parece algo tan calculado y frío, especialmente cuando ninguno de los que he conocido me ha traído ni siquiera un poco. He de comprarme un marido. Esa es la verdad. Y si esto es todo cuanto hay para escoger, tengo la impresión de que no me agradará mucho el individuo. Pero en tanto cumpla los otros requisitos...

—Bah —dijo Frances con severidad—. Te estás dando por vencida cuando la búsqueda apenas ha comenzado. ¿Por qué estás tan deprimida?

Roslynn hizo una mueca.

—Son tan jóvenes, Frances. Gilbert Tyrwhitt no tiene más de veinte años y Neville Baldwin no es mucho mayor. El conde es de mi edad y lord Bradley tiene muy pocos años más que yo, aunque actúa como si aún fuera un colegial. Esos otros dos no son mejores. Maldición, me hacen sentir tan anciana. Pero el abuelo me previno. Dijo que debía buscar un hombre mayor, pero ¿dónde están? Y si me dices que todos están ya casados, me pondré a gritar.

Frances rió.

—Ros, te estás apresurando. Existe una buena cantidad de caballeros distinguidos; algunos son viudos, otros solteros que seguramente desearán dejar de serlo cuando te conozcan. Pero seguramente deberé señalártelos, porque estos jovenzuelos probablemente los intimidan. Después de todo, eres un gran éxito. Si deseas un hombre mayor, deberás alentarlo un poco; hacerle saber que estás interesada en él... bueno, tú sabes qué quiero decir.

—Por Dios, Frances, no tienes por qué ruborizarte. No me importa tomar iniciativas cuando es necesario. Incluso estoy dispuesta a exponer mi caso y proponerle matrimonio. No arquees las cejas. Sabes que lo digo en serio y que lo haré si es preciso.

—Sabes muy bien que te será incómodo ser tan audaz.

—Quizá lo sería en circunstancias normales. Pero en estas, no tengo muchas alternativas. No tengo tiempo para perderlo en un noviazgo formal, ni para aguardar a que se presente el hombre adecuado. De modo que indícame cuáles son los candidatos más experimentados y te diré a cuáles deseo que me presentes. Ya he tenido suficiente con estos mozalbetes.

—Bien —dijo Frances, mirando a su alrededor—. Allá, junto a los músicos, el más alto. No recuerdo su nombre, pero tengo entendido que es viudo y tiene dos niños; no, tres. Debe tener unos cuarenta y uno o cuarenta y dos años y me han dicho que es muy agradable. Tiene una gran propiedad en Kent, donde viven sus hijos, pero prefiere la vida de la ciudad. ¿Se acerca más a lo que deseabas?

Roslynn sonrió ante el sarcasmo de Frances.

—Oh, no está mal. Me agradan sus sienes canosas. Ya que no puedo tener amor, exijo al menos una buena presencia, y es apuesto, ¿verdad? Sí, puede ser. ¿Quién más?

Frances la miró, disgustada, pues tuvo la sensación de estar en un mercado escogiendo mercancía selecta, aunque Roslynn no opinara lo mismo. Era desagradable la manera práctica y desaprensiva con que Roslynn encaraba el asunto. Pero en realidad no era así. La mayoría de las mujeres tenían un padre o un tutor que se ocupaba de esas cuestiones, en tanto ellas se preocupaban tan sólo de las felices fantasías del amor eterno o, en los casos desdichados, de la ausencia del amor. Ros no tenía a nadie que se ocupara de las realidades del matrimonio, de modo que debía afrontarlas por sí misma, incluyendo los acuerdos financieros.

Más consustanciada con la situación, ya que luchar contra ella era inútil, Frances señaló otro caballero y luego otro más. Después de una hora, Roslynn ya los conocía a todos y había confeccionado una lista más restringida, más aceptable desde el punto de vista de la edad. Pero los jovenzuelos insistían en asediarla y en bailar con ella una y otra vez. Si bien su popularidad contribuyó en gran parte a disminuir su ansiedad, también se estaba convirtiendo en una molestia.

Habiendo vivido largo tiempo recluida con su abuelo y los criados a quienes conocía desde toda la vida, Roslynn había tenido muy poco contacto con caballeros. Los que conocía estaban habituados a ella, y los que no conocía, no los trataba. A diferencia de Nettie, que percibía cuanto ocurría a su alrededor con rapidez y notaba el efecto que causaba Roslynn sobre el sexo opuesto, Roslynn era demasiado circunspecta socialmente y no prestaba atención a lo que sucedía en torno de ella. No era sorprendente que asignara tan poca importancia a su belleza, que a ella nunca le pareció fuera de lo común, y tanta a su edad, que consideraba inadecuada para sus propósitos y que influía solamente sobre su condición de heredera que debía encontrar marido con rapidez.

Había llegado a la conclusión de que, dada su edad avanzada, comparada con la de otras jóvenes casaderas, debía conformarse con individuos sin perspectivas, e incluso con algún aventurero jugador o algún lord arruinado económicamente. Y aunque se firmara un contrato matrimonial que le permitiera controlar la mayor parte de su fortuna, sería generosa. Podía serlo. Era tan rica que le producía incomodidad.

Pero después de la primera fiesta a la que asistió con Frances, se vio obligada a reconsiderar su situación. Había descubierto que toda clase de caballeros mostraban interés en ella, aunque no conocían el monto de su fortuna. Naturalmente, sus vestidos y joyas hablaban por sí mismos, pero el conde acaudalado ya la había visitado en la casa de la calle South Audley, al igual que el desagradable lord Bradley. Los hombres mayores que figuraban en su lista tampoco eran pobres, y todos parecían muy halagados por el interés que ella les demostraba. Pero ¿estarían dispuestos a casarse con ella? Eso aún no se sabía. La primera preocupación de Roslynn era averiguar algo más acerca de ellos. No deseaba recibir sorpresas desagradables después de casarse.

En ese momento necesitaba un confidente y consejero; alguien que hubiera conocido a esos hombres durante varios años y la ayudara a reducir su lista. Frances había vivido muy recluida y protegida desde que enviudó y no podía serle útil en ese sentido. Personalmente, sólo conocía a los amigos de su marido y no podía recomendar a ninguno. Los hombres que había presentado a Roslynn esa noche eran simples conocidos, sobre los que tenía una información muy vaga.

Las habladurías podrían ayudar, pero no eran fiables, pues los antiguos chismes eran reemplazados por otros más recientes y no serían útiles en ese caso. Si Roslynn tuviera otras amigas en Londres, pero Frances era la única.

Ninguna de ellas pensó en la posibilidad de contratar los servicios de alguien que hiciera las averiguaciones pertinentes sobre sus candidatos. Y aunque se les hubiera ocurrido, no habrían sabido cómo hallar a esa persona. Y además, habría sido demasiado simple. Desde el comienzo, Roslynn había supuesto que la búsqueda de un marido sería un asunto difícil. Suponía que le provocaría grandes angustias, porque no contaba con el tiempo necesario para tomar una decisión cuidadosamente meditada.

Por lo menos, esa noche estaba haciendo progresos, lentos pero efectivos. Sir Artemus Shadwell, el viudo de las sienes canosas, había afrontado a los petimetres y la había invitado a bailar. Lamentablemente, no fue una danza propicia para la conversación y sólo pudo averiguar que tenía cinco niños de su primer matrimonio (y no tres, como había dicho Frances) y que no tenía interés en formar una nueva familia si alguna vez se casara nuevamente. Ella hubiera deseado saber cómo haría para evitarlo, pero él lo había afirmado rotundamente.

Era una pena, ya que Roslynn deseaba tener niños cuando se casara. Era lo único que la entusiasmaba del matrimonio. Deseaba tener hijos; no muchos, pero sí dos o tres, o cuatro y eso estaba decidido. Tampoco podía aguardar mucho tiempo para tenerlos, dada su edad. Si pensaba formar una familia, debía comenzar de inmediato. Eso debía quedar claro. No podía aceptar que le dijeran «quizá» o «ya veremos».

Pero no tenía por qué eliminar a sir Artemus de su lista aún. Después de todo, él no sabía que era uno de sus «posibles», de modo que seguramente no había considerado su pregunta sobre los niños como algo importante. Además, un hombre podía cambiar de idea. Si algo sabía acerca de los hombres, era eso.

Después de bailar con ella, la llevó nuevamente junto a Frances, que estaba junto a la mesa con una joven que Roslynn no conocía. Pero de inmediato comenzó a sonar la melodía de un vals y el persistente lord Bradley se acercó a ella. Roslynn gruñó audiblemente. Era demasiado. No pensaba dejarse pisar nuevamente por aquel torpe individuo.

—¿Qué ocurre, Roslynn? —preguntó Frances.

—Nada... todo —respondió ella, exasperada. Luego, sin tener en cuenta a la extraña que aún no le habían presentado, dijo—: No bailaré nuevamente con ese tonto de Bradley. Juro que no lo haré. Fingiré desmayarme, pero eso podría causarte problemas, de modo que me ocultaré.

Riendo, miró a las damas con gesto de conspiración y desapareció entre la multitud, dejando que ellas dieran las explicaciones del caso al persistente Bradley.

Roslynn se dirigió a una de las puertas que daban a la terraza y salió. Arrimada al muro junto a la puerta, se cercioró de que nadie pudiera observarla mientras contemplaba el amplio jardín que se extendía más allá de la terraza. Luego se inclinó para mirar hacia el interior y asegurarse de que no la siguiesen. Vio a lord Bradley que se alejaba de Frances, decepcionado.

No experimentó ni el más leve remordimiento. Continuó observando a lord Bradley para estar segura de que, al no hallarla en el salón, no fuese a buscarla al jardín. En ese caso, tendría que hallar otro escondite, y podía imaginarse ridículamente agachada detrás de los canteros del jardín. Pero también pensó que daba una imagen ridícula en ese momento, y volvió a mirar nerviosamente hacia atrás para asegurarse de que el jardín estuviera desierto. Aparentemente, lo estaba. Después de mirar a lord Bradley durante unos instantes más, vio que él invitaba a bailar a otra mujer.

Suspirando, Roslynn se enderezó, alegrándose de poner sus pies a salvo por el momento. Debería haber huido antes en dirección al jardín. El aire fresco fue un bálsamo para sus pensamientos, confundidos por las complejidades de su vida actual. Necesitaba estar a solas para tranquilizarse, al son de la melodía que salía por las puertas abiertas.

Cada puerta y cada ventana que daba al jardín dibujaba sobre la terraza de piedra rectángulos de luz dorada. Había algunas mesas y sillas, pero eran muy visibles desde el interior, de modo que Roslynn las eludió.

Divisó un banco debajo de un árbol, en el extremo de la terraza que se unía al césped. Por lo menos, parecían las patas de un banco. La luz sólo iluminaba esa parte, pues una rama baja no permitía ver el resto. El resto de esa zona estaba en sombras a causa de tres gruesos árboles, a través de los cuales la luz de la luna no podía penetrar. Era perfecto. Podría apoyar los pies sobre el asiento y volverse invisible para todo aquel que saliera. Sería agradable ser invisible durante un rato.

Estaba a varios metros de distancia y Roslynn corrió hacia su inesperado refugio, con la esperanza de que nadie la viera en ese momento a través de alguna de las ventanas. Experimentó la ansiedad de no llegar a tiempo. Sólo deseaba unos pocos minutos de soledad. Pero su ansiedad era absurda, ya que nada ocurriría si su deseo se viese frustrado. De todos modos, no podría permanecer allí mucho tiempo. De lo contrario, Frances se preocuparía.

Pero nada de eso parecía importante. El banco se había convertido en una necesidad esencial por motivos puramente emocionales. Entonces, de pronto, comprendió que no había hallado refugio alguno. El banco, su banco, ya estaba ocupado.

Permaneció de pie, inmóvil, mirando inexpresivamente lo que había parecido sólo una sombra en la distancia, pero que ahora resultaba ser la pierna de un hombre. El pie estaba apoyado en el asiento en el que ella había pensado tornarse invisible. Su mirada recorrió la pierna y comprobó que el hombre estaba en parte de pie y en parte sentado. Sus antebrazos estaban apoyados sobre la rodilla flexionada; las manos laxas, con las palmas hacia abajo. Sus dedos eran largos y elegantes; detalles que se hacían evidentes por el contraste de su color claro contra el negro de los pantalones. La mirada de Roslynn siguió ascendiendo y vio un par de anchos hombros, inclinados hacia delante, y la corbata blanca con el nudo flojo. Finalmente miró su rostro, pero, en la oscuridad, sólo vio una mancha gris de cabellos oscuros.

Estaba completamente oculto entre las sombras, donde ella había planeado estar. Era sólo un conjunto de sombras negras y grises, pero estaba allí y era real y guardaba silencio. Se enfureció y deseó vengarse. Sabía que él podía verla claramente, iluminada por la luz que provenía de la casa y por la luna. Probablemente, la había visto en la ridícula pose de espiar hacia el salón, como una niña jugando al escondite. Y no decía nada. No se movía. Simplemente, la miraba.

Ella se sonrojó. Su furia aumentó ante el silencio de él. Si hubiera sido un caballero, habría dicho algo para que ella se sintiera menos incómoda; para hacerle creer que acababa de verla, aunque no fuese así.

El prolongado silencio la hizo desear huir, pero hubiera sido demasiado. Ella no sabría quién era él, en tanto que él la reconocería fácilmente. Cuando conociera otros hombres, siempre se preguntaría si uno de ellos no era ese, que se reiría de ella en silencio. Una preocupación más. No podía ser.

Ella se dispuso a preguntarle quién era; estaba decidida a insistir, incluso a arrastrarlo por la fuerza hacia la luz si fuera necesario. Tal era su furia. Las palabras no fueron necesarias; de hecho, se olvidó de ellas. En una de las habitaciones de la planta alta de la casa se encendió una luz y esta se filtró a través de la copa de los árboles. Iluminó entonces la parte superior del cuerpo del hombre: sus manos, uno de sus hombros, su rostro.

Roslynn no estaba preparada. Contuvo el aliento. Durante unos instantes su aturdimiento fue tan grande que no hubiera podido recordar ni su propio nombre.

Vio una boca que esbozaba una sonrisa; una mandíbula fuerte y arrogante. La nariz era aguileña. La piel estaba bronceada por el sol y era cetrina, pero contrastaba con el cabello negro y ondulado. Los ojos (que Dios protegiera de ellos a los inocentes) eran de un profundo color azul y levemente rasgados. Eran exóticos, hipnotizadores; enmarcados por pestañas negras y cejas finas. Eran imponentes, inquisidores, atrevidamente sensuales; cálidos, muy cálidos.

La falta de aire hizo reaccionar a Roslynn, que volvió a la realidad. Inspiró lenta y profundamente y exhaló un suspiro. No era justo. Su abuelo se lo había advertido. No hacía falta que nadie le dijera nada. Lo sabía. Sabía que era uno de ellos, uno de los que «no había que tener en cuenta». Era demasiado apuesto para no serlo.

Su enfado se disipó, reemplazado por la irritación. Roslynn sintió la imperiosa necesidad de golpearlo por ser lo que era. ¿Por qué tenía que ser él? ¿Por qué el único hombre que la atraía poderosamente debía ser el único tipo de hombre inaceptable para ella?

—Me está mirando con descaro, señor. —¿De dónde había sacado eso, cuando el resto de sus pensamientos era tan caótico?

—Lo sé —dijo él sencillamente, sonriendo.

Él se abstuvo de señalarle que ella estaba haciendo lo mismo. Se divertía muchísimo tan sólo con mirarla. Las palabras eran innecesarias, a pesar de que la voz ronca de ella rozaba la piel de él como una caricia.

Anthony Malory estaba fascinado. La había visto antes de que ella saliera al jardín. Había estado vigilando a Regina a través de una ventana y entonces ella entró en su campo visual. No había visto su rostro en ese momento; sólo su delgada espalda cubierta por la tela de raso... y sus cabellos. Los cabellos de glorioso color rojizo dorado habían llamado de inmediato su atención. Cuando dejó de verla se puso de pie, preparándose para afrontar a las masas sólo para ver el rostro que correspondía a esos cabellos tan estupendos.

Pero ella salió al jardín. Y entonces él aguardó pacientemente sobre el banco. Como ella se hallaba de espaldas a la luz no distinguía sus rasgos con claridad, pero era una cuestión de tiempo. Ella no iría a ninguna parte hasta que lo hiciera él.

Y luego se dedicó a contemplar sus cabriolas cuando se ocultó junto a la puerta y se agachó para mirar hacia adentro. Sus nalgas bien formadas lo hicieron sonreír. «Querida mía, no sabes cuán provocativa estás», pensó.

Estuvo a punto de reír en voz alta, pero ella pareció leer su pensamiento porque se enderezó y miró hacia la terraza. Cuando dirigió la mirada hacia donde él se hallaba, pensó que lo había descubierto. Y luego lo sorprendió al correr hacia él. Y finalmente pudo ver su rostro hermosísimo. Ella se detuvo frente al banco, y pareció tan sorprendida como él, sólo que la sorpresa de él se desvaneció cuando comprendió que ella no había corrido hacia él porque ni siquiera sabía que él estaba allí. Pero ahora lo sabía.

Era divertido contemplar las emociones cambiantes de su rostro. Sorpresa, curiosidad, incomodidad, pero en ningún momento temor. Ella había contemplado con sus intensos ojos pardos, primero su pierna y luego el resto. Se preguntó cuánto había podido ver. Probablemente muy poco, pues ella estaba de pie en la luz. Pero él no tenía la intención de hacerse ver todavía.

Por una parte, estaba asombrado de que ella no hubiese huido o se hubiese desmayado o cualquier otra tontería que las jóvenes tendían a hacer cuando se encontraban con un hombre oculto entre las sombras. Inconscientemente, buscó una razón que justificara esa reacción, diferente de la de otras inocentes que él solía eludir. Pero luego se sorprendió. Ella no era tan joven y no demasiado joven para él, al menos. De modo que no era inaccesible.

La idea hizo reaccionar a Anthony de inmediato. Hasta ese momento había apreciado su belleza como un experto, pero ahora pensó que no sólo podía mirar, sino también tocar. Entonces se encendió la luz de la planta alta y ella lo miró con otra expresión, obviamente fascinada, y nunca se alegró tanto de que las mujeres lo considerasen atractivo.

De pronto, estimó que era imperativo preguntar:

—¿Quién es su tutor?

Roslynn se sobresaltó al oír nuevamente su voz, después del prolongado silencio; sabía que debía haberse alejado después del breve diálogo inicial. Pero había permanecido allí, sin dejar de mirarlo, sin importarle hacerlo y que él lo hiciera a su vez.

—¿Mi tutor?

—Sí. ¿A quién pertenece usted?

—Oh, a nadie.

Anthony sonrió, divertido.

—Quizá debería formular la pregunta de otra manera.

—No, he entendido la pregunta. Usted también. Mi abuelo murió hace poco tiempo. Vivía con él. Ahora no tengo a nadie.

—Entonces, téngame a mí.

Las tiernas palabras aceleraron su corazón. Haría cualquier cosa para poseerlo. Pero estaba segura de que él no había querido decir lo que ella deseaba que dijera, sino que debería avergonzarse por lo que realmente había dicho. Pero no se avergonzaba. Era de esperar que un hombre como él lo dijese. Nunca eran sinceros, según Frances. Y les encantaba decir cosas que escandalizaran para realzar su propia imagen de disipados e inescrupulosos.

Con todo, ella preguntó:

—¿Se casaría conmigo entonces?

—¿Casarme?

Ella había logrado desconcertarlo. Casi se echó a reír al ver su expresión de horror.

—Hablo sin ambages, señor, aunque generalmente no soy tan emprendedora. Pero, considerando lo que me ha dicho, mi pregunta es coherente. ¿De modo que no es de los que se casan?

—No, por Dios.

—No necesita ser tan enfático —dijo ella, con voz apenas decepcionada—. No creí que lo fuera.

Él ya no estaba tan complacido y sacó sus propias conclusiones.

—No va usted a destrozar mis ilusiones tan rápidamente, ¿verdad, querida? No me diga que está buscando marido como todo el mundo.

—Oh, pero lo estoy. Decididamente. He venido a Londres para eso.

—¿Acaso no lo hacen todas?

—¿Cómo dice?

—Discúlpeme.

Él volvió a sonreír y esa sonrisa tuvo sobre ella un efecto muy extraño.

—No está casada aún. —No era una pregunta sino una aclaración. Se inclinó hacia delante y tomó su mano, acercándola a él—. ¿Cuál es el nombre que acompaña tanta hermosura?

¿Qué nombre? ¿Qué nombre? Su mente parecía invadida por dedos que tomaban los suyos. Cálidos, fuertes. Sintió un escalofrío. Sus pantorrillas golpearon contra el borde del banco, cerca del pie de él, pero no lo percibió. Él la había llevado hacia las sombras.

—Tiene un nombre, ¿verdad? —insistió él. Roslynn aspiró su fragancia fresca y masculina.

—¿Qué?

Él rió, encantado ante la confusión de ella.

—Mi querida niña, un nombre. Todos llevamos uno, bueno o malo. El mío es Anthony Malory; Tony para los íntimos. Ahora, confiese el suyo.

Ella cerró los ojos. Sólo así podía pensar.

—Ros... Roslynn.

Él chasqueó la lengua.

—No me extraña que desee casarse, Ross Roslynn. Simplemente desea cambiar de nombre.

Ella abrió los ojos y se encontró con una adorable sonrisa.

49

Estaba bromeando. Era agradable que lo hiciera. Los otros hombres que había conocido recientemente estaban demasiado ocupados tratando de impresionarla como para sentirse cómodos frente a ella.

Ella devolvió la sonrisa.

—Roslynn Chadwick, para ser exacta.

—Un nombre que debería conservar, querida... al menos hasta que nos conozcamos mejor. Y lo haremos. ¿Quiere que le diga de qué manera?

Ella rió y el sonido ronco de su voz lo estremeció nuevamente.

—Ah, está tratando de escandalizarme otra vez, pero será en vano. Soy demasiado mayor para ruborizarme y me han advertido acerca de los hombres como usted.

—¿Como yo?

—Un libertino.

—Culpable. —Suspiró con fingida desolación.

—Un maestro de la seducción.

—Espero que así sea.

Ella rió, y la suya no fue una risita tonta ni una risa afectada, destinada a irritar sus sentidos, sino un sonido cálido y profundo que la hizo desear... pero no se atrevió. No deseaba arriesgarse a atemorizar a esa mujer. Quizá no fuera inocente por su edad, pero aún no sabía si era experimentada en otros sentidos.

La luz que había confundido a Roslynn se apagó. El pánico fue instantáneo. No importaba que ella hubiese disfrutado de su compañía. No importaba que se hubiese sentido cómoda junto a él. Ahora estaban envueltos en la sombra y él era un libertino y ella no podía arriesgarse a ser seducida.

—Debo marcharme.

—Aún no.

—Sí, debo hacerlo.

Ella trató de retirar su mano, pero él la oprimió con más fuerza. La otra tocó su mejilla con dedos acariciantes.

Ella experimentó una rara sensación en el estómago. Debía hacerle comprender.

—Yo... yo debo darle las gracias, señor Malory. —Sin darse cuenta, habló con acento escocés. Pensaba en la caricia de él y en su propio pánico—. Durante unos instantes, ha logrado distraerme de mis preocupaciones, pero ahora no las aumente. Necesito un marido, no un amante, y usted no reúne las condiciones... lo lamento.

Se soltó, simplemente porque logró sorprenderlo una vez más.

Anthony la contempló mientras ella desaparecía en el interior de la casa y nuevamente experimentó ese impulso irrefrenable de ir tras ella. No lo hizo. Sonrió lentamente.

«Lo lamento.» Lo había dicho con auténtica pena. La joven no lo sabía, pero con esas palabras había sellado su propio destino.

6

—Has estado observando a un maestro en acción, Connie.

—Diría que se asemejó más a una comedia de equívocos —respondió el alto pelirrojo—. Cuando se pierde una oportunidad, se pierde, no importa cómo se mire.

Anthony rió cuando ambos se reunieron debajo del árbol.

—¿Me has estado espiando, hermano?

James se inclinó para apoyar los antebrazos sobre el respaldo del banco y sonrió.

—La verdad es que no pude resistir la tentación. Pero temí que la situación se volviera embarazosa.

—De ninguna manera. Acabo de conocerla.

—Y de perderla. —Conrad Sharp lo dijo incisivamente.

Anthony le lanzó una mirada penetrante, mientras apoyaba un pie sobre el banco, pero la mirada se perdió entre las sombras.

—Vamos, Connie, no puedes culparlo —dijo James—. Ella fue muy astuta al apelar a su buen corazón con ese primoroso acento escocés. Pensé que el halo de este joven se había mancillado para siempre.

—Una joven como ella podría hacer brillar el halo de cualquiera —dijo Conrad.

—Sí, es muy atractiva, ¿verdad?

Anthony ya había oído demasiado.

—Pero no está disponible.

James rió.

—Te has arriesgado, ¿verdad? Ten cuidado; puede que lo tome como un desafío.

A Anthony se le heló la sangre. Cuando eran muy jóvenes había resultado divertido competir por la misma mujer, en aquellos días en que merodeaban juntos por la ciudad de Londres. Y la cuestión era cuál de los hermanos conseguía ser el primero en conquistar a la dama. Pero los años y los excesos habían atemperado la libido de Anthony. Ya no era una cuestión de vida o muerte. O no lo había sido, hasta esta noche.

Pero James, bueno, ya no conocía a James. Durante la mayor parte de sus vidas habían sido muy compinches. Siempre hacían causa común frente a los otros dos hermanos, que eran diez años mayores. Pero eso había sido antes de que James hubiera decidido convertirse en pirata de alta mar.

Durante diez años sólo había visto a James en contadas ocasiones. La última vez se había producido un desacuerdo que había determinado que los tres hermanos lo repudiaran, después de darle una zurra por haber llevado a Regina ese verano para que compartiera sus piraterías. Pero ahora James era nuevamente aceptado. Había renunciado a la piratería. Incluso pensaba regresar definitivamente a Inglaterra. Y, en ese preciso momento, Anthony no sabía si hablaba en serio o no cuando lo desafió respecto de Roslynn Chadwick.

En ese momento volvió a verla a través de la ventana y notó que James también la había visto.

—Demonios, James, ¿qué estás haciendo aquí de todos modos?

El hermano que le llevaba un año se irguió, pero aun así era más bajo que Anthony. No parecían hermanos. James era rubio y sus ojos eran verdes, herencia de los Malory, y era más fornido. Sólo Anthony, Regina, Amy, la hija de Edward y Jeremy tenían los cabellos negros y los ojos de color azul cobalto de su abuela, de quien se decía que tenía sangre gitana en las venas.

—Si hubieras sido un poco más explícito en esa nota que me dejaste, no me hubiera estropeado la noche viniendo aquí —dijo James—. Y ahora que me lo recuerdas, debemos aclarar una cuestión. ¿En qué demonios pensabas cuando permitiste que el bribón de mi hijo acompañara a Regan?

Anthony rechinó los dientes al oír el nombre Regan.

—¿Por eso has venido?

—Eso fue cuanto me dijiste. Hubieras podido explayarte un poco más, diciéndome que también tú estarías aquí.

Anthony miró hacia el jardín.

—Si consideras que estar oculto entre las sombras es estar aquí, supongo que lo estoy.

—No seas odioso, cachorro —intervino Conrad—. Hasta que tengas uno propio, no sabrás cuánto se preocupa uno sobre lo que están haciendo.

—¿Y qué podría estar haciendo el pobre muchacho con dos padres diligentes que lo vigilan? Y además, aunque hubiera deseado ignorarlo, fue Jeremy quien señaló que quizá no estuviera en condiciones de protegerla. Por eso me arrastró a mí hasta aquí.

—Me has interpretado mal, Tony. No me preocupaba quién protegería a Regan de las masas, sino quién la protegería de su acompañante.

Transcurrieron cinco segundos, durante los cuales Anthony se preguntó cuánta animosidad provocaría su risa.

—Es su prima, por el amor de Dios.

—¿Y crees que a él le importa?

—¿Hablas en serio? —preguntó Anthony.

—Está enamorado de ella —dijo James.

—Pero no la tienes en cuenta a ella. Ella le haría implorar misericordia en menos de un minuto si la mirase intencionadamente. Creí que conocías mejor a nuestra sobrina, hermano mío.

—Sí, ya sé que ella sabe defenderse. Pero también conozco a mi hijo y no se desanima fácilmente.

—¿Necesito recordarte que estás hablando de un joven de diecisiete años?

—¿Y necesito recordarte cómo eras tú cuando tenías diecisiete años? —replicó James.

Finalmente, Anthony sonrió.

—Tienes razón. Muy bien, no sólo la vigilaré a ella, sino también a él.

—Siempre que pueda dejar de mirar a la escocesa —dijo Conrad.

—Entonces, por favor, quédate —dijo Anthony secamente—. Los tres podemos vigilarlos. Después de todo, es una manera muy placentera de pasar la velada.

James sonrió.

—Creo que nos está diciendo que nos marchemos, Connie. Ven, dejemos que el pobre muchacho languidezca a solas. Nunca se sabe. Puede que ella vuelva a la carga y su tarea sea más llevadera. —Rió—. Si ella no viene hacia él, no tendrá el coraje de enfrentarse con esas aves de rapiña. Yo tampoco lo tendría.

James estaba doblemente equivocado.

7

—Y bien, ¿qué está haciendo aquí? Es cuanto deseo saber. Lady Crandal no ve con buenos ojos a esa clase de personas. Ella nunca lo hubiera invitado.

—Sir Anthony no necesita invitación, querida. Hace cuanto le place.

—Pero siempre ha tenido la discreción de no asistir a nuestras fiestas.

—¿Discreción? —Rió—. No se trata de discreción. No soporta estas reuniones. Y no me sorprende. Es probable que todas las damas que se encuentran aquí deseen reformar a ese libertino.

—No tiene gracia, Lenore. Cuando aparece, la mitad de las mujeres que hay en la habitación se enamoran de él. He comprobado que es así. Por eso ninguna anfitriona lo invita a sus fiestas si no desea problemas. Provoca demasiados disturbios.

—Pero nos brinda tema de conversación durante meses. Admítelo. Es un tema muy interesante, ¿verdad?

—Eso es fácil de decir, Lenore —dijo otra dama, obviamente desolada—. Tú no tienes una hija a quien vigilar. Dios mío, mira a Jane. No puede dejar de mirarlo. Seguramente ya no aceptará a Percy. Es una joven tan difícil.

—Mirar no hace daño, Alice. Sólo cuenta a tu hija algunas historias acerca de él y no sólo se horrorizará sino que se alegrará de que él no haya demostrado interés en ella.

—Pero ¿qué está haciendo aquí? Desearía saberlo. —La pregunta fue repetida con severidad.

—Probablemente está vigilando a su hijo —dijo Lenore con afectación.

—¿Su qué?

—Mira al joven que está bailando con Sarah Lordes. Es la viva imagen de sir Anthony.

—Dios mío, otro Malory ilegítimo. Esa familia debería ser más circunspecta.

—Bueno, el marqués reconoció al suyo. Me pregunto si sir Anthony hará lo mismo.

—Esto es increíble. ¿Cómo habrán hecho para guardar el secreto durante tanto tiempo?

—Seguramente lo han ocultado en algún sitio hasta ahora. Pero, aparentemente, los Malory darán muchas sorpresas esta temporada. Tengo entendido que el tercer hermano ha regresado.

—¿El tercer hermano? —dijo otra dama—. Pero si sólo hay tres.

—¿Dónde has estado, Lidia? —dijo Lenore maliciosamente—. Son cuatro, y el tercero es la oveja negra.

—Pero creí que sir Anthony era esa oveja.

—Como es el más joven, es la segunda. Oh, podría contarte muchas historias acerca del otro. Ha estado ausente durante muchos años, pero nadie sabe dónde ni por qué.

—Entonces no es sorprendente que yo no supiera de su existencia —dijo Lidia, defensivamente rígida.

—Hola, otra vez.

Roslynn se disgustó ante la inoportuna interrupción, pero al menos no se trataba de uno de sus jóvenes admiradores. Afortunadamente, la mayor parte de ellos se habían encerrado en la sala de juegos, dejándola en libertad para conocer mejor a los caballeros de su nueva lista. Pero en lugar de ir en busca de uno de ellos, se había distraído con una de las numerosas conversaciones que se iniciaron cuando Anthony Malory entró en el salón de baile.

Roslynn se había instalado discretamente detrás de un grupo de señoras mayores y se había dedicado a escuchar su conversación. No podía negarlo. El tema que se discutía le resultaba sumamente fascinante y escuchó cada palabra con avidez. Pero ahora alguien deseaba conversar con ella y no podría evitarlo.

Miró a lady Eden, pero trató de mantener un oído alerta a lo que decían las damas sentadas frente a ella.

—¿Ya te has cansado de bailar?

La joven, divertida, advirtió la distracción de Roslynn. La divirtió más aún escuchar ciertos comentarios que se hacían en ese momento cerca de ella y comprendió el motivo de la distracción de Roslynn.

—Todos saben que pocas veces bailo si no es con mi marido, pero esta noche no ha podido acompañarme.

—Qué bien.

Regina Eden puso los ojos en blanco, sonrió y tomó a Roslynn del brazo.

—Ven conmigo, querida. Hace demasiado calor aquí. Vayamos a otro sitio, ¿quieres?

Roslynn suspiró al ser sacada del grupo. Lady Eden era sin duda muy agresiva para ser tan joven. De hecho, Roslynn se había asombrado al enterarse de que estaba casada y ya tenía un hijo, pues su aspecto era el de una colegiala. Era la dama que había estado antes con Frances y a la que Roslynn no había sido presentada porque se había alejado del grupo. Pero Frances se había encargado de presentarlas cuando Roslynn regresó del jardín. En ese momento, aún estaba conmocionada por su encuentro con Malory. En realidad, no podía recordar la conversación que había tenido entonces con lady Eden, en el caso de que la hubiera tenido.

Lady Eden se detuvo frente a la mesa donde se hallaba el refrigerio. Lamentablemente, Roslynn tenía ahora una visión clara del tema abordado por todos. Él no había entrado realmente en el salón. Con aire indiferente, se mantuvo de pie junto a la puerta que daba al jardín; un hombro recostado contra el marco, los brazos cruzados sobre el pecho, contemplando el interior de la habitación... hasta que la vio. Entonces su mirada se detuvo y sonrió con esa sonrisa que la llenaba de calidez.

Al verlo de lleno en la luz, sus sentidos se estremecieron. Tenía un cuerpo tan simétrico que era imposible dejar de admirarlo. Hombros anchos, cintura estrecha, caderas delgadas y piernas largas. Y era alto. No lo había notado en el jardín. Y rezumaba sensualidad. Eso sí lo había notado.

El corte de su traje de etiqueta era impecable, aunque tenía un aspecto casi siniestro vestido de negro. Pero el negro lo complementaba. No pudo imaginarlo con los colores claros de un «dandy». Atraerían aún más la atención sobre él, pero lo cierto era que la atraía de todos modos, por el solo hecho de aparecer.

—Es endiabladamente apuesto, ¿no?

Roslynn se sobresaltó, percibiendo que la habían descubierto mientras lo observaba atentamente. Pero hubiera sido extraño que no lo hiciera, pues todos lo observaban.

Miró a lady Eden encogiéndose de hombros.

—¿Tú crees?

—Decididamente. Sus hermanos también son muy atractivos, pero siempre he pensado que Tony era el más apuesto de todos.

A Roslynn no le agradó mucho ese «Tony» pronunciado por aquella mujer joven y hermosa, de cabellos negros y vivaces ojos azules llenos de humor. ¿Qué le había dicho él? «Tony para los íntimos.»

—Deduzco que lo conoces bien.

Regina sonrió encantadoramente.

—Conozco muy bien a toda la familia.

Roslynn se ruborizó, cosa que rara vez le ocurría. La respuesta la tranquilizó, pero estaba irritada consigo misma por la ansiedad con que había formulado la pregunta. Si la vizcondesa conocía bien a los Malory, era la última persona que Roslynn deseaba que percibiera su interés por sir Anthony. No debería estar interesada en absoluto. Debía cambiar de tema. Pero no pudo.

—Es muy mayor, ¿verdad?

—Bueno, si crees que tener treinta y cinco años es ser mayor...

—¿Sólo treinta y cinco?

Regina debió reprimir sus deseos de reír. La mujer estaba dispuesta a hallar algo malo en Tony, pero era difícil saber qué podría ser. Era obvio que había hecho otra conquista sin ni siquiera proponérselo. ¿O se lo proponía? Era perverso por su parte mirarla de esa manera. Si ella no estuviera junto a lady Roslynn, la pobre sería destrozada por las murmuraciones que generaría su interés hacia ella.

Sí, era realmente perverso, porque nada resultaría de todo ello. Nunca resultaba nada. Y a ella le agradaba lady Roslynn. No hubiera deseado que la hiriera.

—Es un soltero empedernido —le advirtió Regina—. Como tiene tres hermanos mayores, nunca se ha visto obligado a casarse.

—No tienes por qué suavizar la realidad. Sé que es un libertino.

—Él prefiere decir que es un «experto en mujeres».

—Entonces también él disfraza la realidad.

Regina rió. Realmente esta mujer le agradaba. Quizá Roslynn fingía indiferencia hacia Tony, pero en otros aspectos era muy sincera y espontánea.

Roslynn miró fugazmente a sir Anthony. Se sentía tonta por haberlo llamado señor Malory, pero ¿cómo podía saber que tenía la dignidad de par? El hermano mayor era marqués de Haverston; el segundo, un conde; el tercero era la oveja negra de la familia, y Anthony era la segunda oveja negra. Se había enterado de muchas cosas esa noche. ¿Por qué no podía enterarse de las que se referían a sus «posibles» potenciales?

—¿No baila? —preguntó Roslynn, diciéndose a sí misma que debía abandonar el tema.

—Oh, maravillosamente, pero no se atreve a invitar a nadie aquí. Si lo hiciera, debería bailar también con varias docenas de mujeres, para despistar a las aves de rapiña. Pero Tony no se tomaría tantas molestias para bailar con la dama que le interese. Por eso no soporta estas reuniones. Lo obligan a ser discreto, cuando esa palabra ni siquiera figura en su vocabulario.

—¿Es realmente tan mala su fama que el simple hecho de bailar con él arruinaría la reputación de una joven?

—Ha ocurrido y es una pena, porque no es tan mujeriego. No es que le falte compañía femenina. Pero tampoco se ha propuesto seducir a todas las mujeres de Londres.

—¿Sólo a una parte?

Regina notó la sonrisa y percibió que Roslynn estaba más divertida que escandalizada por la reputación de Anthony. Quizá no estuviese interesada en él. O quizá percibía sabiamente que no había posibilidades de conquistarlo.

—Las habladurías pueden ser muy crueles, querida —murmuró Regina a su oído—. Lo cierto es que no me atrevo a dejarte sola. Él se está comportando indebidamente al mirarte de esa manera.

Roslynn evitó mirar a Regina a los ojos.

—Quizá te mira a ti.

—Por supuesto que no. Pero mientras los demás no sepan a cuál de las dos mira tan atrevidamente, estás a salvo.

—Ah, estás aquí, Ros —dijo Frances, uniéndose a ellas—, lord Grahame preguntaba por ti. Dice que le prometiste un vals.

—Así es. —Roslynn suspiró. Era hora de olvidar a Anthony Malory y de volver al trabajo—. Sólo espero que el individuo se relaje un poco y sea un poco más comunicativo esta vez.

Comprendió demasiado tarde cómo habría sonado eso a los oídos de lady Eden, pero Regina se limitó a sonreír.

—Está bien, querida. Frances me ha comentado algo acerca de tu situación. Tal vez te consuele saber que yo tuve exactamente el mismo problema que tú cuando buscaba marido. Pero la diferencia estribaba en que mi elección debía ser aprobada por mi familia, lo que lo hacía sumamente dificultoso; para ellos, nadie era suficientemente bueno para mí. Gracias a Dios, mi querido Nicholas hizo un arreglo conmigo. De lo contrario, aún estaría buscando marido.

Fue Frances quien pareció escandalizarse.

—Pero creía que te habían comprometido con él.

—Esa fue la opinión general cuando se hizo el anuncio, pero lo cierto es que me secuestró creyendo que yo era su amante. Ese pequeño error me salvó. Naturalmente, me llevó de regreso a mi casa de inmediato, pero el daño ya estaba hecho. Y, como soltero empedernido que era, fue al altar protestando. Pero se ha adaptado muy bien al matrimonio. Ello demuestra que los que parecen menos aptos suelen ser los mejores maridos. Nunca se sabe.

Sus últimas palabras habían estado especialmente dirigidas a Roslynn, pero esta trató de no tomarlas en cuenta. Su labor ya era bastante ardua para añadir a su lista a los indeseables. No deseaba terminar casándose con un libertino con la esperanza de reformarlo. No le gustaba apostar.

Decidida, fue en busca de lord Grahame.

8

Esa mañana el tiempo no podía ser más perfecto. El número de jinetes que paseaba por Hyde Park era prácticamente el triple de lo habitual. Por lo general los paseos se hacían por las tardes, cuando se veía toda clase de carruajes avanzando lentamente por los senderos de aspecto campestre. Las mañanas solían reservarse para realizar ejercicio físico, pues uno no se veía obligado a detenerse repetidamente para conversar con conocidos, tal como ocurría por las tardes.

Anthony Malory se resignó a desistir de su galope habitual a través del parque y se dedicó a trotar. No porque Reggie no estuviera dispuesta a seguirlo, pero dudaba de que la yegua que ella montaba pudiera estar a la altura de su poderoso semental y, como ella había insistido en acompañarlo, él se vio obligado a seguir su ritmo.

Después de lo ocurrido la noche anterior, él tenía sus sospechas respecto de por qué ella había deseado acompañarlo y no estaba muy dispuesto a hablar de la dama. Pero cuando Regina comenzó a cabalgar más lentamente y luego se detuvo e hizo señas a James y Jeremy para que continuaran, supo que no podría eludir el tema. La adorada pequeña podía ser molestamente insistente cuando se lo proponía.

—Cuando te dije que deseaba cabalgar contigo esta mañana, pensé que estaríamos solos —dijo Regina con cierto tono de fastidio—. Comprendo que Jeremy quisiese venir, pero ¿el tío James? Casi nunca se levanta antes del mediodía.

En realidad, Anthony había sacado a su hermano y su sobrino de la cama, insistiendo en que lo acompañaran. Pero la artimaña no había logrado hacer desistir a Regina de su propósito. Y maldito James. Sabía muy bien que lo había invitado para que la conversación se mantuviese en un terreno impersonal, pero allá iba, después de sonreír a Anthony con expresión divertida.

Anthony se encogió de hombros inocentemente.

—¿Qué puedo decir? Desde que se ha convertido en padre, James ha cambiado considerablemente sus hábitos. ¿Acaso el truhán con quien te casaste no hizo lo mismo?

—Qué bien. ¿Por qué siempre atacas a Nicholas cuando tu propio comportamiento ha estado lejos de ser ejemplar? —Y fue directamente al grano—. Es medio escocesa, ¿lo sabías?

Él no se molestó en preguntar quién; sólo dijo con indiferencia:

—¿Ah, sí?

—Suelen tener muy mal genio.

—Está bien, gatita. —Él suspiró—. ¿Qué te preocupa para que te consideres obligada a advertirme?

Ella arrugó la frente y lo miró a los ojos.

—¿Te interesa, Tony?

—¿Es que estoy muerto y no lo sabía?

Ella rió a pesar suyo.

—Sí, supongo que ha sido una pregunta tonta. Naturalmente te interesa; a ti y a varias docenas más. Supongo que mi próxima pregunta será: ¿Qué vas a hacer al respecto?

—Eso, mi niña, no es asunto tuyo.

Su tono era afable pero firme, y Regina volvió a fruncir el entrecejo.

—Lo sé. Pero creí que debías saber algo acerca de ella, antes de decidirte a perseguirla.

—¿Me contarás toda su historia? —preguntó él secamente.

—No crees dificultades, Tony. Ha venido a Londres para casarse.

—Ya me he enterado de esa terrible noticia a través de la dama en cuestión.

—¿Quiere eso decir que has hablado con ella? ¿Cuándo?

—Si deseas saberlo, anoche, en el jardín.

Ella contuvo el aliento.

—No...

—No.

Regina exhaló un suspiro, pero sólo fue un alivio temporal. Si el hecho de saber que lady Roslynn estaba buscando marido no lo desalentaba, la pobre mujer estaba condenada.

—Quizá no sepas que su decisión es seria, Tony. Ha decidido casarse antes de fin de mes. No, no arquees las cejas. No se trata de eso. De hecho, considerando la experiencia que tiene respecto de los hombres, podría tener dieciséis años.

—Pues eso no lo creo.

—Ya ves. No sabes nada acerca de ella y sin embargo planeas desbaratar su vida. La verdad es que, hasta ahora, ha vivido muy protegida. Ha estado en las tierras altas con su abuelo desde la muerte de sus padres y, aparentemente, ha pasado estos últimos años cuidando de él. Por eso no ha pensado antes en el matrimonio. ¿Lo sabías?

—Nuestra conversación fue muy breve, Reggie.

Ella percibió su irritación pero prosiguió.

—Su padre era un conde de cierto prestigio. Sabes que el tío Jason lo reprobará.

Anthony la interrumpió en medio de la advertencia.

—Odio figurar en la lista negra de mi hermano mayor, pero no le debo explicaciones, gatita.

—Aún hay más, Tony. Es una heredera. Su abuelo era enormemente rico y dejó toda su fortuna a Roslynn. Esa noticia aún no se ha difundido, pero puedes imaginar qué ocurrirá si no está ya casada cuando se divulgue.

—Todos los bribones de Londres saldrán de sus cuevas para asediarla —dijo Anthony con voz tensa.

—Exactamente. Pero, afortunadamente, ella ya ha elaborado una lista de caballeros aceptables. Tengo entendido que sólo le resta averiguar cuanto pueda acerca de cada uno de ellos, antes de escoger. Debo preguntar a Nicholas qué sabe sobre ellos.

—Puesto que estás tan enterada, dime por qué diablos tiene tanta prisa.

Oh, decididamente, estaba interesado; lo suficiente como para no importarle que su irritación fuese evidente. Regina se detuvo a pensar que era algo insólito. Nunca lo había visto antes tan perturbado por una mujer. Tenía tantas para escoger que ninguna lo atraía demasiado. Quizá debería reordenar sus propios puntos de vista al respecto.

Con vacilación, Regina dijo:

—Tiene algo que ver con una promesa que lady Roslynn hizo a su abuelo moribundo. Según dice su amiga, Frances Grenfell, probablemente no se casaría si no fuera por esa promesa. Quiero decir que no se produce a menudo una situación como la de ella: es una mujer muy hermosa, rica e independiente.

Era en realidad una situación singular, pero Anthony no la tomó en cuenta en ese momento. El nombre Grenfell lo inquietó.

—¿Es muy amiga de Frances Grenfell?

La pregunta desconcertó a Regina.

—¿Por qué?

—Lady Frances fue uno de los errores de juventud de George, pero esto es confidencial, gatita.

—Naturalmente —dijo ella. Luego añadió—: ¿Te refieres al bueno de George, tu mejor amigo, el que siempre me hacía bromas atrevidas? ¿Ese George?

Él sonrió al ver su sorpresa.

—El mismo, pero no has respondido a mi pregunta.

—Bien, no creo que importe, pero son íntimas amigas. Se conocieron en la escuela y siempre se han mantenido en contacto.

—Lo que significa que se hacen toda clase de confidencias —gruñó él.

Maldición. Anthony aún podía oír su voz ronca que le confesaba: «Me han advertido contra los hombres como usted.» Él había pensado que bromeaba, pero ahora sabía de dónde provenían las advertencias y cuán condenatorias podían ser. No había estado bromeando en absoluto. Siempre estaría a la defensiva respecto de él, recordando lo ocurrido a su amiga. De pronto tuvo el impulso de golpear a George Amherst por su indiscreción juvenil. A la mierda con él.

Al ver su entrecejo fruncido, Regina temió decir lo que sabía que debía ser dicho, pero nadie se atrevería a decírselo, de modo que debía hacerlo ella.

—Sabes, Tony, a menos que estés dispuesto a dar el gran paso, que asombraría a todo Londres pero encantaría a la familia, deberías dejar a esta dama en paz.

De pronto, él se echo a reír.

—Por Dios, gatita, ¿cuándo te has convertido en mi conciencia?

Ella se sonrojó.

—Bueno, es endiabladamente injusto. Dudo de que

67

exista una mujer a la que no puedas seducir si te lo propones.

—Exageras mis habilidades.

—No bromees —dijo ella—. Te he visto desplegar tu encanto, Tony, y eres devastador cuando lo haces. Pero Roslynn Chadwick me agrada. Debe cumplir una promesa que es importante para ella y, por alguna razón, tiene un límite de tiempo para hacerlo. Si interfieres, crearás problemas, por no hablar de sufrimiento.

Anthony le sonrió cariñosamente.

—Te preocupas mucho por alguien a quien acabas de conocer, Reggie. Es una preocupación un tanto prematura, ¿no lo crees? Además, ella no es ninguna tonta insensata. Es independiente y no debe rendir cuentas a nadie. Lo dijo ella. ¿No crees que es bastante grande y madura como para defenderse de un libertino como yo si lo desea?

—Esa palabra «desea» me aterroriza —gruñó ella, y él volvió a reír.

—Hablaste con ella durante bastante tiempo anoche. ¿Me mencionó?

Dios. El hecho de que formulara semejante pregunta indicaba que tomaba el asunto muy seriamente, a pesar de todo cuanto ella le había dicho.

—Fuiste prácticamente el único tema del que hablamos, pero eso no es sorprendente, ya que casi todos los que estaban allí hablaban de ti. En realidad, estoy segura de que oyó unas cuantas habladurías acerca de ti antes de que yo me acercara a ella.

—¿Me hiciste quedar bien, gatita?

—Traté de hacerlo, aunque ella no me creyó. Pero supongo que te complacerá mucho saber que, aunque fingió indiferencia, tenía tanto interés como tú. —La sonrisa de Anthony casi la cegó—. Oh, Dios, no he debido decírtelo, pero ya que lo he hecho, también debo decirte que, a pesar de su interés por ti, decidió conocer mejor a los caballeros que considera aptos para el matrimonio. Puede que la hayas impresionado, pero no has logrado alterar sus planes.

Regina comprendió que nada de cuanto dijera lo desalentaría, y había dicho todo lo posible. Hubiera debido ahorrarse la molestia. Nunca había tratado de interferir en su vida sentimental, y veía que era inútil hacerlo ahora. Él haría lo que se le antojara, tal como lo hacía siempre. Dios era testigo de que durante años y años el tío Jason había tratado de frenar su hedonismo sin éxito. ¿Qué le había hecho pensar que ella tendría mejor suerte?

De pronto comprendió que había sido una tonta. Había estado intentando cambiar las cualidades de Anthony que más le agradaban. Era un libertino encantador. Exactamente eso, y por esa razón era su tío favorito. Si dejaba tantos corazones rotos a su paso, era porque las mujeres no podían evitar enamorarse de él, aunque él nunca tomaba sus aventuras en serio. Pero sabía proporcionar placer y felicidad. Eso era muy valioso.

—Espero que no te enfades conmigo por inmiscuirme en lo que no me atañe. —Ella le sonrió con esa sonrisa que él nunca dejaba de apreciar.

—Tienes una nariz muy bonita.

—Pero muy entrometida en este momento. Lo lamento, Tony, de verdad. Sólo creí que... no importa. Hasta ahora has sabido desenvolverte sin los consejos de nadie. Creo que deberíamos tratar de alcanzar a...

Regina no terminó la frase. Vio un magnífico potro negro que llamó su atención; caminaba lentamente para seguir el paso del caballito que iba a su lado, pero cuando vio quién montaba el hermoso animal, gruñó en silencio. Qué horror. Tenía que ser precisamente ella.

Observó si Anthony había notado la presencia de lady Roslynn. Sí, la había notado. Si no hubiera atraído su atención el espléndido caballo, hubiera visto de todos modos a la amazona, con su conjunto de montar de color verde y sus cabellos radiantes. Pero era casi embarazoso contemplar la expresión de su rostro.

Dios, nunca lo había visto mirar así a una mujer, a pesar de que lo había visto frente a docenas de sus amadas. La noche anterior la había mirado fijamente, seduciéndola con la mirada. Esto era diferente. Era la mirada que Nicholas podía dirigir a Regina: una mezcla de pasión y ternura.

Y bien, estaba claro. Se sintió como una estúpida al haber tratado de advertir a Anthony. Era obvio que estaba sucediendo algo especial. ¿Y no sería maravilloso que diese resultado?

Los pensamientos de Regina cambiaron por completo. Ahora se preguntaba cómo podría ayudar a esos dos a reunirse. Anthony tenía sus propias ideas.

—Reggie, ¿podrías rezagarte mientras le presento mis respetos? —Pero la mirada de ella respondió: «Ni lo sueñes.» Él suspiró—. Me lo imaginaba. Bien, ven conmigo entonces. Creo que me debes un acompañamiento.

Sin aguardar a Regina, Anthony se dirigió a interceptar a Roslynn, con la esperanza de que Regina les permitiera estar unos minutos a solas. Pero no podría ser. El maldito James escogió ese preciso momento para regresar y la interceptó antes de Anthony.

Cuando Anthony se acercó a ellos, oyó que James decía:

—Encantado de volver a verla, lady Chadwick.

Roslynn tuvo problemas para controlar a Brutus, lo que le causó un intenso fastidio, pues nunca le había ocurrido antes. Había visto a sir Anthony que se acercaba, y seguramente por eso se sorprendió al ver al rubio desconocido, que parecía haber surgido de la nada. Fue peor aún, y más irritante, que él se inclinara para aquietar al caballo, lo cual ponía en evidencia que ella era incapaz de dominarlo.

Con tono áspero dijo:

—¿Lo conozco, señor?

—No, pero tuve la oportunidad de admirarla anoche en el jardín de los Crandal. Lamentablemente, usted huyó antes de que pudiera presentarme.

Anthony observó que ella se ruborizaba.

—Por eso, querido hermano, creo que volveré a invitarte a Knighton's Hall.

A James no le importó en absoluto. A la luz del día, Roslynn Chadwick era la damita más hermosa que jamás había visto. El hecho de que Anthony la hubiera conocido antes que él no le importaba en lo más mínimo. Tornaba un tanto incómoda la situación, pero eso era todo. Mientras ella no expresara su preferencia, ambos podían tratar de conquistarla.

Roslynn miró fijamente a James. Nunca hubiera adivinado que era el hermano de Anthony. Y después de cuanto había oído decir de él, comprendía por qué se lo consideraba peor que Anthony. Ambos eran sumamente apuestos, pero mientras que Anthony era un sinvergüenza encantador, el rubio Malory parecía ser mucho más despiadado. Destilaba peligro. Pero ella no se atemorizó. Era Anthony el que la perturbaba y la hacía perder la compostura.

—¿De modo que usted es la oveja negra del clan Malory? —dijo Roslynn—. ¿Qué cosas terribles ha hecho para merecer esa denominación?

—Nada que pueda ser probado; se lo aseguro, dulce dama. —Luego miró a Anthony con una sonrisa desafiante—. ¿Qué pasa con tus modales, muchacho? Preséntanos.

Anthony rechinó los dientes.

—Mi hermano, James Malory. —Sin cambiar el tono de su voz, añadió—: Y el joven que viene cabalgando hacia nosotros es su hijo, Jeremy.

Jeremy se detuvo bruscamente, exultante por el galope

71

violento a que se había entregado. Oyó el comentario que Roslynn hizo a James.

—¿Su hijo? ¿Cómo no lo adiviné? —Había tal ironía en su voz que nadie dudó que no creía una palabra de cuanto le habían dicho.

Jeremy se echó a reír. James también estaba divertido. Pero Anthony estaba cada vez más enfadado. Sabía que eso sucedería, pero ¿por qué debía suceder por primera vez con ella? Y como el joven reía a carcajadas, no intentó aclarar el malentendido.

Al verse rodeada por Malory, Roslynn deseó no haber sido tan altanera cuando rechazó la compañía del palafrenero de Timmy esa mañana. Pensó que para dar un simple paseo por el parque no necesitaría la protección de un hombre. Jamás lo hacía en su casa. Pero Londres no era su casa.

Anthony pareció adivinar sus pensamientos.

—¿Ha perdido a su acompañante?

Timmy, de seis años de edad, dijo:

—Ros es mi acompañante y yo soy el de ella. Dijo que sólo necesitábamos nuestra mutua compañía.

—¿Y quién eres tú?

—Lord Grenfell —dijo Timmy, dándose importancia.

Tenía los cabellos rubios y los ojos grises de George Amherst. Anthony balbuceó:

—Conozco... conocí muy bien a tu padre. Pero la próxima vez que lady Ros se ofrezca para ser tu acompañante, debes decirle...

—Ya he comprobado que el parque no es tan seguro como lo había supuesto, sir Anthony —dijo Ros, con tono significativo—. Le aseguro que no volveré a desempeñar ese papel.

—Me alegra saberlo, pero mientras tanto, la escoltaré hasta su casa.

James señaló:

—Detesto recordártelo, hermano, pero ya tienes alguien de quien hacerte cargo. Yo, en cambio, estoy disponible para acompañar a la señorita hasta su casa.

—Pues no lo harás —le espetó Anthony.

Regina disfrutaba del encuentro desde cierta distancia. Pero como al parecer la situación se tornaba difícil, decidió intervenir.

—Antes de que la emprendáis a golpes, creo prudente indicarle que Jeremy también se encuentra disponible y podrá acompañarla. La distancia era corta, y como yo pensaba visitar a lady Frances, iré con ellos, Tony, y aprovecho para agradecer tu compañía. —Dirigiéndose a Roslynn, dijo—: ¿Estás de acuerdo?

Roslynn suspiró aliviada, pues no había alcanzado a pensar cómo rehusar cortésmente la compañía de los hermanos Malory, después de admitir su error al cabalgar sin acompañante.

—Completamente, lady Eden.

—Por favor, querida, llámame Reggie. —Sonrió a James y añadió—: Como me llaman casi todos.

El comentario pareció mejorar el humor de Anthony. Ahora sonreía contemplando a Roslynn. Y con qué sonrisa. Ella debió hacer un esfuerzo para no volver a mirarlo después de que se despidieron. La noche anterior había decidido sabiamente que no sería aconsejable verlo nuevamente. Este encuentro, breve pero desconcertante, sólo contribuía a reafirmar esa decisión.

Mientras Anthony contemplaba las cuatro personas que se alejaban, pensó en la posibilidad de dar una zurra a Regina cuando volviera a verla.

—Se ha vuelto muy autoritaria desde que se casó con Eden.

—¿Tú crees? —rió James—. Quizá nunca lo advertiste antes, porque no era a ti a quien daba órdenes.

Irritado por la broma de James, Anthony lo miró con furia.

—Y tú...

James no le dio oportunidad de descargar su ira.

—No seas fastidioso, muchacho. Después de ver cómo ha reaccionado contigo, he comprobado que no tengo muchas probabilidades de conquistarla. —Hizo girar su caballo y, antes de marcharse, dijo con una sonrisa maliciosa—: Pero la falta de probabilidades nunca me ha detenido.

9

—No me ayudas en absoluto, Frances —se quejó Roslynn, e imitándola añadió—: Ve si te place. ¿Qué clase de respuesta es esa?

Frances se detuvo bruscamente en la acera llena de gente de la calle Oxford. Nettie chocó contra su espalda y dos paquetes cayeron de sus manos; una sombrerera rodó hacia el borde de la acera. Anne, la criada de Frances, corrió hacia ella antes de que llegara hasta la calle. Frances ni siquiera lo notó.

—¿Qué te ocurre, Ros? Si te resulta tan difícil resolver algo tan simple como esto, me estremece pensar en los problemas que tendrás que afrontar cuando debas escoger un marido. O deseas asistir a la fiesta de los Eden o no lo deseas. Sí o no; no es complicado.

Roslynn hizo una mueca. Naturalmente, Frances estaba en lo cierto. Pero Roslynn no le había hablado de su encuentro con Anthony en el baile de los Crandal. Había tenido la intención de hacerlo, pero la conversación que tuvieron esa noche al regresar a casa había comenzado con la pregunta que ella le había hecho acerca de si el marido de lady Eden había sido un libertino antes de casarse.

—Lo fue, sin duda.

Le había respondido con tanto fastidio, que Roslynn sólo le había formulado otra pregunta:

—¿Son felices?

—Nunca he visto a dos personas tan felices ni tan enamoradas.

La respuesta había sido dicha con cierta incredulidad, como si Frances no pudiera creer que fuera posible. Pero después, Roslynn sabía que su amiga se hubiera alterado mucho si se enterase de que ella consideraba atractivo a Anthony Malory, de modo que no lo había mencionado. Era obvio que Frances aún aborrecía a los hombres como él.

Pero, independientemente de la opinión de su amiga y aunque la compartía, Roslynn había pensado continuamente en Anthony esa noche. Tanto, que Nettie lo había notado cuando Roslynn entró en su dormitorio.

Sus primeras palabras habían sido:

—Bien, evidentemente ya has conocido a tu hombre. ¿Cómo se llama?

Saliendo de su ensoñación, Roslynn había afirmado rápidamente que no había sólo uno, sino cuatro, y de inmediato comenzó a hablar de cuanto sabía acerca de ellos hasta ese momento, que no era mucho, pero que la ayudó a conformar a Nettie. Ahora estaba asignando demasiada importancia a la invitación de lady Eden, cuando había decidido rápidamente y sin rodeos todas las anteriores. Realmente, llamaba la atención.

No era de asombrarse que Frances pensara que algo le ocurría. Pero al menos no podía adivinar qué era. Por otra parte, Nettie la había estado observando atentamente desde que regresó del paseo a caballo el día anterior. Roslynn no sabía cómo, pero se había delatado a sí misma.

—Quizá la decisión sea sencilla para ti —dijo a Frances con tono defensivo—, pero yo debo considerar otros aspectos.

—¿Cuáles, por ejemplo?

—En primer lugar, el tiempo. El hecho de estar fuera de la ciudad durante tres o cuatro días retrasará...

—¿No dijiste que Reggie te prometió invitar también a tus caballeros?

—Eso no significa que vayan a ir, Frances. La temporada acaba de comenzar. Ha escogido un momento inoportuno para una fiesta de fin de semana en el campo.

—Silverley está en Hampshire; no a varios días de viaje. Y además, dijiste que te había prometido hablar con su marido para brindarte toda la información que posee sobre tus caballeros en cuanto llegues allá. Aunque sólo fuera por ese motivo, supuse que desearías ir.

Ah, la lógica; ¿cómo refutarla?

—¿Cómo saber si él conoce algo importante acerca de ellos? Podría ser una pérdida de tiempo.

—En ese caso, podrías regresar a Londres esa misma noche.

—¿Y dejarte allí? —dijo Roslynn—. ¿Cómo regresarías?

Frances sacudió la cabeza.

—Me rindo. Es obvio que no deseas ir, por lo tanto tampoco iré yo. Tenemos otra media docena de invitaciones para este fin de semana, de modo que...

—No me hagas decir lo que no he dicho. Aún no he dicho que no.

—¿Y bien?

Roslynn continuó caminando y dijo su próxima frase por encima del hombro.

—Aún debo pensarlo.

No debería haber hablado de la fiesta; de esa manera había revelado la ansiedad que le provocaba. Casi podía escuchar los engranajes de la mente de Nettie. Por lo menos Frances no sabía cuál era el problema. Pero Nettie la conocía demasiado bien. ¿Y qué le diría a Nettie cuando le hiciera preguntas, pues era indudable que las haría? ¿Le daría las mismas excusas, a pesar de que Frances acababa de señalarle que no tenía ninguna?

Diablos. Se sentía acorralada. La lógica indicaba que no había nada que decidir. Debía ir a Silverley, aunque sólo fuera para recibir la información que Regina tendría para ella. Además, debía tener en cuenta qué pasaría si ella no iba e iban sus cuatro «posibles». Estaría en Londres sin adelantar nada y esa sí sería una pérdida de tiempo.

Por otra parte, existía la posibilidad de que Anthony Malory fuese a Silverley y Roslynn no quería correr el riesgo de verlo nuevamente. Era demasiado tentador. Su reacción tonta e infantil del día anterior en el parque, a plena luz del día y aun rodeada por otras personas, lo había demostrado.

Debería haber sido más explícita y preguntar a lady Eden si el Malory que ella no deseaba volver a ver estaría allí. Pero no había querido ponerse en evidencia. Despreocupadamente, había preguntado si asistiría algún Malory y Regina le había respondido evasivamente.

—Nunca sé cuándo uno o más de ellos vendrá. Saben que siempre son bienvenidos.

Ese había sido el resultado de su reticencia. Eso le ocurría por fingir una indiferencia que no sentía. Ahora se veía ante la alternativa de demorar sus planes durante varios días o de encontrarse nuevamente con ese libertino.

En realidad, sólo debía tomar una decisión y era mejor no engañarse al respecto. Debía evitar otro encuentro con Anthony Malory a cualquier coste. Debía demorar sus planes.

—Henos aquí, Ros. Dickens y Smith será la última tienda que visite hoy —anunció Frances. Luego la reconvino—. No es divertido salir de compras contigo. Al menos, podrías entrar en la tienda, aunque no desees comprar nada.

Roslynn ni siquiera pudo sonreír para que Frances no se enfadara; estaba muy deprimida.

—Lo haría si no hubieras escogido un día tan caluroso.

Entrar en la perfumería y en la tienda de lencería ha sido suficiente para mí, gracias. No sé cómo has podido soportar ir a la sombrerería y a la sedería, pero supongo que estás habituada. Pero olvidas que el clima de Escocia es más frío. En estas tiendas hace mucho calor. Al menos en la calle corre una leve brisa, aunque apenas se note. Ve. Te aguardaré aquí con Nettie.

Cuando la puerta de la tapicería se cerró detrás de Frances y Anne, Nettie reaccionó en el acto.

—Ahora, dime, niña...

—Oh, Nettie, no me acoses ahora —dijo Roslynn, interrumpiéndola—. No estoy de humor para explicaciones.

Pero Nettie insistió.

—No podrás negarme que has estado actuando de una manera muy peculiar.

—Se justifica, considerando dónde estamos y por qué y teniendo en cuenta que debo pensar en muchas cosas —dijo Roslynn, a la defensiva—. ¿Creíste que esto de buscar marido sería tarea sencilla? Demonios. Hay momentos en que ni pensar puedo.

Eso provocó la compasión de Nettie.

—Bueno, querida; todo habrá pasado antes de que...

—Shh —la interrumpió Roslynn, frunciendo el entrecejo—. Allí está de nuevo, Nettie. ¿Lo notas?

—¿Qué?

—Que alguien nos vigila.

Nettie la miró con desconfianza, sin saber si Roslynn estaba simplemente tratando de cambiar de tema o si hablaba en serio. Pero la joven miraba hacia un lado y otro de la calle con gran ansiedad.

—Si alguien nos vigila, no será a nosotras, sino a ti. Un admirador, sin duda.

Roslynn miró a Nettie con impaciencia.

—Sé cómo se siente una cuando la miran de esa manera, y esto es diferente. Lo he estado notando desde que aguardamos a Frances frente a la tienda de sombreros. Traté de ignorarlo, pero la sensación persiste.

—Bien; entonces no cabe duda de que se trata de un ladrón. No me sorprendería; llevas muchas alhajas. Aférrate a tu bolso, niña.

Roslynn suspiró.

—Quizá tengas razón. Geordie no podría haberme hallado tan pronto, ¿no? pero, de todos modos, preferiría aguardar en el coche y no aquí en la calle. ¿Dónde está el conductor?

Nettie se puso de puntillas.

—Está a unas cinco tiendas de aquí, pero aparentemente está atascado detrás de un carro. ¿Lo ves? Pero podemos ir andando hasta allí, para que subas al coche. Luego regresaré para decírselo a lady Frances.

Roslynn no era paranoica, pero nunca había experimentado antes una sensación tan extraña. Quizá su imaginación la traicionaba, pero, de todas maneras, no tenía por qué aguardar allí de pie cuando su coche estaba tan cerca. Miró una vez más a su alrededor, pero había tantos peatones en la acera y tantos vehículos en la calle, que era imposible distinguir a alguien que estuviera mirándola fijamente.

Comenzaron a avanzar por la calle, pero cuando apenas habían recorrido seis metros, un brazo tomó la cintura de Roslynn por detrás y la levantó en vilo. No gritó; fue casi un alivio comprobar que sus sospechas no habían estado erradas. Estaba preparada. No fue presa del pánico ni del temor. Simplemente dejó caer la parte superior de su cuerpo por encima del fuerte brazo que la sostenía, tomó el borde de su falda y sacó de su bota el puñal.

Mientras tanto, Nettie dio un grito de alarma que se extendió por todo Londres. Antes de que el individuo se moviera, se arrojó sobre él blandiendo su bolso a izquierda y derecha, golpeando su oreja y su nariz. También empujó el sombrero de Roslynn hacia delante, obstruyendo su visión. Pero logró dar en el blanco. No necesitó ver para herir el brazo del hombre.

El individuo aulló de dolor y la soltó. Roslynn se encontró de pronto sentada en la acera. Echó su sombrero hacia atrás y vio que Nettie continuaba corriendo detrás del hombre, lanzando golpes contra su cabeza y sus hombros, antes de que él ascendiera a un viejo carruaje desvencijado. El conductor emprendió velozmente la marcha, azuzando cruelmente a los caballos.

Roslynn se estremeció al comprobar que el carruaje había estado tan cerca de ella. Si hubiera avanzado un poco más, la hubieran arrojado en su interior. Y todo había ocurrido tan rápidamente. Había personas a su alrededor, pero sus reacciones eran tan lentas que era obvio que no hubieran podido ayudarla. Uno de los palafreneros de su carruaje corrió hacia ella, cuando ya era demasiado tarde.

Nettie se volvió, y tiró hacia abajo de su chaqueta, que se había torcido durante su lucha con el salteador de caminos. Una sonrisa triunfal se dibujaba en sus labios. Ni siquiera el espectáculo de Roslynn tendida en la acera pudo estropear su sensación victoriosa... hasta que vio el puñal que Roslynn aún sostenía en la mano. Pero, aun así, había sido ella quien hizo huir al atacante, si bien Roslynn se había asegurado de que no la llevase consigo. Habían triunfado y eso la llenaba de orgullo.

También Roslynn estaba muy complacida, a pesar del dolor de sus posaderas. El abuelo hubiera estado orgulloso de ella por haber conservado la calma y haber hecho lo necesario sin vacilar. Había herido a alguien con un arma por primera vez, pero no experimentaba escrúpulos por ello. En cambio, se sentía más segura al saber que podía cuidar de sí misma. Pero era indudable que había estado preparada. Quizá no siempre contara con esa advertencia intuitiva que la había alertado a tiempo. Y también habría sido diferente si hubiera habido más de un hombre para secuestrarla: No se atrevía a alardear de ese éxito.

Roslynn aceptó la ayuda del palafrenero para ponerse de pie y luego, con calma, guardó la daga en su bota, antes de sacudir el polvo de su falda. Nettie hizo retroceder a la multitud con una breve referencia a la ineficacia de la preocupación tardía. Enfadada, recogió los paquetes que habían caído al suelo, los depositó en manos del palafrenero y tomó a Roslynn del brazo, prácticamente arrastrándola hasta el carruaje.

—Debí tener en cuenta tu advertencia, niña. La próxima vez lo haré.

—¿Entonces piensas que eran asalariados de Geordie?

Nettie caviló durante un instante.

—Puede ser, pero lo dudo.

—¿Quién si no?

—Mírate; pareces un faro con esos zafiros alrededor del cuello. Pudieron pensar que eras la esposa de un lord acaudalado que pagaría un buen precio por recuperarte.

—Es probable. —Ambas guardaron silencio. Luego, inesperadamente, Roslynn añadió—: Creo que asistiré a la fiesta de los Eden. No será mala idea alejarme de Londres durante unos días, para hallarme a salvo. Si Geordie se encuentra aquí, vigilándome, pensará que estoy huyendo nuevamente. Hasta entonces, haré que los criados de Frances me acompañen cada vez que salga.

—Bien; estoy de acuerdo. Debes ser más cautelosa de lo que has sido hasta ahora.

10

Había sido sencillo huir de Londres sobre el lomo de Brutus, flanqueada por dos fornidos palafreneros. En esta ocasión, Roslynn no se tomó la molestia de disfrazarse. Si la casa de la ciudad estaba vigilada, deseaba que Geordie se enterase de su partida y viera la pesada maleta con ropa que llevaba, para que pensase que se marchaba de Londres.

No obstante, el subterfugio pareció innecesario cuando se hallaban a varios kilómetros de distancia y, aparentemente, nadie los seguía. El sol radiante les ofrecía muy buena iluminación para la vigilancia, pero los caminos estaban atestados de granjeros que llevaban sus productos al mercado y de viajeros que iban a pasar el fin de semana en Londres. Sólo se vio partir de Londres un importante carruaje, y Roslynn lo dejó tan atrás que no le importó que la siguieran o no.

Desayunó en una posada mientras aguardaba la llegada de Frances, y cuando esta llegó, no trajo consigo noticias que despertaran sospechas, de modo que Roslynn viajó tranquila durante el resto del camino en el coche de los Grenfell, rumbo a Hampshire. Cuando habían hecho la mitad del recorrido, reemplazó una preocupación por otra, pero poco podía hacer al respecto, excepto esperar que sus temores fueran infundados. Tenía a su favor la circunstancia de que un hombre como sir Anthony no abandonaría el bullicio de Londres por una pequeña reunión campestre, y lady Eden le había dicho que esa fiesta, planeada con meses de anticipación, contaría con la asistencia de sus vecinos, que, como ella, eran aficionados a la vida campestre y generalmente evitaban la vida de Londres durante la temporada.

Llegaron por la tarde y fueron los primeros. Eran pocos los que planeaban pasar allí la noche, ya que la mayoría vivía en las cercanías. Frances durmió durante el resto de la tarde. Roslynn dijo que haría lo mismo, pero cuando se halló a solas en la habitación que le asignaron, se instaló frente a la ventana que daba al frente de la casa y miró ansiosamente hacia el camino. Estudiaba cada carruaje que llegaba y cada pasajero masculino que descendía. Incluso observó detenidamente las idas y venidas de los criados, para asegurarse de escudriñar a todos los hombres que aparecían.

Cuando Nettie entró mucho más tarde para ayudar a su ama a prepararse para la velada, tuvo que soportar pacientemente el nerviosismo de Roslynn y sus constantes viajes a la ventana, cada vez que oía llegar a un nuevo invitado. Le llevó media hora completar su peinado.

—¿A quién buscas tan afanosamente? —preguntó finalmente Nettie cuando Roslynn volvió a sentarse frente al tocador.

—A mis caballeros, naturalmente —respondió Roslynn—. Hasta ahora sólo ha llegado sir Artemus Shadwell.

—Si los otros deben llegar, llegarán. El hecho de que los vigiles no cambiará la situación.

—Puede que sea así —admitió Roslynn, pues su respuesta había sido una mentira.

La verdad era que, desde que conoció a Anthony Malory, había pensado muy poco en sus cuatro «posibles». Eso debía cambiar.

Afortunadamente, para su tranquilidad de espíritu, el

último ruido que la hizo ir hacia la ventana fue aparentemente el último coche en llegar. Nettie logró ayudarla a ponerse el vestido de seda de color azul pálido que había escogido para esa noche, complementado con los zafiros de los Cameron alrededor de su cuello y sus delicadas muñecas. Roslynn se distendió un tanto.

Cuando Frances se reunió con ella para ir a la planta baja, Roslynn estaba muy tranquila. Él no vendría. Roslynn ignoró la pizca de decepción que esa certidumbre le produjo.

Lady Eden las recibió al pie de la gran escalinata que partía del gran vestíbulo de entrada y se dividía en el centro. Una de las secciones se dirigía hacia el frente de la casa, donde se hallaban las habitaciones de huéspedes; la otra, hacia la parte posterior de la casa, donde estaban los dormitorios principales. Un pasillo bordeado por una baranda rodeaba el vestíbulo de la planta alta, permitiendo la visión de la planta baja. Una gran araña de luces pendía del centro del techo abovedado y lanzaba sus destellos sobre el suelo de mármol blanco.

Roslynn estaba ansiosa por recorrer el resto de la casa y Regina no la decepcionó, diciendo que sus invitados podían aguardar. Contribuyó a tranquilizar más aún a Roslynn con su amena conversación y sus modales encantadores, mientras recorrían las habitaciones.

Silverley era una enorme casa campestre, semejante a un castillo, con su parte central y sus esquinas almenadas, pero su interior no era en absoluto medieval, excepto quizás en los antiguos gobelinos que adornaban muchos de sus muros. Estaba amueblada con buen gusto, con muebles pertenecientes a distintos períodos: reina Ana y Chippendale en una habitación, estilo Sheraton en otra, una combinación de estilos en una tercera, que incluía varias piezas curiosas de estilo provenzal francés. Roslynn tuvo la impresión de que se trataba de un hogar, no de una casa para ser exhibida, si bien podía serlo perfectamente.

La visita guiada concluyó en la parte posterior de la casa, donde se habían reunido los invitados. De pie en la pequeña antecámara, que tenía ventanales que iban desde el suelo hasta el techo, podían vislumbrar la sala de estar a la izquierda y, más allá, la sala de música. A la derecha se veía un gran comedor y después un hermoso invernadero. Roslynn decidió visitarlo más tarde con detenimiento. Pero en ese momento Regina estaba ocupada haciendo presentaciones, antes de que los numerosos invitados que deambulaban por los distintos cuartos, que daban al parque de la parte posterior de la casa, pasaran a la sala de estar.

—Tengo un vecino que te agradará conocer —dijo Regina a Roslynn cuando finalmente la acompañó, junto con Frances, a la sala de estar—. No todos se marchan a Londres durante la temporada. Yo tampoco me hubiera marchado si no lo hubiera prometido, pero me alegra haberlo hecho, pues me dio la oportunidad de conocerte. Y no te preocupes, pues más tarde hablaremos sobre lo que Nicholas me dijo sobre los caballeros que te interesan.

—Sólo he visto a sir Artemus, Ros —dijo Frances, inquieta, sabiendo que Roslynn había estado ansiosa sobre el hecho de que sus «posibles» asistieran a la reunión o no.

—Así es —dijo Regina—. Pero podrían llegar mañana. Los cuatro aceptaron mi invitación. Pero mientras tanto, debes conocer a lord Warton. Nicholas está muy celoso de él. Lo cierto es que en ocasiones me pregunto qué hubiera sucedido si hubiera conocido a Justin Warton primero.

Su sonrisa traviesa daba a entender que no hablaba en serio.

—Justin no es tan mayor como tus otros caballeros, Roslynn —siguió diciendo Regina—. Sólo tiene alrededor de veintiocho años, pero es muy agradable. Sé que te gustará. Ama a su familia y aborrece Londres, de modo que no podrías haberlo conocido allá. Sólo va a la ciudad una vez al año para llevar a su madre y su hermana de compras, y siempre fuera de temporada. Veamos, ¿dónde está? —De estatura diminuta, Regina se vio obligada a ponerse de puntillas para poder ver por encima de algunos hombros, pero finalmente sonrió—. Allí, junto a la chimenea. Venid conmigo.

Roslynn avanzó dos pasos y se detuvo bruscamente. Acababa de ver al hombre apuesto y corpulento que estaba sentado en su sofá de color crema y dorado junto a la chimenea, flanqueado por una joven rubia muy parecida a él y una mujer mayor, que obviamente eran su hermana y su madre respectivamente. Pero también había visto a los dos caballeros elegantemente vestidos que se hallaban a escasa distancia, de pie frente al fuego. Eran los hermanos Malory y fue el moreno el que la miró a los ojos, haciéndola vacilar, gruñir por lo bajo y sentir un extraño vahído...

Tuvo que realizar un enorme esfuerzo para dejar de mirar a Anthony Malory y continuar caminando detrás de su anfitriona, que no había notado nada. Hubiera deseado volverse y retirarse, antes de acortar la distancia que la separaba del sofá, a sólo dos metros de donde se hallaba ella. Pero era imposible. Por lo tanto, decidió concentrarse en los Warton, especialmente en Justin Warton, y dar la espalda a los Malory.

Era sencillo comprender por qué Regina pensaba que Justin podría atraer su interés. Era sumamente atractivo, de cabellos rubios, rasgos definidos y regulares, y unos hermosos ojos azules, ojos que contemplaron admirativamente a Roslynn. Además, era el hombre más alto que jamás conociera. Lo comprobó cuando él se puso de pie para besar la mano de ella. Era corpulento, de hombros anchos y músculos firmes. Su tamaño lo hubiera convertido en un hombre intimidatorio si no fuera por su sonrisa infantil y sus modales encantadores.

Roslynn se sintió de inmediato muy cómoda junto a él y, durante algunos minutos, casi olvidó a la persona que estaba detrás de ella... casi. El problema era que podía sentir esos ojos sensuales que recorrían su cuerpo, con la misma mirada con que la había mirado aquella noche del baile de los Crandal. ¿Mirado? No, devorado a través de la habitación, como lo hacían ahora a pocos centímetros de distancia. Trataba de no pensar en lo que él estaría imaginando en ese momento mientras la miraba.

La interrupción que provocó la aparición de otra persona fue una distracción bienvenida.

—Aquí estabas, mi amor —dijo Nicholas Eden, deslizando un brazo posesivo alrededor de la pequeña cintura de su mujer—. ¿Por qué será que cada vez que salgo de la habitación este tonto grandullón siempre aparece a tu lado?

Ni sus gestos ni el tono de su voz demostraban que hablase en serio o en broma, pero Justin Warton no se ofendió. En cambio rió, como si estuviera habituado a que su anfitrión hiciese esa clase de comentarios.

—Si deseara robártela, Montieth, lo sabrías —dijo Justin, guiñando un ojo a Regina.

—No empecéis con vuestras bromas —dijo Regina, con tono suavemente admonitorio—, o haréis creer a estas señoras que habláis en serio. No es así —dijo a sus invitadas—; en absoluto. —Y añadió—: Por si no lo habéis adivinado, este es mi marido. —Luego continuó con las presentaciones, ya que, aunque Frances sabía de su existencia, no lo conocía personalmente.

Roslynn había supuesto que una mujer tan hermosa como Regina Eden tendría un marido excepcionalmente apuesto, y el cuarto vizconde Eden de Montieth lo era. Tenía cabellos castaños con reflejos dorados y ojos claros de color café, que brillaban con reflejos ambarinos cada vez que miraba a su mujer, y no era difícil comprender que se lo hubiera considerado un libertino hasta un año atrás, y que su comportamiento hubiese estado a la altura de su reputación. Tampoco era difícil comprobar que ahora estaba completamente domesticado y muy enamorado de su mujer. Lo asombroso era que fuese tan joven. Roslynn calculó que debía ser apenas unos pocos años mayor que ella; pero sus actitudes eran las de un hombre mayor. De hecho le recordaba a sir Anthony, que de pronto invadió nuevamente sus pensamientos.

—Vamos, gatita, ¿durante cuánto tiempo piensas ignorarnos? —dijo de pronto la voz profunda de sir Anthony.

—Durante toda la noche, si de mí depende —respondió Nicholas con tono hostil.

Durante un instante, Roslynn creyó que Anthony se dirigía a ella. Pero la respuesta de Nicholas, que provocó el codazo que Regina le propinó en las costillas, la hizo enfrentarse con la realidad.

—Oh, Dios, ¿es que siempre debo actuar como árbitro? —dijo Regina, sin dirigirse a nadie en especial. Luego fue hacia la chimenea y besó a los hermanos Malory en la mejilla—. Como si alguien pudiera ignoraros durante mucho tiempo —añadió riendo—. Pero no creo que sea mi atención la que deseáis con tanta impaciencia. Venid conmigo y os presentaré. —Les dio el brazo a ambos y los hizo avanzar—. Lady Frances, creo que no conoces a mis tíos, James y Anthony Malory, ¿verdad?

Tíos. ¿Tíos? «¿Por qué esa pequeña información no se dio a conocer antes?», se preguntó Roslynn, enfadada. Ella no hubiera asistido a la reunión si hubiera sabido que los Malory eran tan conocidos de Regina Eden. Su sobrina. Mierda.

Su incomodidad se hizo más llevadera, pues el grupo estaba formado por cuatro personas, los Warton y Frances. Justin se apresuró a alejar de allí a su hermana, para que no entrara en contacto con dos notorios libertinos. Roslynn deseó tener a alguien que cuidara de ella tan diligentemente; alguien que evitara que él estuviera en presencia de ella. Aunque decidió defenderse a sí misma. Ni sus palabras ni sus gestos revelaron su inquietud. Pero Frances no era tan inescrutable. Apretó los labios y respondió con frases breves, poniendo en evidencia su animosidad hacia los dos hombres. Pocos minutos después dio una excusa y se dirigió hacia otro grupo de personas.

Ello dejó a Roslynn en un aprieto terrible. Si ella también se marchaba, su actitud sería grosera. De modo que permaneció allí, sometiéndose al minucioso escrutinio de los Malory. Y ambos se dedicaron a examinarla abiertamente, sin ambages.

James no consideró necesario ignorar lo que acababa de ocurrir.

—Creo que la joven está incómoda, Tony. No debe estarlo, lady Roslynn. Mi hermano y yo somos inmunes a esa clase de reacciones.

—Puede que tú lo seas —dijo Anthony, con ojos brillantes—. A mí me agradaría que me tratasen con un poco más de consideración.

A Roslynn no le cupo ninguna duda acerca de la clase de consideración que él deseaba, ya que, cuando lo dijo, la miraba directamente a ella. Rosslyn no pudo reprimir una sonrisa. Él no podía aguardar a que estuvieran a solas para ejercer sobre ella su seducción. Eso era incorregible.

También Regina debió de pensar lo mismo.

—Vamos, Tony, prometiste portarte bien.

—Y lo estoy haciendo —dijo él con toda inocencia—. Si hiciera cuanto deseo, gatita, provocaría un escándalo en tu casa.

Roslynn tuvo la sensación de que hablaba en serio, a pesar de que Regina rió como si él estuviera bromeando.

—La asustarás, Tony; ten cuidado.

—De ninguna manera —objetó Roslynn.

—Ya ves, querida —dijo James—. Puedes ir a atender tranquilamente a tus invitados. La señorita estará perfectamente segura con nosotros.

—Oh, jamás lo puse en duda —dijo Regina, y al alejarse añadió—: Nicholas, no dejes de vigilarlos.

—Perfectamente —dijo Nicholas, frunciendo el entrecejo.

James rió.

—Qué falta de confianza.

—Lamentablemente justificada —gruñó Nicholas en voz baja.

—Creo que todavía no nos ha perdonado, Tony —dijo James.

—No me incluyas, hermano. Sólo le señalé que si se casaba con Reggie, su salud se vería afectada. Tú, en cambio, fuiste responsable de que tuviera que guardar cama durante varias semanas, para no mencionar el hecho de que lo trajiste a rastras desde la India cuando demostró su renuencia hacia el matrimonio.

—Nunca...

Roslynn interrumpió a Nicholas.

—Antes de que esta conversación tome giros insospechados, será mejor que yo...

Anthony le impidió terminar la frase.

—Excelente idea. Mientras ellos riñen a sus anchas, usted y yo iremos a contemplar las flores del invernadero.

Sin darle oportunidad de negarse, Anthony la tomó del brazo y comenzó a conducirla fuera de la habitación. Ella trató de apartarse de él, pero él no se lo permitió.

—Sir Anthony...

—No se comportará como una cobarde, ¿verdad? —le dijo al oído.

Roslynn se irritó ante el desafío.

—Simplemente no deseo salir de la habitación con usted.

—Pero lo hará.

Ella se detuvo y él se vio obligado a arrastrarla o detenerse a su vez. Se detuvo y esbozó una leve sonrisa.

—Se lo diré de otra manera, querida. O la beso en el invernadero o la beso aquí, y en este mismo instante. De todas maneras, la tomaré entre mis brazos y...

—Eso cree usted —dijo Roslynn, antes de percibir que muchas personas los observaban—. Está bien —dijo en voz baja y sibilante—. Me agradaría ver el invernadero, pero no habrá besos y deberá prometérmelo antes, canalla. Él sonrió confiadamente.

—Vayamos entonces.

Continuó conduciéndola, deteniéndose cada tanto para intercambiar algunas palabras con personas a las que conocía, como si estuvieran simplemente recorriendo las habitaciones. Roslynn alcanzó a mirar a Frances, que la contempló con gesto de desaprobación. Pero Roslynn no se atrevía a intentar nuevamente liberarse de él. Era discutible que Anthony hubiera osado besarla en presencia de todos, aunque no podía arriesgarse.

Pero debería haberse asegurado su promesa. Cuando dijo «Vayamos entonces» no le prometió nada, cosa que corroboró cuando entraron en el invernadero.

—Esto es muy hermoso —dijo Roslynn, inquieta, mientras él deslizaba su brazo por la cintura de ella y la guió por los senderos bordeados de plantas.

—Estoy de acuerdo —dijo él, pero la miraba a ella.

Ella desvió la mirada, mirando fijamente las estatuas que se erguían a los lados del sendero, las flores, la fuente que se hallaba en el centro del recinto. Pero no podía dejar de pensar en la mano que se apoyaba en su cadera y quemaba su piel a través de la tela delgada del vestido de talle alto.

—Debería... debería ponerlo a prueba, sir Anthony.

Su voz era débil y temblorosa y tuvo que carraspear para continuar hablando.

—Ha sido endiabladamente injusto al adoptar esa actitud.

—Lo sé.

—¿Era necesario ser tan despótico?

Él se detuvo y la hizo volverse hacia él. Estudió detenidamente su rostro. Alarmada, Roslynn percibió que estaban en un extremo del invernadero, donde las gruesas ramas de uno de los árboles impedían ver la puerta. Estaban solos y el sonido de la fuente apagaba los ruidos de la fiesta.

—Sí, era necesario —respondió él finalmente con voz ronca—. Porque desde que la vi, sólo he podido pensar en esto. Roslynn no pudo reunir la fuerza necesaria para protestar cuando la acercó hacia él. Deslizó la otra mano por el cuello de ella, levantando su mentón con el pulgar y, durante un instante fugaz, ambos se miraron a los ojos. Luego ella sintió sus labios cálidos, seductores, que oprimían suavemente los suyos y cerró los ojos, aceptando lo inevitable. Necesitaba saber y ahora sabía. Y por el momento nada importaba, excepto su sabor y el roce de su cuerpo contra el suyo.

Anthony no la atemorizó con su pasión, la que refrenó, a pesar de que íntimamente tuviera la sensación de tener un volcán en su interior. No recordaba haber deseado algo con tanta intensidad, y trató de no abrumarla con sus sentimientos; deseaba hacer surgir en ella el deseo lentamente, hasta que lo quisiera con la misma vehemencia. Nunca nada le había exigido un esfuerzo tan grande; debía frenar sus impulsos cuando su cuerpo anhelaba poseerla allí, en ese momento. Enloquecido de deseo, no percibió las pequeñas cosas que le hacía, enterrando sus dedos entre sus cabellos y despeinándola; deslizando su rodilla entre las de ella. Pero, afortunadamente para él, también ella había perdido la noción de cuanto hacía.

Ese muslo que rozaba su ingle, unido a los besos cada vez más profundos, fueron la perdición de Roslynn. Gradualmente, él comenzó a introducir su lengua en la boca de ella, abriéndola y suscitando en ella sensaciones exquisitas. Finalmente, logró que ella también explorase con su lengua y, cuando se deslizó entre los labios de él, no la soltó, succionándola hacia el fondo de su boca.

Indefensa ante su experiencia, Roslynn fue completamente seducida, hasta quedar entregada y dispuesta a dejarlo hacer cuanto deseara. Cuando Anthony lo percibió, gruñó. Frustrado, comprendió que había escogido erróneamente el lugar. Nunca imaginó que alcanzaría el éxito tan rápidamente.

Deslizando sus labios hasta el oído de ella, dijo:

—Ve a tu habitación, querida. Te seguiré.

Hipnotizada y aturdida, ella no pudo relacionar una idea con otra.

—¿A mi habitación?

Él hubiera deseado sacudirla. No era el momento indicado para confusiones. La tomó de los hombros.

—Mírame, Roslynn —dijo él con urgencia—. No podemos permanecer aquí. ¿Lo comprendes? No es un sitio privado.

Ella frunció el entrecejo.

—¿Y para qué necesitamos que lo sea?

Maldición. ¿Estaría Regina en lo cierto? ¿Sería Roslynn tan inocente a su edad? La idea le produjo disgusto y placer al mismo tiempo. Si fuera así, se arriesgaría a perder lo que había logrado si la hacía reaccionar. Pero íntimamente, su veta tierna, hasta entonces dormida, deseó que fuese así.

Anthony suspiró y se armó de paciencia.

—Haremos el amor; tú y yo. Es la consecuencia lógica de lo que hemos estado haciendo. Y, dado que ambos lo deseamos, debemos hallar un sitio en el que no nos molesten. Debes comprender que tu habitación es el lugar indicado. Roslynn comenzó a menear la cabeza antes de que él concluyera la frase.

—Oh, ¿qué has hecho? No debías besarme. Te lo había dicho.

Su acento escocés lo excitó más aún y volvió a apretarla contra su pecho.

—Es muy tarde para mentiras, cariño; ya has claudicado en todo, menos en una cosa. Ahora compórtate como una niña buena y haz lo que te digo o te poseeré aquí mismo, lo juro, y que el diablo se lleve al que nos vea.

Si él trató con eso de amedrentarla, no lo logró. Ella estuvo a punto de reír ante sus embates, pero pensó que a él no le haría gracia. El sentido común le decía que él no haría nada que pudiera causar a su sobrina una situación incómoda. Debería haberse dado cuenta antes de ir al invernadero con él.

—No te servirá de nada esa actitud descarada, amigo.

En ese momento, Anthony no estaba seguro de que se hubiese tratado de descaro. Pero el hecho de que ella se lo señalara lo hizo reaccionar, aunque no calmó por completo sus ardores. Había echado a perder la oportunidad. Ella tenía todo el derecho de enfadarse.

Anthony sonrió con su sonrisa devastadora.

—Si no puede ser ahora, iré a tu dormitorio más tarde.

Ella se apartó bruscamente de él y sacudió enfáticamente la cabeza.

—No pasará de la puerta, se lo aseguro.

—No eches la llave.

—Tampoco haré tal cosa.

—La ventana entonces.

Los ojos castaños de ella lanzaron destellos de furia.

—¿Deberé sofocarme dentro de la habitación, cerrando todas las ventanas? ¿Por qué no puede aceptar una negativa? ¿Acaso no he hablado claramente?

—No es la respuesta correcta, cariño, y hasta que lo sea, no esperarás que desista, ¿verdad? Debo pensar en mi reputación.

Ella rió, aliviando un tanto la tensión. Dios, él era incorregible, completamente inmoral, pero, ay, tan tentador. Nunca había conocido a un hombre tan atractivo sexualmente, tan fuerte y poderoso que ella se sentía atraída hacia él aun en sus momentos más lúcidos, sabiendo muy bien que no era el hombre para ella. Pero, hablara él en serio o no, ella sólo podría superar la situación en que se hallaba siempre que no lo tomara seriamente.

Controlando nuevamente la situación y regañándolo con la mirada, Roslynn dijo:

—Precisamente pensaba en su reputación, sir Anthony.

—Entonces debo tratar de ahuyentar nuevamente esos pensamientos.

—No.

Él fue hacia ella y Roslynn contuvo el aliento. Antes de que pudiera reaccionar, estaba sentada sobre la baranda y él le sonreía. Ella había pensado que él trataría de besarla otra vez. Esto no era gracioso. Detrás de ella había una altura de alrededor de dos metros y medio. Sus pies colgaban en el aire y, si perdía el equilibrio, sólo podía agarrarse... a él.

Frunciendo el entrecejo, intentó saltar, pero Anthony se acercó a ella y levantó su falda. Se acercó aún más, obligándola a separar las piernas; luego acercó su pecho al de ella, empujándola hacia atrás...

—Agárrate a mí o te caerás.

Su voz le llegó a través del pánico que experimentaba.

Se agarró a él, porque no podía hacer otra cosa. Pero él no se enderezó para que ella recuperase el equilibrio. Dejó que permaneciera pendiendo a medias por encima de la baranda; su única tabla de salvación era el cuerpo de él.

—Será mejor que rodees mi cuello con tus brazos, cariño. —Con un brazo, oprimió el estómago y el pecho de Roslynn contra el cuerpo de él—. Ahora, sostente con firmeza, porque te soltaré.

—No, no lo hagas...

—Shh, cariño. —Su aliento rozó el oído de Roslynn, haciéndola estremecer—. Si no quieres ceder, por lo menos concédeme esto. Necesito tocarte.

Ella contuvo el aliento al sentir la mano de él sobre su rodilla que avanzaba lentamente hacia su muslo.

—Basta. Eres un maldito... —Y luego, con voz ronca, murmuró—: Anthony.

Él se estremeció al oír cómo pronunciaba su nombre. Pero, antes de que pudiera decir nada más, sus manos llegaron hasta las caderas de ella y oprimieron sus nalgas con fuerza.

Roslynn gimió suavemente, echó la cabeza hacia atrás. Sus brazos y piernas caían laxamente a sus costados. Él tuvo la sensación de que pudo haberla penetrado. Sus labios besaron su cuello y, comprensiblemente, Roslynn olvidó su posición precaria.

—Supongo que no me agradecerás la intromisión, Tony, pero lady Grenfell está buscando a la pequeña escocesa y es probable que venga aquí en cualquier momento.

Anthony lanzó una maldición y miró a James, que se hallaba a escasa distancia de ellos, mirando discretamente hacia la fuente. Tomó a Roslynn de las caderas y la levantó; durante un instante la sostuvo en esa posición, disfrutando de su cercanía. Las piernas de ella estaban prácticamente aferradas a su cintura. Transida de pasión, tenía los labios abiertos, los ojos cerrados y el rostro encendido. Anthony dudó de que hubiera oído a James.

—Oh, Dios —dijo, dejando que se deslizara hasta el suelo, irritantemente frustrado—. Deberemos continuar en otro momento, cariño.

Ella retrocedió; sus piernas estaban debilitadas y durante varios instantes él vio cómo sus ojos recuperaban lentamente la visión normal. Finalmente los abrió por completo y luego los entrecerró bruscamente. Fascinado, Anthony ni siquiera vio la mano que ella levantó, pero sintió la sonora bofetada sobre su mejilla.

—No habrá otro momento para lo que deseas —dijo ella en voz baja, pero con una energía que demostró que estaba furiosa—. No conozco tus reglas, pero evidentemente no juegas limpio, de modo que aléjate de mí.

Ella se volvió y siguió en la dirección en la que habían estado caminando. Anthony no trató de seguirla. Se apoyó sobre la baranda, tocándose la mejilla y contemplándola hasta que desapareció.

—Me preguntaba cuándo saldría a relucir el carácter de esa escocesa. —Sonrió a James, que se acercó a él.

—Diría que no ha sido muy severa.

La sonrisa de Anthony se ensanchó.

—Ni siquiera se dio cuenta de que estabas aquí.

—¿Alardeas, hermanito?

—Sólo estoy muy complacido, viejo.

—Y bien, ahora que has logrado enfurecerla, imagino que no te opondrás a que yo haga un intento.

El buen humor de Anthony se desvaneció de inmediato.

—Mantente alejado de ella, James.

James arqueó una ceja.

—¿Así que estamos posesivos? Pero tengo entendido que ella te ha ordenado a ti mantenerte lejos de ella. Y, después de todo, querido hermano, aún no la has conquistado.

11

La compañía de Justin Warton le resultó tan agradable, que el enfado de Roslynn se disipó muy rápidamente; más rápidamente de lo que esperaba, considerando la furia de que había sido presa. Furia que se había incrementado cuando Frances la vio al salir del invernadero y la llevó velozmente a la planta alta para retocar su peinado. Ese horrible hombre la había dejado en un estado tal, que parecía haber sido manipulada, lo cual era cierto, y le valió una merecida reprimenda de Frances.

Sabía que había actuado como una tonta; sabía que había corrido un enorme riesgo. No era necesario que se lo dijeran con tanta severidad. Pero sabía que el enfado de Frances nacía del amor y la preocupación. Roslynn se enfureció aún más, por haber alterado a Frances y por no haber reaccionado como correspondía.

Después de una extensa arenga acerca de la sórdida reputación de Anthony, Frances concluyó diciendo:

—No debes volver a estar a solas con él, Ros, sobre todo teniendo en cuenta que te atrae tanto.

—No dije eso, Frances.

—No es necesario. Lo comprendí cuando Reggie nos presentó a Anthony. Y vi cómo te miraba. Que te besara en el invernadero no habría tenido importancia, pero sabes que no se habría limitado a eso si hubiera estado en un sitio más privado.

Roslynn no le dijo que había sido algo más que un beso, ni que no estaba segura de que las cosas no hubieran tomado otro cariz si Anthony no hubiera reaccionado sensatamente y la hubiera liberado. No había sido ella la que reaccionó; ni siquiera lo había intentado.

—Debiste decirme que lo habías conocido en el baile de los Crandal —dijo Frances, mortificada—. Hubiera podido advertirte con tiempo, pues es obvio que te considera su próxima conquista.

—Frances, Frances, no necesitabas advertirme. Oí hablar de él en el baile. Sabía que es un libertino despreciable.

—Y aun así, permitiste que te convenciera.

—Ya te he dicho que me engañó —exclamó Roslynn, exasperada. Luego se arrepintió del tono que había empleado—. Lo lamento, pero debes dejar de preocuparte. Le he dicho que se aleje de mí.

Frances frunció los labios y el entrecejo.

—¿Y crees que respetará tus deseos? Los hombres como él no aceptan ser rechazados, Ros. Por algún motivo absurdo, se empecinan más cuando la conquista es difícil. Y ese, sir Anthony, es el peor de todos, simplemente porque es el más apuesto, el más perseguido y el soltero más empedernido del reino. Jamás se casará, Ros. Nunca se conformará con una mujer. ¿Por qué habría de hacerlo cuando cientos de ellas se desviven por conquistarlo?

—Frances, olvidas mis circunstancias especiales. No soy una joven casadera más que se ofrece en el mercado matrimonial. Debo alcanzar una meta y nada me lo impedirá. Las consecuencias son demasiado aborrecibles para mí, para no decir peligrosas, de modo que debo casarme pronto.

Frances suspiró y sonrió a modo de disculpa.

—Estás en lo cierto. Lo había olvidado. Pero tendrás

cuidado, ¿verdad, Ros? Un hombre de la experiencia de Malory puede seducirte antes de que te des cuenta de ello. Supongo que debemos agradecer que su hermano, que es tan inescrupuloso como él, no haya puesto sus ojos en ti.

Roslynn recordaría más tarde esas palabras, pero cuando regresaron a la planta baja y Justin Warton las invitó a compartir el buffet con él, aún estaba indignada por su propia ingenuidad frente a Anthony Malory y no pensó ni remotamente en su hermano.

Y entonces Justin la distrajo y ella disfrutó durante un rato de la velada. Era un hombre encantador y la miraba con tal admiración, que ella consideró seriamente la posibilidad de añadirlo a su lista de candidatos, a pesar de que era muy joven. Por lo menos era mayor que ella y no ponía ningún empeño en ocultar su interés por ella, lo cual era gratificante, especialmente después de haber tenido que ser ella quien osadamente escogiera sus otros candidatos. Y aún era así, según parecía, pues sir Artemus todavía no se le había acercado, a pesar de haberla visto en la reunión.

Lamentablemente, lady Warton irrumpió en el grupo cuando terminaron de comer y se quejó de padecer jaqueca. Justin se vio obligado a llevarla a su casa, pero antes hizo prometer a Roslynn que cabalgaría con él en la cacería organizada para la mañana siguiente.

—Bueno, esa ha sido una conquista fácil —dijo Frances cuando Justin se marchó con su madre.

—¿Lo crees así? —dijo Roslynn sonriendo—. Es muy agradable, ¿no?

—Y muy honesto. Solamente he oído decir cosas buenas acerca...

—Frances, no es necesario que destaques sus cualidades. No sé si has notado que sir Anthony se ha marchado. Deja de preocuparte.

Frances oprimió su mano.

—Está bien. Sé que eres capaz de distinguir lo bueno de

lo malo. Y dado que lord Warton se ha retirado, ¿no deberías conversar con sir Artemus mientras tienes la oportunidad de hacerlo?

—Naturalmente —dijo Roslynn, suspirando—. También necesito encontrar a lady Eden para que me dé la información que me prometió. Debo reducir mi lista cuanto antes.

Pero Regina Eden estaba conversando animadamente con varios de sus vecinos y Roslynn no quiso interrumpirla, y sir Artemus estaba jugando al «whist».

Roslynn se acercó a uno de los ventanales abiertos para aguardar a que Regina se desocupara y aspiró la fresca brisa que entraba desde el jardín. La sala de estar se había tornado muy calurosa y hubiera deseado salir al parque, pero no se atrevía, sobre todo porque la última vez que había huido hacia un jardín había conocido a sir Anthony. Y el hecho de que no lo hubiera visto desde que lo dejó en el invernadero no significaba que no estuviera en algún lugar de la casa.

Pensó en arrastrar a Frances con ella. En ese momento se sobresaltó al percibir que algo se movía detrás de ella.

—¿Se divierte usted, lady Roslynn?

Ella se volvió cautelosamente al reconocer la voz de James Malory, temiendo que Anthony pudiera estar con él. Pero, aliviada, comprobó que estaba solo. Sus cabellos estaban algo despeinados; era obvio que venía del parque. Pero la tranquilidad de Roslynn apenas duró unos segundos, pues la manera en que la miraba le recordó que este era el hermano al que ella consideraba más peligroso y esa noche nada había hecho para que ella cambiara de opinión, si bien ahora se inclinaba a pensar que Anthony era el más peligroso, al menos para ella.

Ella asintió.

—Sí, su sobrina me ha hecho sentir muy cómoda, aunque debo reconocer que me sorprendí al enterarme de que era su sobrina. Supongo que es la hija de alguno de sus hermanos mayores.

—De nuestra única hermana, Melissa —dijo él, corrigiéndola—. Pero ella murió cuando Regan era aún un bebé, de modo que mis hermanos y yo tuvimos el placer de criarla.

Roslynn tuvo la impresión de que los cuatro hombres jóvenes habían tenido realmente el placer de criar a la única hija de su hermana, y esa sensación convertía a este Malory en particular en un ser menos peligroso, hasta que sugirió:

—¿Le apetece dar un paseo hasta el lago?

Fue inesperado y le sirvió de advertencia.

—No, gracias.

—¿Entonces, por el parque? Parece que necesita un poco de aire fresco.

—En realidad, tengo un poco de frío y estaba pensando en ir a buscar un chal.

James rió ante la débil excusa.

—Mi querida niña, ese brillo de transpiración que hay en su frente la contradice. Vamos. No tiene por qué temerme. Soy completamente inofensivo.

Cuando la tomó del codo para escoltarla hasta afuera, Roslynn experimentó la extraña sensación de que ya había sucedido antes, y que la conducían nuevamente al desastre. Pero no podía detener a James como lo había hecho con Anthony cuando trató de sacarla de la habitación. Apenas dieron dos pasos y ya estaban en el parque, y todo ocurrió antes de que ella pudiese pensar en zafarse; él tampoco le brindó la oportunidad de que lo hiciera. En lugar de avanzar, él la llevó hacia un costado de la puerta y la apoyó contra el muro. Cuando ella trató de protestar, él cubrió su boca con sus labios.

Lo hizo tan rápida y hábilmente, que Roslynn no pudo prever la trampa ni salir de ella. Tampoco protestó airadamente; de hacerlo, hubiera llamado la atención de las personas que se hallaban en el interior de la casa, a escasos metros de distancia, y no podía exponerse a las habladurías. Trató de empujarlo para apartarlo de ella, pero era como estar atrapada entre dos muros, tal era la fuerza y solidez del torso de él. Y desistió. El temor de ser descubierta hacía latir sus sienes, aunque en realidad el beso de James Malory era tan similar al de su hermano, que era como si la estuviera besando Anthony. Pero no era así, y se aferró con todo su ser a esa idea.

—Usted y su hermano deben darse lecciones mutuamente —dijo Roslynn cuando él levantó la cabeza.

James rió a pesar de su decepción.

—¿Lo crees así, escocesita? ¿Por qué lo dices?

Ella se sonrojó intensamente por haber admitido que Anthony la había besado. A la defensiva, dijo:

—¿Esa es su idea de ser inofensivo?

—Mentí —dijo él con una falta total de arrepentimiento.

—¿Ah, sí? Ahora, permítame pasar, lord Malory.

Él se apartó sólo lo suficiente para separar su cuerpo del de ella, pero no para que pudiera deslizarse y salir.

—No te enfades, cariño. No puedes culpar a un hombre por hacer el intento, aunque debo reconocer que Anthony me ha sacado ventaja esta vez. Es muy injusto que lo hayas conocido a él antes que a mí.

—¿Qué tonterías está diciendo? —dijo ella, aunque lo sabía—. Si ustedes han hecho apuestas respecto de mí...

—No pienses eso, querida niña. Es tan sólo rivalidad entre hermanos y el hecho de que compartimos los mismos gustos. —Retiró con el dedo los rizos húmedos que caían sobre la frente de Roslynn y, por un instante, Roslynn quedó hipnotizada por sus intensos ojos verdes—. Eres increíblemente hermosa, sabes... increíblemente. Y resulta muy difícil aceptar la derrota. —Bajó repentinamente la voz, que se tornó ronca—. Hubiera podido hacer hervir tu sangre, dulce niña. ¿Estás segura de que prefieres a Tony?

Roslynn trató de reaccionar mentalmente, luchando contra el hechizo con que él trataba de envolverla; sin mayor esfuerzo, pero con mucho éxito. Dios mío, estos Malory eran devastadores cuando seducían.

Rígidamente y rogando que él creyera en sus palabras, ella insistió:

—Nunca he dicho que prefiriese a su hermano, pero eso tampoco significa que lo prefiera a usted. El hecho, lord Malory, es que ninguno de ustedes dos me interesa. Ahora permítame pasar, ¿o prefiere que grite pidiendo ayuda?

Él retrocedió, inclinó levemente la cabeza y sonrió con una sonrisa deslumbrante y sensual.

—No puedo permitir tal cosa, querida señorita. Si te descubren aquí a solas conmigo, tu reputación se arruinará.

—Lo que debió tener en cuenta antes de arrastrarme hasta aquí —dijo ella, y desapareció de su vista.

Tal como lo hiciera antes Anthony, él la miró partir, pero no experimentó la exultante sensación de éxito que había sentido su hermano. Todo lo contrario. Hubiera deseado conquistar a esa dama, y sin duda podía hacerlo si se lo proponía, pero la reacción de ella ante el beso de él sólo había sido un pálido reflejo de la reacción que le provocó el beso de Anthony. No la había dejado en el mismo estado de aturdimiento en que la había dejado su hermano. Ella había elegido, aunque todavía no lo supiera. Pero si hubiera sido otro y no Tony...

Maldición; ella era adorable. Una presa interesante. Había recuperado su irónico sentido del humor. Ella había logrado perturbarlo y ahora necesitaba urgentemente una ramera, lo que significaba que debería trasladarse a la villa más cercana o irritar a Regan seduciendo a una de sus vecinas. De modo que sólo le restaba marcharse aunque no lo deseara. Al diablo con el amor a primera vista.

12

Roslynn se volvió en la cama, se frotó los ojos y parpadeó al mirar el reloj que estaba sobre la repisa. Maldición. Había tenido verdaderos deseos de intervenir en la cacería de esa mañana. Incluso había prometido a Justin que cabalgaría con él y había pensado deslumbrarlo con sus talentos ecuestres. Pero la cacería seguramente había llegado a su fin. Habían mencionado la posibilidad de un almuerzo campestre a orillas del lago y era mediodía. Maldición, maldición.

Se sentó en la cama, mirándola con encono, pues no le había brindado descanso durante la noche. Nettie había tratado de despertarla. Lo recordaba. Pero nada la hubiera podido sacar de la cama temprano, porque se había dormido al amanecer. Algo más que podía rendir en calidad de tributo al endiablado Anthony Malory.

Y no había excusas posibles. Cuando se acostó era poco más de medianoche. Como el día anterior se había levantado temprano para viajar hasta Silverley y no había dormido por la tarde, por la noche estaba exhausta. Y había tenido que esperar varias horas para superar el fastidio que le provocó el hermano de Anthony cuando le habló de sus preferencias masculinas. Incluso había conversado con Regina y ahora sabía mucho más acerca de sus «posibles» que antes, aunque lamentablemente no se había producido ninguna revelación de importancia que le hiciera reducir la lista, tal como esperaba.

Sir Artemus Shadwell era un jugador empedernido, pero Roslynn ya había llegado a esa conclusión por sí misma, y era lo suficientemente rico como para disfrutar de ese pasatiempo. Lord Grahame, el distinguido conde Dunstanton, había enviudado tres veces. Al menos, lo seguía intentando. Lord David Fleming, el vizconde que era también heredero de un título de duque, era un soltero contumaz y tan discreto respecto de sus aventuras amorosas que su nombre nunca había sido vinculado al de ninguna mujer. Recomendable. Pero el honorable Christopher Savage era todavía un enigma para ella. Los Montieth simplemente no lo conocían.

Aunque sus caballeros no eran los que habían ocupado sus pensamientos durante toda la noche. También había olvidado la desvergüenza de James Malory. Era ese tunante de cabellos negros y encendidos ojos azules el causante de su insomnio. Hora tras hora había revivido los funestos momentos que pasó con él en el invernadero.

Y bien, ya no volvería a suceder; no continuaría malgastando su tiempo pensando en sinvergüenzas de malas intenciones y no habría más dilaciones. Se abocaría a su tarea y esperaba, o mejor, rogaba, que el resto de sus caballeros aceptables y respetables aparecieran ese día. Impaciente por dejar su habitación, llamó a Nettie, pero antes de que esta llegara, Roslynn se había puesto un hermoso vestido de percal de color amarillo con mangas cortas y abullonadas y amplia falda. Hizo apresurar a Nettie para que la peinara y Nettie aprovechó para regañarla por quedarse dormida. Pero el rodete y los rizos que enmarcaban su rostro quedaron impecables.

Roslynn no perdió ni un minuto contemplándose en el

espejo. Tomó su sombrero de raso blanco adornado con plumas de avestruz que combinaba con el color de sus zapatos y una sombrilla de encaje y salió velozmente de la habitación, mientras Nettie se dedicaba a ordenar todas las prendas que habían quedado diseminadas antes de su llegada. Y entonces, bruscamente, se detuvo, pues en el extremo del corredor que llevaba a las habitaciones de huéspedes, estaba Anthony Malory, indiferentemente apostado contra la baranda que daba al vestíbulo central de la casa.

Era intolerable, pues era obvio que la estaba aguardando. Las caderas apoyadas contra la baranda, los brazos cruzados sobre el pecho, los tobillos cruzados también, veía desde allí la puerta del dormitorio de Roslynn sin impedimento alguno y, como la estaba aguardando en ese sitio, ella no podía eludirlo de ninguna manera.

Estaba informalmente vestido; no llevaba corbata y tenía desabrochados algunos botones de su camisa de batista bordada, dejando ver una V bronceada de su torso y parte del vello que cubría su pecho. Llevaba una chaqueta de color azul marino, con importantes hombreras. Sus piernas largas y musculosas estaban enfundadas en pantalones de ante. Todo en él demostraba que era un amante del aire libre; atlético, un maldito corintio, tan opuesto a la imagen de libertino, amante de la vida nocturna, inclinado a los placeres sensuales y a la disipación. Fuera lo que fuese, a ella le resultaba muy atractivo.

Cuando parecía que ella había decidido no dar un paso más que la acercara a él, Anthony dijo:

—Será mejor que salgas ya, cariño. Estaba comenzando a fantasear sobre la posibilidad de entrar en tu dormitorio y hallarte aún en la cama...

—Sir Anthony.

—¿La puerta estaba sin llave? —bromeó él, pero cuando ella lo miró, indignada, él rió—. No me intimides con esos hermosos ojos, querida. No lo he dicho en serio. Puedes avanzar sin temores. Hoy he decidido comportarme muy bien, ser muy formal y enterrar esos instintos perversos que puedan alarmarte.

—¿Lo promete?

Él sonrió.

—¿Debo hacerlo?

—Sí.

—Muy bien. Lo prometo sincera y solemnemente, hasta que te apiades de mí y me liberes de mi promesa.

El sonido ronco de la risa de ella fue una música para sus oídos.

—Será liberado de ella, sir Anthony, cuando sea demasiado viejo para desearlo. Ni un día antes.

Entonces ella se encaminó hacia donde él estaba y se detuvo frente a él, con su sombrilla debajo del brazo y su sombrero colgando de la mano. Era una verdadera visión, con sus labios sonrientes, su pequeño y firme mentón y esos hermosos ojos con reflejos dorados, que ahora brillaban, divertidos.

Él pensó que había estado acertado al alejarse de Silverley la noche anterior. Si hubiera permanecido allí, hubiera sucumbido a la tentación de verla nuevamente, cuando ella en realidad necesitaba tiempo para tranquilizarse. De modo que se había marchado al pueblo para festejar su triunfo. Ella lo había abofeteado, pero él había logrado excitarla y eso era motivo suficiente para estar de buen humor y para buscar una prostituta, ya que ella también lo había excitado a él.

Anthony hubiera podido reír ante el fracaso de sus planes. Pero el problema era que, cuando halló una joven bien predispuesta y además, bonita, ya no la necesitaba ni la deseaba. Sólo anhelaba la compañía de la que había dejado en Silverley. Por lo tanto, cuando inesperadamente apareció James en la misma taberna en que él se hallaba, le cedió a la joven y se dedicó a emborracharse, mientras planeaba su próxima estratagema.

Astutamente, a juzgar por la sonrisa de ella, decidió cambiar temporalmente su estrategia. Después de una larga conversación con su sobrina favorita, urdió el plan perfecto. Ofrecería a la dama algo que ella no podría negar: ayuda para llevar a cabo sus planes. Naturalmente que si sus consejos daban como resultado más impedimentos que ayuda, no dejaría de dormir a causa de ello. Las metas de ella simplemente no coincidían con las de él. Ella aguardaba pacientemente a que él le explicara por qué le interceptaba el paso. Ah, el poder de unas pocas palabras. Ella estaba tranquila, la guardia baja, confiando plenamente en su promesa. No podía saber que las pasiones de él superaban su sentido del honor, al menos cuando trataba con mujeres.

Se apartó de la baranda y con suaves modales y voz impersonal dijo:

—Lady Roslynn, te convendría acompañarme para que hablemos en privado.

Ella adoptó nuevamente una actitud cautelosa.

—No veo por qué...

La sonrisa de él la desarmó.

—Querida, he dicho hablar, nada más. Si no confías en mí, ¿cómo podré ayudarte?

Perpleja, ella preguntó:

—¿Ayudarme?

—Naturalmente —respondió él—. Esa era mi intención. Vamos.

La curiosidad impulsó a Roslynn a reprimir sus deseos de hacer preguntas y permitir que él la condujera a la planta baja y luego a la biblioteca. Ella no podía ni siquiera imaginar qué clase de ayuda le estaba ofreciendo. La única dificultad que tenía en ese momento era la atracción que sentía hacia él y su incapacidad para vislumbrar qué había detrás de la fachada que sus caballeros presentaban a la opinión pública. ¿Sus caballeros? No, él no podía saber nada acerca de ellos, ¿verdad?

Lo supiera o no, Roslynn se ruborizó ante la posibilidad de que así fuera. Afortunadamente, Anthony no lo percibió, y la condujo hasta un sofá. Luego se dirigió al otro extremo de la larga habitación, donde se hallaban los licores.

—¿Coñac? —preguntó él por encima del hombro.

—¿A esta hora?

El tono de incredulidad lo hizo sonreír para sí mismo.

—No, naturalmente. Qué tonto he sido.

Pero él lo necesitaba, pues pensó que por fin estaba a solas con ella y que sólo bastaba con cerrar las puertas con llave. Pero no la había llevado hasta allí para eso y debía tenerlo muy presente.

Bebió su coñac y caminó hasta el sofá. Ella estaba muy decorosamente sentada con las piernas juntas; la sombrilla y el sombrero sobre su regazo. Estaba acurrucada en un rincón del sofá, dejando un amplio espacio para que él se instalara. Hubiera sido impropio que se sentara junto a ella, ya que era evidente que ella no lo deseaba. Pero lo hizo, dejando un espacio mínimo entre ambos para que ella no fuera presa del pánico.

Pero lo fue.

—Sir Anthony...

—¿No crees que podrías comenzar a llamarme Anthony, o, mejor aún, Tony? Después de todo, si he de ser tu confidente...

—¿Mi qué?

Él arqueó una ceja.

—¿La palabra es demasiado fuerte? ¿Será mejor decir amigo o consejero? Después de una larga conversación que he tenido esta mañana con mi sobrina, comprendo que lo necesitas mucho.

—Ella te lo ha dicho —exclamó Roslynn acusadoramente—. Maldición. No tenía derecho.

—Oh, pero lo ha hecho con la mejor de las intenciones,

111

querida mía. Deseaba hacerme comprender cuán seriamente deseas casarte. Aparentemente cree que tengo malas intenciones hacia ti. No sé por qué.

Ella lo miró, furibunda, pero era imposible seguir enfadada después de la tontería que acababa de decir. Se echó a reír.

—Eres un bribón. ¿Es que jamás hablas en serio?

—No, si puedo evitarlo. —Él sonrió.

—Y bien, trata de explicarme por qué todos estáis dispuestos a ayudarme en mis propósitos matrimoniales.

—Simplemente he pensado que cuanto antes te cases y te aburras del matrimonio, más pronto te tendré en mi cama —dijo él groseramente.

Roslynn no hubiera creído cualquier otra cosa. Pero creyó eso.

—¿No dirías que es una maniobra de muy largo alcance? —bromeó ella—. Podría enamorarme apasionadamente de mi marido, ¿no crees?

—Dios no lo permita —exclamó él con fingido horror—. Nadie se enamora apasionadamente en estos tiempos, querida mía, excepto los jóvenes románticos y los viejos chochos. Y tú encaras esto con demasiada sensatez para que eso ocurra.

—Lo admitiré por ahora. ¿Y qué es exactamente lo que me ofreces?

La odiosa pregunta hizo brillar los ojos de Anthony.

—Tu situación es muy similar a la de Reggie cuando buscaba marido. Comenzó a plantearse urgencias cuando transcurrió una temporada y además hizo un viaje al continente, sin resultado alguno. Naturalmente, no era su culpa. Debía hallar un hombre que fuera aprobado por mis hermanos y por mí.

—Sí, recuerdo que lo mencionó.

—¿Te dijo cómo resolvió el problema?

—Hizo una transacción.

Roslynn se sorprendió al ver que él fruncía el entrecejo ante la respuesta.

—Ella nada tuvo que ver con eso. Se trató de una broma tonta de Montieth que resultó fallida. Y no volveremos a mencionarlo, por favor. Pero, antes de eso, Reggie contrató a un viejo lord que conocía a todo el mundo y lo arrastró con ella a todas partes, incluso durante su viaje, para que, con una señal que ambos habían convenido, le indicara cuáles eran los hombres dignos de ser tenidos en cuenta.

Roslynn lo miró, indignada.

—Espero que no sugieras que te lleve conmigo a todas partes, sir Anthony, porque...

Él no le permitió continuar.

—De ninguna manera; además, sería innecesario. Según Reggie, ya posees una lista de individuos. Y da la casualidad de que yo los conozco mucho mejor que Montieth, ya que la edad de ellos coincide más con la mía que con la de él. Tres de ellos son miembros de mi club; el cuarto frecuenta el mismo gimnasio que yo. Sólo debo hacerte una pregunta, querida. ¿Por qué no tomas en cuenta a alguien que tenga una edad aproximada a la tuya?

Roslynn desvió la mirada antes de responder:

—Es más probable que un hombre mayor tenga más paciencia respecto de mis defectos que un hombre joven.

—¿Tienes defectos? Nunca los digas.

—Todo el mundo tiene defectos —dijo ella.

—Un carácter irascible no sería uno de los tuyos, ¿no?

Ella entrecerró los ojos y él rió, pero ella prosiguió.

—Un hombre mayor sería más estable, ya que habría tenido sus aventuras amorosas en la juventud. Si he de ser fiel a mi marido, exijo que él también lo sea.

—Pero no lo serás, cariño —le recordó él.

—Si no lo soy, tampoco exigiré que él lo sea. Pero si lo soy, sí. Dejémoslo así. El hecho es que fue mi abuelo quien sugirió que buscara un hombre con mucha experiencia y la verdad es que los hombres jóvenes que he conocido hasta ahora no me han impresionado mucho, excepto uno, que he incluido en mi lista.

—¿Quién?

—Justin Warton.

—¡Warton! —Anthony se incorporó bruscamente y exclamó—: Pero si es un niño de mamá.

—No es necesario ser desdeñoso —respondió ella secamente.

—Mi querida niña, si sólo deseas informes primitivos acerca de tus afortunados candidatos, no creo que pueda serte muy útil. Todos ellos son exteriormente irreprochables, lo que es de esperar tratándose de caballeros de su condición. Pensé que te interesaba conocer sus defectos ocultos.

Ella se conmovió con el comentario.

—Naturalmente. Tienes razón. Lo lamento. Y bien, en tu opinión, ¿cuál de ellos sería el mejor marido?

—¿No tienes preferencias por ninguno de ellos?

—En realidad, no. Todos son atractivos, apuestos y, de acuerdo con lo que he averiguado acerca de ellos, bastante aptos. Esa es mi dificultad. No sé cuál escoger.

Anthony se tranquilizó; se echó hacia atrás y apoyó el brazo sobre el respaldo del sofá, detrás de la cabeza de ella. Ella no pareció notarlo. Estaba aguardando su respuesta con impaciencia, pero él la eludía deliberadamente.

—Quizá me sería útil saber qué atributos prefieres —sugirió él.

—Un temperamento afable, buenos modales, sensibilidad, inteligencia, paciencia y, como he dicho antes...

—Encantador. —Su sonrisa era maliciosa y enloquecedora—. Morirás de tedio, querida mía, y llegaremos a intimar mucho antes de lo que suponía. —Ella frunció los labios y le lanzó una mirada furiosa, que lo hizo reír—. ¿Decías?

—Además, será necesario firmar un contrato matrimonial —dijo ella, tensa—. Mi marido no podrá tener el control absoluto de mi persona ni de mis bienes.

—¿Fue idea tuya?

—De mi abuelo. Era un anciano tozudo, de ideas obstinadas. Como me legó su fortuna, quiso cerciorarse de que la conservase y no fuese a parar a manos de un extraño que él quizá no aprobaría. Hizo redactar el contrato antes de morir.

—Si era tan quisquilloso, ¿por qué no arregló tu matrimonio?

Ella lo miró pensativamente.

—Teníamos una relación muy especial, Anthony. No deseaba dejarlo solo mientras viviera, y él nunca me hubiera obligado a hacerlo.

Él sonrió al oír que ella pronunciaba su nombre sin pensar. Demostraba que ella se sentía cómoda con él. Incluso había flexionado una rodilla mientras le hablaba, para mirarlo de frente. Le resultaría sencillo dejar caer el brazo sobre los hombros de ella y atraerla hacia él...

Anthony trató de reaccionar mentalmente.

—En realidad, es un punto discutible. Creo que el único que podría oponerse a ese contrato sería Savage. No porque codicie tu fortuna. Creo que tiene mucho dinero, y no creo que le asigne importancia cuando se case. Pero es un hombre al que no le agrada someterse a limitaciones. Pero supongo que si desea casarse contigo, no pondrá objeciones.

—¿Entonces lo recomiendas?

—Querida mía, sólo puedo asegurar que, de las condiciones que exiges, posee únicamente la inteligencia. En realidad, ninguno de estos individuos posee todas las cualidades que buscas. El que más se acerca a tu ideal es Warton, pero si te casas con él, también te casarás con su madre, siempre que ella le permita casarse. Nunca he visto a una mujer tan aferrada a su hijo como esa dama.

Roslynn había fruncido el entrecejo antes de que él terminara de hablar.

—Muy bien; no me recomiendes ninguno. Simplemente, dime qué sabes de los otros.

—Es sencillo. Comencemos por Fleming. Cariñosamente, lo apodan el vizconde chapucero. Algo incorrecto debe hacer, pues no se lo ha visto dos veces con la misma mujer, pero quizá tú seas la excepción. Es blando. Algunos dicen que es cobarde. Aparentemente, en una ocasión fue retado a duelo por un joven y no aceptó. Nunca he sabido por qué. ¿Ha demostrado interés por ti?

En realidad, no lo había demostrado, pero no era esa la cuestión.

—¿El próximo?

Anthony rió al ver que ella eludía la respuesta a su pregunta. Todavía no era necesario decirle que el joven Fleming demostraba más interés por los hombres que por las mujeres. Si ella lograba casarse con él, cosa que dudaba, ella muy pronto buscaría un amante.

—El conde de Dunstanton es un hombre simpático; además es muy mordaz, puede destruir a alguien con sus palabras. Pero parece perseguido por la tragedia, pues en los últimos cinco años ha enviudado tres veces. Pocos lo saben, pero la muerte de cada una de sus esposas duplicó su fortuna.

—No estás sugiriendo que...

—En absoluto —dijo él, aprovechando la distracción de ella para acercar su rodilla a la de Roslynn—. Es tan sólo una especulación de algunos envidiosos que no tienen tanta fortuna como él.

Había plantado la semilla, aunque no fuese certera. Dos de las esposas habían muerto al dar a luz, lo que realmente fue una tragedia. La tercera cayó de un acantilado. Fue un caso engorroso, pero el conde no pudo ser el culpable, a menos que tuviera el poder de desencadenar la tormenta que asustó al caballo de la dama y provocó su caída.

—¿Y sir Artemus?

—Es muy aficionado al juego, pero todos lo somos. —Lo dijo guiñando un ojo—. Y tendrías una familia ya formada. Tiene docenas de niños...

—Me dijeron que eran solamente cinco.

—Cinco son legítimos. Sí, estarías muy ocupada y Shadwell no te ayudaría mucho, ya que tiende a olvidar que es padre. ¿Planeas tener hijos propios?

Ella se ruborizó y las buenas intenciones de Anthony se diluyeron. Tomó a Roslynn por el cuello con sus manos y, sin moverse, la atrajo hacia su pecho, dejando deslizar sus dedos hacia los cabellos de ella para besarla.

Pero no lo logró. Ella lo empujó con tal fuerza y rapidez que él, sorprendido, la soltó.

—Lo prometiste.

Él se irguió, mesándose los cabellos con una mezcla de impaciencia y mortificación, pero su voz se mantuvo serena.

—Por favor, querida, recuerda que este papel de confidente es nuevo para mí y me llevará tiempo habituarme a él. —Mirándola de soslayo añadió—: Oh, por Dios, no me condenes por mis actos reflejos. Puedo asegurarte que no volverá a suceder.

Ella se puso de pie, tomó su sombrilla como si fuese un arma y dijo:

—Si no tienes nada que agregar...

«Oh, mi amor, si supieras que sólo mi fuerza de voluntad te mantiene a salvo.»

—Será necesario deslindar los hechos de los rumores. Necesito una o dos semanas...

—Una semana.

Él se echó nuevamente hacia atrás contra el sofá, apoyándose en los brazos que extendió sobre el respaldo y la miró lánguidamente. Era positivo que ella aún le dirigiera la palabra y estuviera dispuesta a seguir sus consejos. Ello indicaba que no estaba tan enfadada con él.

117

—Ordena tus cabellos, querida, y te acompañaré hasta el lago.

Él reprimió la risa al escuchar su murmullo de exasperación al comprobar que él la había despeinado una vez más. Con dedos impacientes los alisó y luego se colocó el sombrero. Entonces él rió abiertamente, provocando una mirada furibunda de ella.

Pero, pocos minutos más tarde, mientras caminaban rumbo al lago, él desplegó nuevamente toda su seducción y logró que ella volviera a sonreír, dispuesta a perdonar su desliz. Pero el buen humor de Roslynn duró poco. De pronto pensó que seguramente había causado muy mala impresión que él hubiera permanecido en la casa cuando todos salieron para participar de la cacería. El entrecejo fruncido y la expresión perpleja de Justin la hizo reaccionar.

—Creo que no deberían vernos juntos —dijo ella a Anthony cuando divisaron a otros de los caballeros de su lista.

—Estaría de acuerdo contigo si estuviéramos en otra parte —dijo él—. Aquí soy un pariente de la anfitriona y es natural que converse con los invitados.

Súbitamente, la despreocupación de él la irritó, pues tanto lord Grahame como lord Fleming la habían visto.

No podía saber si consideraban impropio que ella llegara tarde y del brazo de sir Anthony. Tampoco olvidaba la advertencia de Regina cuando le dijo que toda dama que suscitara el interés de ese libertino estaba expuesta a toda clase de habladurías.

De todas maneras, el hecho de que él la acompañara hasta el lago después de que ambos habían dejado de participar de la cacería no la favorecía en absoluto, sobre todo porque los hombres a quienes ella cortejaba seguramente estarían intrigados ante la situación. Anthony debió saberlo. Tenía mucha más experiencia que ella en esas cuestiones. Su irritación estaba dirigida exclusivamente hacia él.

—Deseo aclararte, Anthony, que aunque me aburra con mi marido, eso no significa que tú habrás de beneficiarte.

Él pareció comprender su comentario y sonrió. Su respuesta provocó la aprensión de Roslynn.

—Por el contrario. Serás mi amante, querida. Si no estuviera absolutamente seguro de ello, no hubiera aceptado ayudarte.

13

—No, Dios mío, que todo sea un sueño.

En realidad era una pesadilla. Se había despertado en una habitación que no era la suya y no recordaba cómo había llegado hasta allí. Roslynn miró a su alrededor. Rogando no estar despierta, pero sabiendo que lo estaba. El papel de los muros estaba manchado y descascarado. Había una aljofaina astillada llena de agua y una cucaracha caminaba por la jarra que estaba a su lado. Todo se hallaba sobre una mesa de tres patas precariamente instalada en un rincón, porque faltaba la cuarta. Roslynn se hallaba sobre una estrecha cama, cubierta hasta la cintura con una manta de lana basta. Nada en el suelo, ni en los muros, ni en la ventana.

¿Cómo era posible? Oprimió sus sienes, tratando desesperadamente de recordar. ¿Había estado enferma? ¿Había sido víctima de un accidente? Pero sólo recordaba la noche anterior, aunque esa noche pudo haber sido la de muchos días atrás.

No había podido dormir, circunstancia enojosa que se repetía cada vez que veía a Anthony Malory. Ella y Frances habían regresado de la campiña tres días antes, pero no había podido olvidar los momentos que pasó allí junto a Anthony, ni su inesperado ofrecimiento de ayuda en lugar de intentar seducirla.

Y sin embargo, a pesar de su promesa de no asediarla, al menos hasta que ella no se casara, había permanecido todo el día junto a ella. Le había permitido alternar con los demás invitados al almuerzo campestre y cortejar a sus otros caballeros, pero cada vez que ella lo miraba, él la estaba contemplando, como si la vigilara constantemente. Esa noche bailó con ella en tres ocasiones y con nadie más; ni siquiera con su sobrina.

Cuando ella comprendió qué trataba él de hacer, el daño ya estaba consumado. Lord Grahame, conde de Dunstanton, que la había invitado a ir al teatro cuando regresaran a Londres, se había excusado, alegando recordar súbitamente un compromiso previo, cuando en realidad era obvio que estaba intimidado por el abierto interés que Anthony demostraba hacia ella.

Sí, esa noche Roslynn la había pasado insomne, furiosa e inquieta, porque ninguno de sus caballeros la había visitado desde que llegó a Londres, y no se engañaba a sí misma diciéndose que estarían muy ocupados. Las atenciones aparentemente inocentes de Anthony la habían perjudicado.

Si podía recordar todo eso, ¿cómo era posible que no recordara cómo había llegado hasta esa horrible y sórdida habitación? Anthony no habría... no, no lo habría hecho. Y dudaba que Frances hubiera enloquecido y tuviera algo que ver con todo eso. Sólo restaba una alternativa, a menos que estuviera muy enferma y todo formara parte de un delirio, y era demasiado real para que así fuera. Estaba en manos de Geordie. De alguna manera se las había ingeniado para secuestrarla de la casa de la calle South Audley, de Mayfair, y le resultaba imposible imaginar dónde se hallaba. Era inconcebible, pero, ¿qué otra cosa podía creer?

Pero una parte de ella se resistía a admitir que Geordie se hubiera salido con la suya, una parte de ella que era muy optimista y que esperaba hallar una explicación. Cuando vio la realidad con sus propios ojos, su sorpresa fue auténtica. También lo era el temor que atenazaba su garganta amenazando asfixiarla y que hacía transpirar las palmas de sus manos. Geordie Cameron entró impasiblemente en la habitación, con una expresión victoriosa en el rostro. Y después de todo cuanto ella había imaginado que le sucedería si él lograba apresarla, no era sorprendente que su ansiedad y su angustia fueran tan grandes que sólo pudiera limitarse a mirarlo fijamente.

—Bien, me alegra comprobar que la señora Pym estaba en lo cierto cuando dijo que finalmente te habías despertado. Ha sido muy amable al permanecer junto a tu puerta, aguardando a que te movieras para avisarme. Sabe cuán impaciente he estado, aunque naturalmente, el dinero que le di estimuló su diligencia. Pero no creas que prestará atención a las tonterías que puedas decirle, pues le he contado una interesante historia. Le he dicho que te he rescatado para reintegrarte a tu familia. No creerá una palabra de cuanto digas si contradices mi versión.

Después de lo cual sonrió, y Roslynn recordó por qué nunca había podido soportar a ese miembro de la familia Cameron. Sus sonrisas jamás eran sinceras, sino burlonas o despectivas y a menudo taimadas, y sus ojos, que hubieran podido parecer hermosos, expresaban sólo una maldad maliciosa.

Roslynn siempre había creído que era alto, hasta que conoció a los Malory, que lo eran mucho más. Desde la última vez que lo vio, sus cabellos de color zanahoria se habían tornado hirsutos, pero era indudable que no habría tenido mucho tiempo para acicalarse desde que comenzara a correr tras ella. No era obeso, pero su cuerpo era un tanto rollizo y fornido y sabía que no podría luchar contra él para huir de allí. Pero era apuesto como todos los Cameron; por lo menos cuando su naturaleza perversa no asomaba detrás de sus rasgos. Rasgos que se asemejaban a los de Duncan Cameron cuando tenía la edad de Geordie, según lo atestiguaba el único retrato que había de su abuelo en Cameron Hall.

—Estás muy callada —dijo Geordie al ver que ella continuaba mirándolo fijamente sin decir nada—. ¿No le das la bienvenida a tu único primo?

La incongruencia de la pregunta hizo reaccionar y enfurecer a Roslynn. ¿Cómo se había atrevido a hacer lo que ella tanto temía? Naturalmente era porque estaba allí en Londres, porque planeaba casarse sin necesidad de hacerlo, porque había entablado una amistad ridícula con Anthony, aceptándolo como confidente, cuando sabía que en realidad debía eludirlo. Pero lo terrible era estar en lo cierto. Olvidó su temor al pensar en todos los problemas y angustias que ese canalla codicioso le había creado.

—¿Bienvenida? —dijo ella despectivamente—. Lo único que deseo saber, primo, es cómo lograste llevarlo a cabo.

Él rió, complacido de explayarse sobre su habilidad y de que ella no le hubiera preguntado por qué lo había hecho. El hecho de que ella supiera por qué estaba allí le ahorraba el trabajo de explicárselo y de convencerla de que debía colaborar con él. No le agradaba estar en Inglaterra ni contratar mercenarios ingleses; cuanto antes regresaran a casa, mejor.

—Fue muy sencillo, niña; muy sencillo —alardeó él—. Supe que tratarías de urdir algo en cuanto el viejo fue enterrado, aunque no imaginé que vendrías aquí. Pero hice vigilar casi todos los caminos, de modo que el único lugar al que podías ir sin que yo me enterase era Inglaterra.

—Eres muy inteligente para hacer semejante deducción.

Él entrecerró los ojos ante la mofa de ella.

—Sí, inteligente; lo suficiente como para tenerte donde deseo.

Roslynn dio un respingo. Él estaba en lo cierto.

—Pero, ¿cómo me has encontrado tan pronto, Geordie? Londres no es una ciudad tan pequeña.

—Recordé que tenías una amiga aquí. No fue difícil dar con ella y, por lo tanto, encontrarte a ti. Pero te habría apresado antes si esos malditos idiotas que contraté no hubieran sido tan cobardes porque había mucha gente a tu alrededor ese día en la calle Oxford.

De modo que había sido obra de Geordie. Pero la referencia a la cantidad de gente hizo reír a Roslynn, risa que se convirtió rápidamente en tos. Podía imaginar la historia que esos maleantes habrían contado a Geordie para justificar su fracaso y evitar su ira.

—Y luego saliste de la ciudad y pensé que te había perdido —continuó diciendo Geordie ceñudamente—. Me diste mucho trabajo y tuve que gastar mucho dinero. Tuve que enviar hombres en todas direcciones para seguirte el rastro, pero no lo dejaste, ¿verdad? Nadie llegó tan lejos. Pero regresaste por tu propia voluntad. —Volvió a sonreír, como indicando que ella había cometido un error típicamente femenino—. Y luego fue tan sólo cuestión de esperar... y aquí estás.

Sí, allí estaba, y aún no sabía cómo se las había ingeniado Geordie. Pero su mirada demostraba que estaba dispuesto a decírselo, incluso deseando hacerlo, porque estaba muy complacido de que todo le hubiera resultado tan bien y deseaba que ella apreciase su habilidad. Y bien que la apreciaba; como a la peste. Ese había sido siempre el problema de Geordie. Era muy inteligente y taimado, como un maldito zorro. Durante toda su vida había experimentado placer al tramar y fraguar las jugarretas y accidentes que tanto le agradaban. ¿Por qué habría de ser distinto ahora?

Maliciosamente, Roslynn decidió desalentarlo en lugar de estimular su ego con su curiosidad. Al oír sus explicaciones bostezó y dijo con gesto fatigado:

—¿Y ahora, qué, primo?

Él quedó boquiabierto.

—¿No te interesa saber cómo has llegado hasta aquí?

—¿Importa acaso? —preguntó ella con tono indiferente—. Tal como tú has dicho, el hecho es que estoy aquí.

La mortificación fue tan intensa, que Roslynn pensó que su primo estallaría.

—Te lo diré, pues fue el más simple pero más ingenioso de mis planes.

—Adelante —dijo ella.

Pero volvió a bostezar y comprobó, complacida, que él la miraba furibundo. Era tan transparente, tan mezquino, egoísta e irascible. Pensó que no era prudente irritarlo más. Ella estaba más tranquila después de la conmoción inicial, pero él continuaba siendo una amenaza para ella. Y, hasta que pudiera hallar la manera de huir de allí, en el caso de que la hubiera, era mejor aplacarlo.

—Fue la criada; una joven inteligente que contraté para que se introdujera en la casa. Simplemente logré que una de las criadas habituales no se presentase a trabajar y esa joven la reemplazó, alegando que había ido para sustituirla, pues la otra criada estaba enferma.

Roslynn se irritó.

—¿Y qué has hecho con la pobre joven que no se presentó a trabajar?

—No te ofusques, prima. —Recuperó el buen humor al ver que ella volvía a prestarle atención—. No le hice daño; sólo tiene un pequeño golpe en la cabeza y ya he enviado a un hombre para que la libere, pues ya deben de haber notado tu ausencia de todos modos. Pero, como te decía, estando mi criada en la casa y a tu servicio, sólo tenía que aguardar a que pidieses algo que comer o beber antes de acostarte, y ella introdujo un somnífero en lo que ingeriste.

La leche. La maldita leche tibia que había pedido la noche anterior, con la esperanza de que la ayudara a dormir, sin imaginar que dormiría tan profundamente que ni siquiera despertaría cuando la secuestrasen.

—Comprendes cómo lo hice, ¿verdad? —dijo Geordie riendo—. Luego la criada introdujo a mis hombres en la casa y los ocultó. Después, habiendo cumplido su cometido, se marchó a su casa. Entonces, cuando el resto de las criadas se fueron a dormir y la casa se hallaba en silencio, mis hombres te sacaron de allí y te trajeron hasta aquí, sin que despertaras en ningún momento.

—¿Y cuáles son tus planes ahora? —preguntó ella, tensa y con voz burlona—. Seguramente habrás pensado en algo despreciable.

—He hallado a un sacerdote al que persuadí de que no necesita tu consentimiento para casarnos. El cura vendrá en cuanto mis hombres descubran en qué callejón se refugió anoche. Pero no tardarán, prima. Y no intentes nada mientras aguardamos. La señora Pym estará alerta junto a tu puerta.

Cuando vio que se marchaba y oyó que hacía girar la llave, Roslynn pensó en llamarlo. ¿Reconsideraría la situación si supiese que tanto Nettie como Frances estaban enteradas de que ella lo aborrecía y que jamás consentiría en casarse con él? Pero se abstuvo de decir nada, pensando en la codicia insaciable de él. Si se casaba con ella obtendría una fortuna, y si había sido capaz de secuestrarla, probablemente también se atrevería a eliminar a cualquiera que se interpusiese en su camino. Tal corno estaban las cosas, quizá planeara encerrarla en alguna parte. También podía tramar un «lamentable accidente». Pero seguramente no la mantendría con vida si supiera que ella tenía amigas que denunciarían un casamiento entre ambos y, si ella las nombrara, también correrían peligro.

¿Cuál era entonces su situación? «Contraer matrimonio con ese canalla», se respondió sí misma. Demonios, no lo haría mientras pudiera evitarlo. Pero el pánico comenzaba a apoderarse de ella. Él había dicho que la boda se celebraría pronto. ¿Con cuánto tiempo contaba? Quizás el cura borracho ya estaba a punto de llegar. ¿Y, dónde diablos estaba ella?

Miró hacia la ventana, apartó las mantas y corrió hacia ella. Se desanimó al ver que estaba en la planta alta de un edificio. Por eso Geordie no había tomado la precaución de entablarla. Y, si trataba de gritar pidiendo ayuda, la señora Pym aparecería en el acto, y Roslynn sería maniatada y amordazada.

Por un momento pensó en la posibilidad de razonar con la señora Pym, pero desechó la idea de inmediato. Era probable que la mujer pensara que ella estaba loca o algo similar. Geordie era astuto y planeaba muy bien sus estratagemas. No dejaría nada al azar, sobre todo si estaba en juego la fortuna que tanto codiciaba.

Roslynn miró nuevamente a su alrededor, pero lo único que podría servirle de arma sería la jarra de agua, y sólo podría usarla una vez, con la primera persona que entrase en la habitación. No tenía seguridad alguna de que esa persona fuese Geordie, ni de que el cántaro lo dejara inconsciente, ni de que él estuviese solo.

La única probabilidad de fuga era la ventana. Daba a una especie de sendero, o más bien un callejón lo suficientemente ancho para dar paso al tráfico. Pero no había tráfico. Estaba desierto y envuelto en sombras, lo mismo que los edificios que se levantaban a ambos lados e impedían el paso de la luz. Sacó la cabeza por la ventana y en ambos extremos del callejón vio calles bien iluminadas, carros que pasaban, un niño que corría, un marinero que llevaba del brazo a una mujer vestida llamativamente. Si gritara con fuerza quizás atraería la atención de alguien. Ninguno de los extremos de la calle estaba demasiado alejado. Pero un grito también atraería la atención de la señora Pym.

Roslynn volvió rápidamente a la cama, tomó la manta

y, sacándola por la ventana, la agitó violentamente hasta que quedó exhausta y con la respiración entrecortada. Nada. Si alguien lo notó, seguramente pensó que estaba oreando la manta, lo cual no suscitaría la curiosidad de nadie.

Entonces oyó el ruido del carro. Volvió la cabeza y vio que entraba lentamente en el callejón; su corazón se agitó, emocionado. El carro estaba lleno de barriles y probablemente usaba el callejón a manera de atajo para llegar a la otra calle. El conductor solitario silbaba para estimular a su mula y luego le hablaba dulcemente.

Roslynn dejó caer la manta y comenzó a agitar los brazos. Pero como no hizo ruido alguno, el conductor no la vio. Llevaba un sombrero de ala ancha que estorbaba su visión hacia arriba. Cuanto más se acercaba, menos probabilidades había de que la viera y mayor era el pánico de Roslynn. Ella lo chistó y agitó los brazos con más violencia para llamar su atención, pero fue en vano. Cuando pensó en arrojarle el cántaro de agua, él ya había pasado. Además, el ruido que hacía el carro al avanzar por los adoquines hubiera impedido que él oyera el sonido del cántaro al estrellarse contra el suelo, a menos que diera directamente sobre él, lo que era muy improbable.

Decepcionada, se apoyó contra el muro junto a la ventana. No daría resultado. Aunque el individuo la hubiese visto, ¿cómo explicarle su situación en voz baja? Él no hubiera comprendido sus palabras, y si ella levantaba la voz, se delataría ante la señora Pym.

Demonios, ¿acaso no podía hacer nada? Miró nuevamente el jarro de agua, pero no tenía muchas esperanzas de que le fuera útil. Cuando Geordie volviera a entrar, seguramente lo haría acompañado por el sacerdote y por los hombres que habían ido a buscarlo, para oficiar de testigos de la impía ceremonia.

Roslynn estaba tan distraída imaginando su casamiento con Geordie Cameron, que no oyó el segundo vehículo que pasó por el callejón hasta que fue casi demasiado tarde. Cuando miró hacia afuera, el carro cargado con heno estaba prácticamente debajo de su ventana. Ese conductor, también solitario, maldecía a las jacas que tiraban del carro, y enfatizaba su ira aparente blandiendo la botella de ginebra que tenía en la mano, bebiendo un trago y sacudiéndola nuevamente al tiempo que volvía a maldecir. Este no la oiría a causa del ruido que él mismo hacía.

No tenía alternativa. Quizá no se presentara otra oportunidad. Sin detenerse a pensarlo, pues eso la hubiera aterrorizado y paralizado, Roslynn trepó al alféizar de la ventana, aguardó unos segundos hasta que el carro estuviese directamente debajo de ella y saltó.

14

Era una locura. Esa idea pasó por la mente de Roslynn mientras caía, caía, los pies frente a sus ojos, las
manos aferrándose instintivamente al aire, sabiendo que
moriría. Maldijo a Geordie con su último aliento, pero al
menos le producía cierta satisfacción que él pensara que
había preferido morir a casarse con él, aunque no la satisfacción suficiente para que valiese la pena, pues era ella
quien moría, mientras el infame codicioso quizá lograra
presentar un certificado de matrimonio y reclamar la fortuna de ella.

Aterrizó sobre su espalda. El golpe la hizo perder momentáneamente el sentido. Un adoquín que faltaba hizo
saltar al carro y volvió en sí. Gruñó, en la creencia de que se
había roto por lo menos una docena de huesos. Pero la sa-
cudida siguiente del carro no le produjo molestia alguna.
Era increíble que hubiera podido hacer algo tan insensato
y salir ilesa. Sin duda había sido bienaventurada, pero los
tontos suelen serlo y ella lo había sido en grado sumo. Pudo
haberse roto el cuello y lo sabía. Pero, afortunadamente, el
colchón de heno la había salvado. Si el carro hubiese llevado otra carga...

Milagrosamente, el conductor borracho no se dio cuenta de que llevaba una pasajera. Roslynn supuso que el impacto de su cuerpo contra el carro había sido para él similar al que podría producir un surco especialmente profundo. O era así, o el hombre era sordo.

Estaba literalmente cubierta de heno de pies a cabeza, pero cuando miró hacia la ventana desde la que había saltado se arrojó encima más puñados de heno para completar el camuflaje. Y lo hizo muy oportunamente, pues el carro salió del callejón oscuro a la calle brillantemente iluminada y Roslynn tomó conciencia de que sólo llevaba la camisa de dormir de delgado algodón que se había puesto la noche anterior. Y, además, estaba descalza.

Pero debía estar agradecida. Por lo menos la camisa de dormir no era una de las transparentes que había preparado para su ajuar. La cubría desde el cuello hasta los tobillos y tenía largas mangas con puños cerrados. Supuso que si podía hallar algo que hiciera las veces de cinto, podría parecerse a un vestido.

Lamentablemente, Roslynn tuvo poco tiempo para pensar en ello y en cómo haría para llegar a su casa sin dinero. El carro entró en un establo y se detuvo, y ella salió rápidamente de él y se ocultó detrás de una casilla, antes de que el conductor fuese hacia la parte posterior del carro para descargar el heno. Otro hombre, grande y fornido, se unió a él, maldiciéndolo amistosamente por haberse retrasado. Mientras ambos se dedicaban a descargar el heno, Roslynn exploró el lugar.

Un establo no era mal lugar para finalizar su viaje. En realidad, era el sitio ideal. Si pudiera alquilar un caballo y lograr información sobre cómo llegar a Mayfair, ya que aún no sabía en qué parte de la ciudad se hallaba, podría llegar a su casa pronto y sin mayores inconvenientes. El problema era que el único objeto de valor que llevaba era un crucifijo de su madre, que usaba siempre, excepto cuando lucía sus alhajas más valiosas y no deseaba desprenderse de él. Pero aparentemente, no tendría otra alternativa, a menos que estuviera más cerca de Mayfair de lo que creía. En ese caso podría llegar a pie, aunque estuviera descalza.

Roslynn frunció el entrecejo ante la idea. No era de las mejores. Además, olvidaba la clase de tráfico que había visto pasar por el callejón: carros de carga, hombres borrachos, marineros con sus mujerzuelas, pero ningún carruaje. Y ese establo no se hallaba muy alejado del lugar del que había huido. Fuera cual fuese la parte de la ciudad en que se hallaba, no era por cierto un sector distinguido, y si trataba de atravesarla a pie, era probable que debiera afrontar más peligros de los que ya había afrontado. Era, por lo tanto, indispensable alquilar un caballo.

Roslynn no sabía si Geordie ya había descubierto su ausencia, ni si ya estaba buscándola por la vecindad. Esa circunstancia la puso muy nerviosa mientras aguardaba que el bebedor de ginebra se marchara con su carro. Pero estaba decidida a correr el riesgo de hallarse a solas con el otro individuo para plantearle su problema, cuanto menor fuera el número de personas que la vieran en esas condiciones, mejor. Podía imaginar el escándalo si su situación se divulgaba. «Lady Chadwick recorre los vecindarios bajos en camisón.» La gente se regocijaría con la historia y perdería su última oportunidad de realizar un casamiento rápido y honorable.

Pero debía obligarse a sí misma a salir de su escondite cuando estuviera a solas con el mozo de cuadra, aunque la mortificara la idea de que cualquiera, desconocido o no, la viera en ropa de dormir. Y su vergüenza no tuvo límites cuando el hombrón la vio y sus ojos se salieron prácticamente de sus órbitas. De pie, tratando de ocultar un pie desnudo con el otro, los brazos cruzados sobre el pecho, pues aunque estaba cubierta se sentía desnuda, y los cabellos sueltos que caían sobre su torso y estaban llenos de heno, constituía una visión insólita. Una visión muy atractiva, si bien ella pensaba lo contrario.

El hombre debió de pensar que así era, porque continuó mirándola fijamente, inmóvil, mudo y boquiabierto. Era de mediana edad, cabellos castaños y entrecanos y barba gris. Ella no sabía si era el propietario o un empleado, y de todos modos no importaba. Era el único que podía ayudarla y eso aumentó su inquietud.

Roslynn explicó entrecortadamente su situación, pero lo hizo tan rápidamente que el individuo no comprendió casi nada de cuanto dijo. Pasaron unos instantes hasta que dio señales de haberla escuchado. Luego rió, se levantó los pantalones y caminó hacia ella.

—Un caballo, ¿eh? Debería haber empezado por ahí, señorita. Antes de que pensara que mi amigo Zeke me había enviado un hermoso obsequio para mi cumpleaños. ¿Un caballo? —Volvió a reír, meneando la cabeza—. No podría culpar a un hombre por hacerse ilusiones.

Roslynn enrojeció.

—¿Puede alquilarme uno?

—Poseo dos jacas, pero los caballos buenos se marchan temprano.

—¿Aceptaría esto? —Se quitó el crucifijo y se lo entregó—. Le compraré las dos jacas y otras más, pero deberá devolvérmelo. Enviaré a alguien con el caballo y el pago adecuado.

Él inspeccionó el crucifijo y luego tuvo el atrevimiento de morderlo antes de asentir con un gesto de la cabeza.

—Servirá.

—Supongo que no tendrá un par de zapatos que pueda prestarme, ¿no?

Él miró sus delicados pies y respondió con sorna.

—No, señorita. Mis hijos ya han crecido y se han marchado.

Desesperada, ella preguntó:

133

—¿Una capa, entonces? ¿O algo con que cubrirme?

—Eso sí. Y será mejor que le dé algo, o causará un tumulto en las calles.

Roslynn se sintió demasiado aliviada para enfadarse cuando él rió y se marchó en busca de la jaca.

15

Las sombras del atardecer se hacían más profundas a medida que transcurrían los segundos. Lo que debía ser un viaje de treinta minutos se convirtió en una excursión de tres horas, debido a los giros erróneos, las demoras y otras circunstancias agravantes. Pero por lo menos Roslynn ya sabía dónde se hallaba y agradeció la oscuridad, pues, en su ansiedad por llegar a casa, no había tenido en cuenta el recorrido que debía realizar por la calle South Audley, donde numerosas personas podrían reconocerla. La oscuridad le permitió pasar inadvertida y también le fue muy útil la capucha de la vieja capa raída que el mozo de cuadra le había entregado.

Demonios, ese día se estaba haciendo interminable para ella, pero aún debía afrontar más problemas. No podría continuar alojándose en la casa de Frances, ni siquiera esa noche. Tampoco podía postergar más su casamiento. El hecho de que Geordie la hubiese hallado lo cambiaba todo. Ella imaginaba que él la aguardaría ante la puerta de su casa o que se acercaría a ella oculto en el interior de un coche, listo para arrojarse sobre ella en cuanto llegase a la casa.

Pero la suerte la acompañó. Pudo llegar a la casa sin que nada ocurriese. Y consideró que era muy oportuno que Frances no estuviera allí, pues hubiese desaprobado la idea de Roslynn y hubiera tratado de detenerla, y Roslynn no disponía de tiempo para convencerla de que sabía qué estaba haciendo.

Nettie era otro problema. Después de enviar a uno de los palafreneros al establo con el viejo caballo y el dinero para recuperar su crucifijo, asegurando a los criados que se hallaba muy bien, sin ofrecer más explicaciones, Roslynn fue a la planta alta y encontró a Nettie paseándose por la habitación de arriba abajo, con expresión de profunda preocupación. Pero en cuanto vio a Roslynn su rostro se llenó de sorpresa y alivio.

—Oh, querida niña, me has dado el susto más grande de mi vida. —Luego, cambiando de tono le recriminó—: ¿Dónde demonios has estado? Supuse que tu primo te había apresado.

Roslynn estuvo a punto de sonreír ante la capacidad de Nettie de pasar de una emoción a otra con asombrosa rapidez, pero ella también estaba tan disgustada, que no pudo perder ni un segundo comentando la actitud de su criada, a la que tanto se alegraba de ver después de un día tan horrible. Fue directamente a su armario y dijo a Nettie:

—Lo hizo, Nettie. Ahora ayúdame a vestirme; date prisa. Mientras tanto, te contaré lo sucedido.

Cuando lo hizo, Nettie sólo la interrumpió para decir:

—¿Hiciste semejante cosa?

Cuando concluyó, la expresión de Nettie era nuevamente ansiosa.

—Entonces no debes permanecer aquí.

—Lo sé —dijo Roslynn—. Y me marcharé esta noche. Ambas lo haremos, pero por separado.

—Pero...

—Escucha —dijo Roslynn impacientemente—, he pasado la tarde pensando en qué debo hacer. Geordie ha actuado. Ahora que su plan se ha descubierto, nada le impedirá llegar a donde yo esté y volver a secuestrarme; y quizás hiera a alguien en su intento. Me ha llevado tanto tiempo llegar a casa, que pensé que estaría aquí aguardándome. Pero quizá creyó que no podría llegar hasta aquí, sin dinero ni ropa.

—¿Piensas que te busca cerca de donde huiste?

—Sí; de lo contrario estará urdiendo un nuevo plan para atraparme. Pero también es posible que haya enviado a alguien a vigilar esta casa. Si bien no he visto a nadie, eso no significa que no pueda haber alguien ahí afuera, de modo que debemos confundirlos, y ruega que solamente haya un hombre. Si nos marchamos juntas y al mismo tiempo, pero en direcciones diferentes, no sabrá a quién perseguir.

—Pero, ¿a dónde irás?

Roslynn sonrió.

—A Silverley. No podrá hallarnos allá.

—No lo sabes.

—Fue Geordie quien ordenó que me atraparan el otro día en la calle. Sabía dónde me hallaba, pero aparentemente nadie vigiló la casa el día en que salí para el campo. Cuando comprendió que me había marchado envió hombres en todas direcciones, pero nos perdieron el rastro cuando salimos de la posada en que nos reunimos. Si evitamos los sitios públicos y no nos persiguen, estaremos a salvo.

—Pero, niña, sólo podrás ocultarte durante un tiempo. No podrás casarte y no estarás a salvo de ese canalla hasta que lo hagas.

—Lo sé, por eso enviaré a buscar al caballero que he escogido para que se reúna allí conmigo y le haré mi proposición. Si todo resulta bien, podré casarme en Silverley, siempre que Reggie no se oponga.

Nettie arqueó las cejas.

—¿Quieres decir que ya has escogido al hombre con quien te casarás?

—Lo haré antes de llegar allí. Sabré cuál es el que quiero —dijo Roslynn evasivamente, pues era lo único que aún le creaba dudas.

—Por el momento, lo importante es llegar allí sin dejar rastros. Ya he enviado a uno de los criados para que nos alquile dos caballos.

—¿Y Brutus? —preguntó Nettie y luego miró el armario de Roslynn, lleno de ropa—. ¿Y tu ropa? No hay tiempo para hacer el equipaje...

—Permanecerá aquí hasta que me case, Nettie. Ambas podemos llevar unas pocas cosas ahora. Estoy segura de que Reggie tiene una modista competente que nos hará cuanto necesitemos para la boda. Sólo debo dejar una nota para Frances; luego nos marcharemos. ¿Dónde está ella?

Nettie gruñó.

—Después de pasearse durante toda la mañana, una de las criadas dijo que su hermano conocía a un individuo que sabía cómo contratar hombres que podían hallarte más rápidamente que las autoridades...

—¡Autoridades! —dijo Roslynn, horrorizada ante la posibilidad de que el escándalo que tanto temiera desatar se produjera de todos modos—. Demonios. No avisó a la policía, ¿no?

Nettie sacudió la cabeza.

—Estuvo a punto de hacerlo, pues estaba sumamente preocupada, pero comprendió que si lo hacía, ya no podría mantenerlo en secreto. Y aunque no te perjudicara totalmente, las habladurías afectarían tus posibilidades de conseguir un buen marido. Por eso se aferró a la sugerencia de la criada e insistió en ir personalmente a contratar a esas personas.

Roslynn frunció el entrecejo.

—Pero si los criados ya lo saben...

—Oh, vamos. No te preocupes por eso, niña. Lady Frances tiene un buen personal, pero para asegurarme, he hablado con ellos. No dirán nada acerca de tu ausencia fuera de esta casa.

Roslynn rió.

—Algún día me dirás qué amenazas empleas, pero ahora no tenemos tiempo. Ve y prepara varias mudas de ropa, yo haré lo mismo y luego nos reuniremos en la planta baja. Debemos partir simultáneamente. Y ve hacia el norte hasta estar segura de que nadie te persigue; luego irás hacia Hampshire. Yo iré hacia el sur y luego retrocederé. Pero si no llego inmediatamente después de ti, no te preocupes. Daré un gran rodeo para estar a salvo. No deseo caer nuevamente en manos de Geordie, pase lo que pase. La próxima vez no será tan negligente.

16

A Roslynn le pareció que había transcurrido una eternidad cuando, después de llamar repetidas veces, la puerta finalmente se abrió. Estaba tan nerviosa por el temor de ser capturada en cualquier momento, que su propia sombra la asustó cuando miró hacia atrás para asegurarse de que el viejo coche aún la estaba aguardando y el conductor aún la miraba vigilantemente, aunque no sería una gran ayuda si Geordie y sus secuaces la descubrieran.

Era el riesgo lo que la sobresaltaba. No debería haberse detenido allí. Había prometido a Nettie que saldría a toda prisa de Londres, pero en cambio había ido directamente hasta allí. Por eso su corazón latía con tanta violencia. Era seguro que Geordie la estaba persiguiendo y que se acercaba a ella cada vez más, mientras ella permanecía junto a la condenada puerta, aguardando que se abriera.

Cuando se abrió, entró atropelladamente y casi hizo caer al mayordomo. Ella misma cerró la puerta y se apoyó contra ella. Luego miró al hombre, despavorida. Él también la miró horrorizado.

El mayordomo enderezó su chaqueta y se envolvió en su dignidad como si fuera una capa.

—Realmente, señorita...

Ella trató de impedir que continuara, lo que produjo una impresión más desfavorable aún.

—No me regañe, hombre. Lamento entrar de esta manera, pero se trata de una emergencia. Debo hablar con sir Anthony.

—Imposible —dijo él desdeñosamente—. Sir Anthony no recibe a nadie esta noche.

—Ah, ¿entonces no se encuentra aquí?

—No recibe visitas —dijo el mayordomo secamente—. Tengo mis órdenes, señorita. Ahora, si es tan amable...

—No —dijo ella cuando él apoyó la mano sobre la falleba de la puerta—. ¿No me ha oído? Debo verlo.

Él abrió la puerta y Roslynn se alejó de ella.

—No se hacen excepciones. —Pero cuando trató de tomarla del brazo para llevarla hacia afuera, Roslynn lo golpeó con su bolso—. Un momento —dijo el hombre, indignado.

—Es usted un tonto —dijo ella con tono sereno pero mirada furibunda—. No me marcharé hasta ver a sir Anthony. No me he arriesgado a venir para que me arrojen a la calle. Dígale... sólo dígale que una dama desea verlo. Hágalo o le juro que...

Dobson se volvió antes de que ella cumpliera su amenaza. Subió muy rígido las escaleras, entreteniéndose deliberadamente. ¡Dama! En todos los años que trabajara para sir Anthony, jamás había visto una semejante. Las damas no maltrataban a un hombre porque este cumpliera con su deber. Qué ocurrencia. ¿Cómo se había rebajado sir Anthony a tratar con semejante mujer?

Al desaparecer del vestíbulo, Dobson consideró la posibilidad de aguardar unos instantes y luego regresar para tratar nuevamente de deshacerse de la mujer. Sir Anthony había llegado de muy mal humor porque se había demorado y llegaría tarde a una reunión de familia en la casa de su hermano Edward. Lord James y el joven Jeremy ya habían partido hacia allá. Aunque sir Anthony deseara ver a esa mujer, no tenía tiempo para ello. En ese momento se estaba vistiendo y bajaría dentro de unos instantes. Seguramente no querría retrasarse aún más a causa de una mujer de dudosa condición. Si se tratara de otro compromiso no sería tan importante. Pero la familia era una prioridad para sir Anthony. Siempre lo había sido y siempre lo sería.

Y sin embargo... Dobson no podía dejar de pensar en la amenaza que había recibido. Nunca se había enfrentado a un visitante tan insistente, a excepción de la propia familia de sir Anthony, naturalmente. ¿Sería ella capaz de gritar o de recurrir a la violencia? Era impensable. Pero quizá debería informar a sir Anthony acerca del problema.

Cuando llamó a la puerta de la habitación, recibió una respuesta cortante. Dobson entró cautelosamente. Le bastó mirar a Willis, el criado de sir Anthony, para percibir que el estado de ánimo de su amo era el mismo. El hombre tenía una expresión mortificada, como si ya hubiera recibido muchos denuestos de parte de sir Anthony.

En ese momento, sir Anthony se volvió. Casi nunca lo había visto en ropa interior. Llevaba sólo los pantalones y se estaba secando los negros cabellos con una gruesa toalla. Nuevamente empleó un tono impaciente.

—¿Qué sucede, Dobson?

—Una mujer, señor. Ha entrado atropelladamente y exige hablar con usted.

Anthony giró sobre sí mismo, dándole la espalda.

—Deshágase de ella.

—Lo he intentado, señor. Se niega a marcharse.

—¿Quién es?

Dobson no pudo disimular su disgusto.

—No ha querido dar su nombre, pero dice ser una dama.

—¿Lo es?

—Tengo mis dudas, señor.

142

Anthony arrojó la toalla lejos de sí, obviamente fastidiado.

—Mierda; probablemente ha venido en busca de James. Debí suponer que las mujerzuelas que conoce en las tabernas vendrían a mi casa si él permanecía aquí mucho tiempo. Dobson aclaró con renuencia:

—Disculpe, señor, pero ella ha mencionado su nombre, no el de lord Malory.

Anthony frunció el entrecejo.

—Entonces use su inteligencia, hombre. Las únicas mujeres que vienen aquí lo hacen por invitación. ¿No es así?

—Sí, señor.

—¿Y acaso hubiera yo formulado una invitación, teniendo un compromiso previo?

—No, señor.

—Entonces, ¿por qué me molesta?

Dobson experimentó un intenso calor.

—Para obtener su permiso para arrojarla a la calle, señor. Se niega a marcharse por las buenas.

—Lo tiene —respondió Anthony secamente—. Acuda a uno de los palafreneros si no puede hacerlo por usted mismo, pero deshágase de ella antes de que yo baje.

Dobson enrojeció.

—Gracias, señor. Creo que pediré ayuda. No me atrevo a enfrentarme sólo a esa escocesa.

—¿Cómo ha dicho? —preguntó Anthony con tanta energía que Dobson palideció.

—Yo... yo...

—¿Ha dicho que es escocesa?

—No, pero su acento...

—Demonios, hombre, ¿por qué no me lo ha dicho? Hágala pasar; deprisa, antes de que decida marcharse.

—Antes de que... —Dobson abrió la boca desmesuradamente y mirando a su alrededor, dijo—: ¿Aquí, señor?

—Ahora, Dobson.

17

Anthony no podía creerlo. Aun cuando la vio entrar, mirar a Dobson con furia y luego lanzarle la misma mirada iracunda a él, no podía creerlo.

—Ese mayordomo tuyo es muy grosero, sir Anthony.

Él sonrió. Ella estaba frente a él golpeando el suelo con el pie, los brazos cruzados sobre el pecho.

—Cuando te di mi dirección, cariño, fue para que me enviaras un mensaje en caso de necesidad, no para que aparecieras en mi casa de improviso. ¿Te das cuenta de que tu actitud es poco decorosa? Esta es la residencia de un hombre soltero. Y mi hermano y mi sobrino están viviendo aquí...

—Bien, si están aquí, quiere decir que no estoy a solas contigo.

—Lamento decepcionarte, querida, pero han salido y estás a solas conmigo. Como ves, me estaba preparando para salir. Por eso Dobson se negaba a hacerte pasar.

Pero cuando ella lo observó, con ojos obnubilados por la ira, tuvo la sensación de que se preparaba para ir a la cama. Llevaba una bata corta y acolchada de raso azul plateado, los pantalones y nada más. Antes de que él atara el cinto de su bata ella atisbó el vello negro y ensortijado de su pecho. Tenía los cabellos húmedos, peinados hacia atrás con la mano, y algunos mechones comenzaban a ensortijarse sobre sus sienes. Su aspecto era muy sensual. Tuvo que hacer un esfuerzo para dejar de mirarlo y recordar el motivo de su visita.

Pero de pronto vio la cama y súbitamente comprendió que la había recibido en su dormitorio. Demonios.

—¿Sabías que era yo... no, era imposible —se respondió a sí misma, mirándolo a los ojos—. ¿Recibes aquí a todas tus visitas?

Anthony rió.

—Sólo cuando llevo prisa, querida mía.

Ella frunció el entrecejo, pero trató de sobreponerse. Para ello, tuvo que desviar la mirada.

—No te entretendré. Tampoco yo puedo perder tiempo. Ha ocurrido algo... bueno, no te concierne. Baste decir que ya no tengo tiempo. Necesito un apellido, y lo necesito ahora.

El humor de él cambió súbitamente. Creyó saber exactamente qué quería decir ella y esa certeza le produjo una incómoda sensación en el estómago. Cuando él se ofreció a ser su confidente, sólo lo había hecho para acercarse a ella. Pero no traicionaría sus propios planes ayudándola a casarse. Había tenido la intención de dilatar indefinidamente la situación y seducirla antes de que ella se casara. Y ahora ella le pedía que le consiguiera un apellido, que en realidad tendría si hubiera hecho lo que le había prometido hacer. Era obvio que ella ya no necesitaba un confidente. Si él no la ayudaba, ella tomaría su propia decisión, buena o mala. No le cabía duda alguna al respecto.

—¿Qué diablos ha ocurrido?

Ella parpadeó ante el tono áspero de él, tan repentino.

—He dicho que no te concierne.

—Pues deberás explicarme por qué encaras este matrimonio con tanta desaprensión y tanta prisa.

—No es asunto tuyo —insistió ella.

—Si deseas que escoja un nombre para ti, deberás permitir que lo haga bien.

—Eso... eso...

—No es muy deportivo de mi parte, lo sé.

—Bruto.

Al verla enfadada, él recobró el buen humor. Era hermosa cuando sus ojos brillaban de esa manera. Los reflejos dorados parecían lanzar destellos que combinaban con el fuego de sus cabellos. De pronto comprendió que ella estaba en su casa, en su dormitorio, donde tantas veces la imaginara, sin poder hallar la manera de concretar sus deseos.

La sonrisa que esbozó la enfureció aún más. «Has venido a mi cubil, cariño», pensó él. «Ahora te tengo.»

Anthony dijo:

—¿Te apetece beber algo?

—Harías pecar a un santo —dijo ella, pero aceptó con un gesto de la cabeza y bebió un generoso sorbo del coñac que él le ofreció.

—¿Y bien? —dijo él, cuando ella continuó mirándolo enfurecida sin decir nada.

—Está relacionado con mi abuelo y la promesa que le hice de casarme tan pronto él muriera.

—Lo sé —dijo Anthony serenamente—. Ahora dime por qué te hizo prometer eso.

—Muy bien —dijo ella—. Tengo un primo lejano que tiene la intención de casarse conmigo a toda costa.

—¿Y?

—No he dicho que lo deseara sino que esa es su intención, con mi consentimiento o sin él. ¿Lo comprendes, ahora? Si Geordie Cameron me atrapa, me obligará a hacerlo.

—Y tú no deseas casarte con él.

—No seas tonto, hombre —dijo ella con impaciencia, comenzando a pasearse por la habitación—. ¿Acaso crees que estaría dispuesta a casarme con un extraño por alguna otra razón?

—No, imagino que no.

Roslynn contuvo el aliento al ver la sonrisa de Anthony.

—¿Te parece gracioso?

—Creo que has exagerado un tanto. Sólo necesitas que alguien persuada a ese primo tuyo de que sería mejor para él buscar una esposa en otra parte.

—¿Tú?

Él se encogió de hombros.

—¿Por qué no? No negaría hacerte ese favor.

Ella estuvo a punto de golpearlo. Pero en cambio bebió el resto de coñac que había en su copa y se tranquilizó.

—Déjame decirte algo, Anthony Malory. Estás sugiriendo que arriesgue mi vida, no la tuya. No conoces a Geordie. No sabes cuán obsesionado está ni cuánto ansía apoderarse de la fortuna de mi abuelo. Haría cualquier cosa para obtenerla, y una vez que la obtenga nada le impide planear un accidente, o encerrarme en alguna parte, aduciendo que me he vuelto loca o algo semejante. Una advertencia tuya no lo amedrentaría, aun en el caso de que pudieras hallarlo. Nada lo atemoriza. La única manera de protegerme de él es casándome con otra persona.

Anthony había tomado su copa, la había llenado nuevamente y se la había entregado mientras ella le relataba todo. Ella no pareció notarlo.

—Muy bien, ahora sé por qué has decidido casarte tan rápidamente. Pero, ¿por qué ahora deseas hacerlo de inmediato? ¿Qué te ha inducido a arriesgar tu reputación al venir aquí esta noche?

Ella dio un respingo al recordar ese peligro, que en otro momento le pareció un mal menor.

—Geordie sabe dónde estoy. Anoche me hizo drogar y logró que me sacaran de casa de Frances.

—Demonios.

Ella prosiguió hablando como si no lo hubiera oído:

—Esta mañana, cuando desperté, estaba encerrada en

una habitación desconocida, cerca del muelle, aguardando la llegada del cura falso que nos casaría. Si no hubiera saltado por la ventana...

—Dios mío. Mujer, no hablas en serio.

Ella detuvo su impaciente deambular por la habitación para mirarlo desdeñosamente.

—No cabe ninguna duda. Todavía tengo en los cabellos el heno que se introdujo entre ellos y que estaba en el carro sobre el que caí. Tardé tanto en encontrar el camino a casa que no he tenido tiempo de cepillarme a fondo. Podría mostrártelo, pero Nettie no está aquí para rehacer mi peinado y no creo que Dobson fuera capaz de hacerlo. Y no me iré de tu casa como si... como si...

Anthony rió, echando la cabeza hacia atrás, al ver que ella no se atrevía a completar la provocativa frase. Roslynn le dio la espalda y fue hacia la puerta. Él se adelantó y le impidió salir.

—¿He dicho algo indebido? —preguntó él inocentemente al oído de ella.

Roslynn no vaciló en propinarle un codazo. Satisfecha al oír su quejido, se deslizó junto a él para apartarse de la puerta.

—Creo que ya te has divertido bastante a mis expensas. Sólo pensaba estar aquí unos minutos y he estado perdiendo el tiempo con explicaciones innecesarias. Un cochero me aguarda y debo hacer un largo viaje. Dijiste que tú también llevabas prisa. Por favor, dime un nombre.

Él se apoyó contra la puerta; ese «largo viaje» le producía pánico.

—¿Te irás de Londres?

—Por supuesto. ¿No pensarás que puedo permanecer aquí, después de que Geordie me ha descubierto, no?

—¿Y cómo te las ingeniarás para cortejar a uno de tus admiradores para que te proponga matrimonio si no está aquí?

—Demonios. Carezco de tiempo para cortejar a nadie —dijo ella exasperada por sus continuas preguntas—. Yo haré la proposición, siempre que me indiques el nombre de alguien.

Su furioso énfasis lo decidió a cambiar de táctica. Pero en el momento no supo qué hacer. No le nombraría a nadie, ni aunque tuviera alguno para recomendar, pero si se lo decía, ella se marcharía de inmediato e iría quién sabe a dónde. No sabía si atreverse a preguntarle qué rumbo llevaba. No, estaba harta de las evasivas deliberadas de él.

Fue hacia ella y le señaló un sillón frente a la chimenea.

—Siéntate, Roslynn.

—Anthony... —comenzó a decir ella con tono admonitorio.

—No es tan sencillo.

Ella entrecerró los ojos con desconfianza.

—Has tenido tiempo suficiente para hacer las averiguaciones necesarias, tal como lo prometiste.

—Recuerda que te pedí una semana.

Ella lo miró, alarmada.

—Entonces no has...

—Todo lo contrario —la interrumpió él rápidamente—. Pero no te agradará lo que he averiguado.

Ella gruñó, ignoró el sillón que él le ofrecía y comenzó a caminar nuevamente por la habitación.

—Dímelo.

Anthony hizo trabajar su imaginación a toda velocidad, tratando de acumular defectos y vicios para atribuirlos a sus candidatos. Comenzó por lo único que era verdadero, esperando inspirarse a medida que hablaba.

—Ese duelo que te mencioné y en el que David Fleming se negó a participar. No sólo lo convirtió en un cobarde sino también... bueno...

—Dilo. Supongo que tenía que ver con alguna mujer. No me sorprendería.

—No se produjo por una mujer, querida mía, sino por otro hombre y fue una discusión sentimental. —Aprovechando la conmoción momentánea de Roslynn, él volvió a llenar su copa de coñac.

—Quieres decir...

—Temo que es así.

—Pero parecía tan... tan, oh, no importa. Está descartado.

—También deberás tachar a Dunstanton —dijo Anthony. Como ella se marcharía de Londres no podría constatar la veracidad de lo que él dijo a continuación—. Acaba de anunciar su casamiento.

—No lo creo —dijo ella—. El fin de semana anterior me invitó al teatro. Claro que luego canceló la invitación, pero... oh, está bien. Yo deseaba acortar la lista. ¿Y Savage? Anthony se inspiró al escuchar el nombre.

—No es el indicado, querida mía. En algún momento de su juventud disipada debió de tomarse su nombre muy en serio. Es un sádico.

—Oh, vamos...

—Es verdad. Se complace en herir a cualquier ser que sea más débil que él: animales, mujeres. Sus criados están horrorizados...

—Está bien. No es necesario que entres en detalles. Aún resta lord Warton; tu sobrina me lo recomendó; y sir Artemus.

Fue Anthony quien comenzó a pasearse por la habitación. No sabía qué decir de Warton. Podía acusar a Shadwell de jugador empedernido, pero no había ningún motivo para acusar a Warton. En realidad, podría ser un marido ideal para Roslynn. Pero esa idea lo enfadó de tal manera que pudo imaginar la peor bajeza. Se volvió hacia Roslynn, fingiendo una expresión renuente.

—Será mejor que descartes a Warton también. Su interés hacia ti era sólo una maniobra para despistar a su madre.

—¿Qué quiere decir eso?

—Está enamorado de su hermana.

—¿Qué?

—Oh, es un secreto muy bien guardado —le aseguró Anthony—. Reggie lo ignora, porque Montieth no desea desilusionarla con una causa semejante. Ella es amiga de los tres Warton. Y él no me lo hubiera dicho si yo no le hubiera hablado de tu súbito interés por el individuo. Pero en una ocasión se reunió conmigo en el bosque y fue muy embarazoso, te imaginas...

—Basta. —Roslynn bebió su tercer coñac y le entregó la copa—. Has hecho cuanto te he pedido y te lo agradezco. Sir Artemus fue el primero que figuró en mi lista, de modo que parece lógico que sea él el elegido.

—Está descalificado, querida mía.

—No habrá problemas. —Ella sonrió—. Poseo suficiente dinero como para restituir el que pierda a causa del juego.

—Creo que no comprendes, Roslynn. En los últimos años, su pasión por el juego se ha convertido en una enfermedad. Era uno de los hombres más adinerados de Inglaterra y ahora prácticamente no posee nada. Ha tenido que vender todas sus propiedades, excepto la que posee en Kent, y esa está hipotecada.

—¿Cómo lo sabes?

—Mi hermano Edward se encargó de las ventas. Ella frunció el entrecejo, pero insistió empecinadamente.

—No importa. En realidad, me da la seguridad de que no rechazará mi propuesta.

—Oh, la aceptará, sin duda. Y dentro de un año serás tan pobre como él.

Olvidas que yo seré quien controle mi fortuna, Anthony.

—Es cierto, pero no tomas en cuenta el hecho de que un hombre puede obtener crédito en el juego, y eso es imposible de controlar. Sus acreedores acudirán a ti, porque serás legalmente su esposa; incluso podrán entablarte un juicio. Y los tribunales, querida mía, no respetarán tu contrato cuando prueben que te casaste con Shadwell sabiendo que era jugador. Deberás afrontar sus deudas, lo quieras o no.

Roslynn palideció. Lo miró con asombro e incredulidad. Como no conocía las leyes, no tenía por qué dudar de la palabra de Anthony. Se vio obligada a creerle. Y pensar que en un momento pensó que un jugador contumaz sería el candidato perfecto, sin tener en cuenta que podría conducirla a la ruina. Era como entregar su fortuna a Geordie.

—Eran todos tan aptos —dijo ella distraídamente y apenada; luego miró a Anthony con sus grandes ojos pardos—. ¿Te das cuenta de que me has dejado sin nadie?

Su expresión lo conmovió. Él era el responsable, con sus verdades a medias y sus invenciones. Había interferido en la vida de ella por motivos puramente egoístas. Pero no podía empujarla en brazos de otro hombre. No podía hacerlo. Y no sólo porque la deseara. La idea de que otro hombre la tocara le producía una sensación angustiosa.

No, no podía lamentar lo que había hecho; su alivio era enorme. Pero tampoco podía evitar la pena.

Hizo un esfuerzo para animarla.

—Fleming te aceptaría, aunque sólo fuese para salvar las apariencias. —Si él pensara que ella podría aceptarlo, se vería obligado a matar al individuo—. Sería ideal para tus fines, y yo podría estar seguro de tenerte sólo para mí.

Con ese comentario solamente logró provocar la ira de ella.

—No tomaría a un hombre que odiase tocarme. Si debo casarme, querré tener hijos.

—Eso puede solucionarse, querida mía. Yo estoy dispuesto a hacerlo —respondió él.

Pero ella no lo escuchaba.

—Supongo que podría regresar a casa y casarme con un

granjero. ¿Qué importa con quién me case? Lo que importa es hacerlo.

Él comprendió que todos sus esfuerzos habían sido vanos.

—Por Dios, no puedes...

Ella todavía cavilaba sobre sus oportunidades perdidas.

—Debí hacerlo desde un comienzo. Por lo menos sabré con quién me caso.

Él la tomó de los hombros, obligándola a escucharlo.

—Maldita sea, mujer; no estoy dispuesto a permitir que desperdicies tu vida con un granjero. —Y, antes de darse cuenta de lo que iba a decir, Anthony balbuceó—: Te casarás conmigo.

18

Cuando Roslynn dejó de reír, tardíamente comprendió que su reacción era en realidad una ofensa hacia Anthony. Mientras ella reía a carcajadas, él se había apartado de ella. Finalmente, lo vio sentado en la cama y apoyado sobre un codo.

No parecía ofendido. En realidad parecía confundido. Por lo menos el paso en falso de Roslynn no lo había enfadado, lo que hubiera sido razonable. Pero era tan ridículo. Casarse con él; qué ocurrencia. El libertino más famoso de Londres. Seguramente quiso decir otra cosa.

Pero ella se sintió mejor después de reír a mandíbula batiente. Todavía debía afrontar muchos problemas. Sonriendo, se acercó a él con la cabeza inclinada hacia un costado para llamar su atención.

—Posees el don de levantar ánimos, Anthony. La verdad es que nadie podría acusarte de no ser encantador. Pero es evidente que no estás en tu elemento cuando se trata de proponer matrimonio. Considero que debe hacerse como un ruego, no como una exigencia. Deberás recordarlo la próxima vez que tu sentido del humor tienda a lo absurdo.

Al principio, él calló, pero la miró a los ojos. Ella se sintió perturbada.

—Tienes razón, querida mía. Creo que he perdido la cabeza. Pero casi nunca hago las cosas de una manera convencional.

—Bueno... —Ella se arrebujó en su pelliza ribeteada de armiño con gesto nervioso—. Ya te he entretenido bastante.

Él se irguió y apoyó las manos sobre las rodillas.

—Antes de marcharte deberás responderme.

—¿Responder qué?

—¿Te casarás conmigo?

Aunque la pregunta fue hecha de manera convencional, fue igualmente absurda.

—Bromeas —dijo ella con incredulidad.

—No, cariño. Aunque estoy tan sorprendido como tú, hablo en serio.

Roslynn apretó los labios. Esto no era gracioso en absoluto.

—De ninguna manera. No me casaría contigo ni con Geordie.

Su risa anterior se tornó comprensible. Y la reacción que ella tuvo ante la proposición de él era débil comparada con su propia sorpresa. Pero si bien sus palabras habían sido dichas sin pensar, una vez pronunciadas Anthony comprendió que la idea de casarse, que antes lo horrorizaba, era de pronto aceptable.

No era que no pudiese ser convencido de lo contrario si ella no hubiese estado allí y fuera tan atractiva. Había vivido treinta y cinco años sin necesitar una esposa; no tenía por qué necesitarla ahora. ¿Por qué demonios insistía en la seriedad de su proposición cuando ella la había rechazado con su actitud dubitativa?

El problema era que no le agradaba que lo arrinconaran, y ella lo estaba haciendo al amenazar con casarse prácticamente con cualquiera. Y le agradaba menos aún la idea de no volver a verla, con lo que también lo estaba amenazando. En realidad, no deseaba que ella saliera de su habitación. Estaba allí. Y él sacaría ventaja de la situación.

Pero la rotunda negativa de ella había inclinado el platillo de la balanza. Ella lo aceptaría, aunque él tuviera que llegar a un pacto para obtener su consentimiento.

—Corrígeme si me equivoco, querida mía, pero no tienes otra oferta, ¿verdad? Y recuerdo que has dicho que no te importaría casarte con cualquiera con tal de hacerlo.

Ella frunció el entrecejo.

—Es verdad, pero tú eres la única excepción.

—¿Por qué?

—Porque serías un pésimo marido.

—Siempre he opinado lo mismo —dijo él, sorprendiéndola—. ¿Por qué otra razón habría evitado el matrimonio durante tanto tiempo?

—Bueno, entonces comprendes mi punto de vista, ¿verdad?

Él sonrió.

—Sólo admito la posibilidad, cariño. Pero miremos la otra cara de la moneda. También podría inclinarme por el matrimonio. Montieth lo hizo y yo fui el primero que pensó que estaba condenado al fracaso.

—Pero él está enamorado de su mujer —señaló ella enfáticamente.

—Dios mío, no esperas que diga que te amo, ¿no? Es muy pronto...

—Naturalmente —lo interrumpió Roslynn secamente, con las mejillas encendidas.

—Pero ambos sabemos que te deseo, ¿verdad? Y ambos sabemos que tú...

—Anthony, por favor. —Se ruborizó más aún—: Nada de cuanto digas me hará cambiar de idea. No me sirves. Juré que jamás me casaría con un libertino y has admitido que lo eres. Y no puedes dejar de serlo.

—Supongo que debo agradecer tu inflexibilidad a lady Grenfell, ¿no es así?

Desconcertada, ni siquiera se preguntó por qué llegaba él a esa conclusión.

—Sí, Frances sabe por experiencia qué ocurre cuando una se enamora de un libertino. Cuando ella se vio en la necesidad de casarse, el de ella huyó velozmente y se vio obligada a aceptar lo que pudo: un anciano al que detestaba.

Sus ojos eran más rasgados cuando él fruncía el entrecejo.

—Creo que ha llegado el momento de que conozcas la verdadera historia, Roslynn. El viejo George fue presa del pánico cuando tuvo que afrontar la paternidad de forma inesperada. Se marchó por dos semanas para resignarse a la pérdida de su soltería, y cuando recapacitó, Frances ya estaba casada con Grenfell. Ella nunca le permitió ver a su hijo. Se negó a recibirlo cuando Grenfell murió. Puede que tu amiga haya sido desdichada a raíz de cuanto ocurrió, pero mi amigo también lo fue. La verdad es que George se casaría con ella ahora si ella lo aceptara.

Roslynn se sentó en el sillón y miró fijamente el fuego de la chimenea. ¿Por qué debía ser amigo de George Amherst? ¿Por qué le había contado eso? Quizá Frances se casaría con Amherst de inmediato si pudiera perdonarlo por una reacción que indudablemente había sido muy natural, considerando que en esa época él era un disoluto. ¿Y qué pasaba con Roslynn?

Demonios, nada le agradaría más que casarse con Anthony Malory... si él la amara, si pudiera serle fiel, si ella pudiera confiar en él. Pero no era así. Probablemente Nicholas Eden amaba a Regina, su abuelo pudo haber amado a su abuela, George Amherst probablemente había amado a Frances y quizás aún la amaba, pero Anthony había admitido que no la amaba. Y, lamentablemente, a ella le resultaría muy fácil amarlo. Si la situación no fuera como era, ella aceptaría su proposición. Pero no era tan tonta como para exponerse al sufrimiento que Anthony podía causarle y que indudablemente le causaría.

Ella se volvió para mirarlo, pero la cama estaba vacía. Azorada, se dio cuenta de que le ponían el sombrero y la empujaban hasta el borde del sillón. Luego vio que Anthony había apoyado los brazos sobre el respaldo del sillón. Roslynn tardó un segundo en habituarse a su cercanía; luego carraspeó y dijo:

—Lo lamento, pero lo que me has dicho acerca de George y Frances no me hace cambiar de idea respecto de ti.

—Lo imaginé —dijo, meneando la cabeza, y luego sonrió seductoramente—. Eres una escocesa empecinada, lady Chadwick, pero es una de tus cualidades que más me agradan. Te ofrezco lo que más necesitas y lo rechazas; perjudicándote; todo por un motivo que es tan sólo una ridícula suposición. Podría llegar a ser el más ejemplar de los maridos, no me das la oportunidad de averiguarlo.

—Anthony, te dije que no me gusta hacer apuestas. No deseo arriesgar el resto de mi vida a un «quizá», cuando hay tantos factores negativos.

Él se inclinó hacia delante y apoyó el mentón sobre sus brazos cruzados.

—Supongo que te das cuenta de que si te obligo a permanecer aquí durante toda la noche, te verás en una situación comprometida. Ni siquiera necesitaría tocarte, querida; las circunstancias hablan por sí mismas. Así se casó Reggie, a pesar de que su primer encuentro con Montieth fue completamente inocente.

—No harías tal cosa.

—Creo que sí.

Roslynn se puso de pie y lo miró, furiosa. El sillón estaba entre ambos.

—Eso es... eso es... de todos modos no resultaría. Regresaré a Escocia. No me importa que mi reputación se haya arruinado aquí. Aún tengo mi... —No pudo pronunciar la palabra—. Mi marido se daría cuenta y sólo eso me importa.

—¿Ah, sí? —preguntó él con una mirada maliciosa que asomaba a sus ojos azules—. Entonces, cómo debo ayudarte a pesar de ti misma, no me dejas muchas alternativas. ¿De modo que debo comprometerte realmente y no sólo aparentemente?

—¡Anthony!

Su exclamación lo hizo sonreír.

—Dudo de que me hubiera conformado con la apariencia. Fui considerado al tenerla en cuenta, pero, como reiteradamente afirmas, soy demasiado libertino para no sacar ventaja de tu presencia en mi habitación.

Ella comenzó a retroceder hacia la puerta. Se apresuró cuando él fue hacia ella.

—Aceptaré un compromiso aparente.

Él negó con la cabeza.

—Querida niña, si todos pensaran que has compartido mi cama, ¿por qué negarte ese placer?

Las palabras de Anthony la perturbaron, pero Roslynn trató de luchar contra su perturbación, estaba segura de que él bromeaba. Él lo hacía aparecer como un juego, pero cuanto más se acercaba a ella, más se alarmaba.

Sabía qué ocurriría si él la besaba. Había sucedido antes. Hablara él seriamente o no de una supuesta seducción, si la tocaba era probable que se produjese. Anthony no necesitaría realizar un gran esfuerzo.

—No quiero...

—Lo sé —dijo él tiernamente, tomándola por los hombros y acercándola a su pecho—. Pero lo querrás, cariño, te lo prometo.

Naturalmente, tenía razón. Él sabía cuáles eran sus deseos profundos, los que no quería admitir ni ante sí misma. Por mucho que luchara contra ellos, no dejarían de existir.

Él era el hombre más atractivo y adorable que ella jamás conociera y lo había deseado desde el momento en que lo vio por primera vez. Era un sentimiento intenso que nada tenía que ver con la lógica o el razonamiento. Era una ansiedad del cuerpo y del corazón, y al diablo con el sentido común.

Roslynn cedió, entregándose al torbellino de los sentidos, en el momento en que él la tomó entre sus brazos. Había imaginado tantas veces ese instante, que era como regresar al hogar. El calor de su cuerpo, la fuerza de sus brazos, la embriaguez de la pasión. Ya los conocía, pero todo se renovaba de una manera maravillosa.

Pero cuando la besó, lo hizo con tal suavidad, que apenas lo sintió. Y comprendió que él le estaba dando una última oportunidad para detenerlo, antes de que él dominara la situación por completo. Él sabía muy bien que era lo suficientemente hábil y experimentado como para quebrantar cualquier resistencia que ella pudiera oponer. Lo había hecho antes. El hecho de que se contuviera la perturbó más aún y lo deseó con más intensidad.

Roslynn dijo que sí al rodear el cuello de él con sus brazos. Quedó vencida por el enorme alivio de él. Los labios de Anthony la anonadaron con su magia; respirar no era importante. Sus labios eran cálidos y rozaban suavemente los de ella.

La sostuvo entre sus brazos durante un largo rato, besándola, provocando en ella sensaciones deliciosas. Cuando él se echó hacia atrás, comenzó a desabrochar el vestido de Roslynn. Ya le había quitado el sombrero y la capa, sin que ella lo advirtiera.

Ella contempló cómo la desvestía lentamente y no pudo moverse; no quiso hacerlo. Los ojos de él la hipnotizaban; sus párpados pesados y su mirada intensa escudriñaban su alma. Ella no pudo dejar de mirarlo, ni siquiera cuando percibió que su vestido se deslizaba por su cuerpo hasta caer a sus pies. Su ropa interior siguió el mismo camino.

En ese momento él sólo la tocó con la mirada, recorriendo con sus ojos el cuerpo de Roslynn de arriba hacia abajo y viceversa. En sus labios reapareció esa sonrisa sensual que tenía el poder de fundir sus miembros, lo que era peligroso pues sus sentidos ya se le habían rendido. El cuerpo de ella osciló y él sostuvo sus caderas. Luego, lentamente, acarició la piel desnuda de su cintura, deteniéndose en los senos. Los sostuvo con el pulgar. Los pezones de ella se irguieron y su respiración se aceleró; una suave tibieza recorrió su ser.

La sonrisa de Anthony se ensanchó, triunfante, como si pudiera ver su interior y saber exactamente qué estaba sintiendo. Se regocijó con su victoria. Y a ella no le importó. Ella también sonreía, pero interiormente, porque si bien él había triunfado, también lo había hecho ella, derrotando a su sentido común, para obtener lo que había deseado en todo momento: hacer el amor con ese hombre; que él fuera quien la iniciara y se convirtiera en su primer amante, porque sabía que, con él, todo sería hermoso.

Pero, dado que cedería a los deseos de él, quería desempeñar un papel activo. Había pensado desvestirlo, preguntándose cómo sería su cuerpo desnudo. En su imaginación, lo veía como un Adonis. Frente a ella estaba el hombre, que la intimidaba mucho más que una fantasía, pero el deseo la tornaba audaz.

Roslynn desató su cinturón y la bata se abrió. Apoyó las palmas de sus manos sobre la piel de Anthony, tal como lo había hecho él, y las deslizó hacia arriba, tocando su piel, abriendo la bata y haciéndola deslizar por sus hombros. Él la dejó caer y luego tomó a Roslynn entre sus brazos, pero ella lo apartó para contemplarlo a sus anchas. Vio la piel tibia y los músculos firmes, el vello oscuro y ensortijado de su pecho hizo vibrar sus dedos. Sólido, poderoso, era mucho más que cuanto había imaginado. Ella sintió un fuerte impulso de rodearlo con sus piernas para acercarse a él todo lo posible.

161

—Oh, qué hermoso eres, Anthony.

Él estaba hechizado por la mirada escrutadora de Roslynn, pero esas palabras, pronunciadas con esa voz ronca, lo estimularon hasta el delirio. La acercó a él y la besó apasionadamente. La tomó entre sus brazos, llevándola hacia la cama.

La depositó suavemente sobre el lecho y luego se echó hacia atrás para contemplar su cuerpo una vez más con ojos encendidos de deseo. A menudo la había imaginado allí, con la piel sonrosada por la pasión, llamándolo con los ojos ardientes. Era exquisita, más de lo que había supuesto; sus curvas eran perfectas, femeninas y estaba allí; era suya y lo deseaba.

Hubiera querido gritar de alegría. En cambio, apoyó sus manos con ternura sobre las mejillas de Roslynn y sus dedos acariciaron su rostro, sus cabellos, su cuello. No se cansaba de tocarla.

—No imaginas lo que haces conmigo.

—Sé lo que tú haces conmigo —dijo ella suavemente, mirándolo—. ¿Es lo mismo?

Él respondió con una sonrisa y un gruñido.

—Dios, espero que sí.

Y entonces la besó, introduciendo su lengua en la boca de ella y apoyando su pecho contra el de ella. Cuando ella levantó los brazos para abrazarlo, él los tomó, estirándolos hacia los costados y entrelazando sus dedos con los de ella. Roslynn no podía moverse, pero podía sentir; sentir el pecho de él que rozaba sus pezones, electrizándolos con su sensual suavidad.

Luego él bajó la cabeza para tomar uno de sus senos con la boca, succionando suavemente o deslizando la lengua a su alrededor. Pero no soltó sus manos y ella creyó enloquecer a causa del deseo incontenible de tocarlo y acariciarlo.

Lanzó un gemido. Él se detuvo y sonrió, mirándola a los ojos.

—Eres un demonio —dijo ella al percibir su maliciosa alegría.

—Lo sé. —Y deslizó la lengua sobre el otro pezón—. ¿No te gusta?

—¿Que si me gusta? —dijo ella, como si nunca hubiese escuchado una pregunta tan ridícula—. Pero desearía tocarte a mi vez. ¿Por qué no me sueltas?

—No.

—¿No?

—Luego podrás tocarme hasta el hartazgo. Ahora no podría resistirlo.

—Oh —suspiró ella—. Pues yo tampoco podré continuar resistiéndolo.

Él enterró la cabeza entre sus senos, gruñendo.

—Cariño, si no callas, comenzaré a comportarme como un joven inexperto.

Roslynn rió y el sonido ronco de su risa fue la perdición de Anthony. Se quitó los pantalones, pero afortunadamente recapacitó antes de arrojarse sobre ella. Aún debía quitarle las medias y los zapatos y lo hizo rápidamente. El deseo lo atenaceaba y su ritmo pausado del comienzo había sido reemplazado por una prisa frenética.

El puñal que cayó de la bota de Roslynn lo obligó a recuperar el control. Sonrió, íntimamente asombrado. La pequeña escocesa estaba llena de sorpresas. Casarse con ella no sólo sería sumamente placentero sino también interesante y de pronto sus dudas se disiparon y comenzó a pensar ansiosamente en la posibilidad.

Sopesó la daga.

—¿Realmente sabes cómo usar esto?

—Sí, y lo hice cuando uno de los maleantes de Geordie trató de secuestrarme en la calle.

Anthony arrojó la daga hacia un costado y sonrió.

—A partir de esta noche, ya no deberás preocuparte por eso, cariño.

Roslynn tenía sus dudas al respecto, pero se abstuvo de expresarlas. Nada había sido convenido. Aún consideraba que él no era un hombre apto para el matrimonio, aunque deseara que fuese todo lo contrario. Era un amante, y como tal podía aceptarlo. ¿Qué importaba su virginidad, si los acontecimientos recientes le aseguraban que su matrimonio sólo sería un contrato comercial?

Pero las decisiones de mañana eran muy lejanas y las manos de Anthony se deslizaban por sus piernas, separándolas e imposibilitando todo pensamiento. Él se agachó para besar la cara interior de su muslo, luego su cadera, para finalmente introducir su lengua en su ombligo. Llamas de fuego lamían los pies de Roslynn, que retorció su cuerpo. Ella tomó la cabeza de él, pero él volvió a besar sus senos, acariciando con su lengua los sensitivos pezones, hasta que ella enloqueció de deseo. Arqueó su espalda, amoldando su estómago al pecho de él, exigiendo el contacto. Ella no sabía exactamente qué necesitaba, pero instintivamente comprendía que sus sentidos estaban encendidos con alguna finalidad.

Tironeó frenéticamente de la cabeza de Anthony, pero él controlaba la situación. Cuando estuvo preparado, se deslizó hacia arriba un poco más, besando el cuello de Roslynn con labios ardientes y acercándolos a su oído. Cuando introdujo la lengua en su oreja ella reaccionó tan vivamente que estuvo a punto de arrojar a Anthony lejos de sí. Luego comenzó a temblar deliciosamente y deseó acurrucarse junto a él.

A Roslynn le dolía la espalda y se sentía envuelta en un calor húmedo e infernal, y cuando sintió que algo la tocaba en sus genitales por primera vez, su cuerpo lo envolvió instintivamente, ávido de sentir la presión en esa zona ardiente. Y entonces la penetró y ella experimentó una hermosa sensación de plenitud, rodeando el cuerpo de Anthony con sus piernas para no perderlo, sintiendo finalmente que había logrado cierto control. No lo soltó y la presión comenzó a crecer en su interior hasta que pareció estallar, abriendo un nuevo canal de sensaciones, que alivió parcialmente la tensión. Pero el alivio no fue duradero.

Él la besó nuevamente, con avidez y ferocidad, con una voracidad similar a la de ella. Los brazos de él la aprisionaban como barras de hierro y sus dedos acariciaban sus cabellos, sosteniéndola, controlándola. Y su cuerpo se movía contra el de ella con un apremio al que ella respondía. La tensión volvió a crecer y finalmente alcanzó la culminación, que dio paso a un dichoso olvido.

Instantes más tarde, Anthony se desplomó sobre ella; su propia culminación lo había debilitado tanto que durante un rato no pudo levantar la cabeza. Nunca había experimentado nada igual y estaba a punto de decírselo cuando se dio cuenta de que ella estaba inconsciente o profundamente dormida. Sonrió, apartando los cabellos de las mejillas de Roslynn, sumamente complacido consigo mismo y con ella.

Hubiera deseado despertarla para comenzar todo de nuevo, pero se reprimió al recordar la barrera que había sentido y que revelaba su virginidad. Regina le había dicho que lo era. Las respuestas apasionadas de Roslynn lo desmentían. La verdad lo llenó de un gozo inexplicable. Y, aunque ella no pareció percibir la pérdida de su condición de doncella, esa pérdida era una recuperación. Existía la mañana. Existía el resto de su vida.

Desconcertado, sacudió la cabeza. ¿Desde cuándo era tan caballeresco?

Cautelosamente salió de la cama y la cubrió con las mantas. Ella se estiró lánguidamente y suspiró. Anthony sonrió. Dios, era hermosa, y tan seductora que un hombre desearía conocer cada centímetro de su cuerpo. Se prometió a sí mismo que lo lograría. Pero, por el momento, se puso la bata, recogió las ropas de ella y salió silenciosamente de la habitación. Debía despedir al cochero y tomar decisiones; la dama no iría a ninguna parte.

19

Roslynn despertó a causa del roce de pétalos de rosa contra su mejilla. Abrió los ojos y los fijó sobre la rosa rosada, frunciendo el entrecejo; luego vio al hombre que le sonreía.

—Buenos días, querida. Y lo es realmente. El sol ha decidido brillar para nuestra boda.

Roslynn gruñó y se volvió para enterrar el rostro en la almohada; no deseaba enfrentarse al día ni a las consecuencias de sus propias acciones. Demonios, ¿qué había hecho? Nettie estaría en Silverley sumamente preocupada, pensando que la artimaña había fracasado y que Geordie había apresado nuevamente a Roslynn. Y el cochero. ¿Cómo pudo olvidarlo? Le había dado una buena propina, pero no tan grande como para hacerlo aguardar durante toda la noche. Probablemente se había marchado, llevándose su maleta, que no sólo contenía ropa, sino también la mayor parte de sus alhajas y papeles importantes, tales como su contrato matrimonial. Al diablo con esas tres copas de coñac.

A las consecuencias indeseadas de su proceder se sumaba ahora la mano de Anthony, que recorría su espalda mientras reía.

—Si deseas permanecer en la cama...

—Vete —dijo ella, furiosa consigo misma porque, a pesar de su desasosiego, experimentaba un estremecimiento al sentir su caricia; y furiosa con él porque parecía tan alegre.

—¿Cuál es el problema? —dijo él razonablemente—. Te he liberado de la preocupación de tomar decisiones. Estás realmente comprometida, cariño.

Ella se volvió.

—Al diablo contigo. No experimenté ningún dolor, sólo...

Él rió al verla ruborizarse y callar súbitamente.

—Sé que soy sutil, pero no sabía que era tan hábil. Percibí la pérdida de tu virginidad, querida niña. —Arqueó una ceja y le sonrió seductoramente—. ¿No lo notaste tú?

—Calla y déjame pensar.

—¿En qué debes pensar? Mientras tú dormías profundamente, obtuve una licencia especial que nos permitirá casarnos de inmediato. Nunca me había dado cuenta de cuán útil es conocer a hombres influyentes.

Parecía tan orgulloso de sí mismo que ella hubiera deseado golpearlo.

—No dije que me casaría contigo.

—No. Pero lo harás. —Él fue hacia la puerta, la abrió y dejó pasar al mayordomo.

—Lady Chadwick desea que traiga su ropa y el desayuno, Dobson. Tienes apetito, ¿verdad, cariño? Siempre estoy famélico después de una noche de...

La almohada dio en su rostro y Anthony tuvo que reprimir la risa al ver la expresión incrédula de su mayordomo.

—Eso es todo, Dobson.

—Sí, sí, por supuesto, señor. Muy bien, señor.

El pobre hombre, confundido, salió apresuradamente de la habitación. Roslynn dijo, hecha una furia:

—Eres una bestia, un mal nacido. ¿Por qué le has dicho mi nombre?

Él se encogió de hombros, inmutable ante la reacción de ella por su treta deliberada.

—Sólo trataba de asegurarme, cariño. Dobson jamás difundiría habladurías sobre la futura lady Malory. Por otra parte... —No completó la frase, pero era innecesario aclarar cuáles podrían ser las nuevas consecuencias.

—Olvidas que no me importa arruinar mi reputación aquí.

—Eso no es exacto —dijo él suavemente, confidencialmente—. Sí te importa. En este momento no tienes una noción clara de cuáles son tus prioridades.

Era verdad, pero no venía al caso. Ella trató de dar vuelta a la situación.

—Me pregunto por qué un hombre como tú podría desear casarse tan súbitamente. ¿Es mi fortuna lo que te interesa?

—Dios mío, ¿de dónde has sacado esa idea?

Parecía tan sorprendido, que ella se avergonzó de haberlo dicho, pero señaló:

—Eres el cuarto hijo.

—Así es. Pero olvidas que estoy enterado de tu insólito contrato matrimonial, que, por otra parte, estoy dispuesto a firmar. También olvidas el hecho de que anoche hicimos el amor, Roslynn. En este momento podrías estar encinta.

Ella desvió la mirada y se mordió el labio inferior. Lo habían hecho y ella podría estarlo. Trató de reprimir el placer que esa idea le produjo.

—Entonces, ¿qué ventaja tiene para ti este matrimonio? —le preguntó.

Él se acercó a la cama. Quitó una brizna de paja de sus cabellos y la observó cuidadosamente, sonriendo.

—Tú —respondió sencillamente.

El corazón de Roslynn se aceleró. Sonaba demasiado bien; tanto que no pudo recordar cuáles eran sus objeciones. No resultaría.

Suspiró con exasperación.

—No puedo pensar cuando acabo de despertar. Anoche tampoco me diste tiempo para pensar —dijo con tono acusador.

—Eres tú la que lleva prisa, cariño. Sólo trato de adecuarme a ti.

¿Por qué le señalaba esas cosas?

—Necesito tiempo para meditar.

—¿Cuánto tiempo?

—Me dirigía a Silverley. Mi criada ya está allí, de modo que debo ir. Si aguardas hasta esta tarde, te daré una respuesta. Pero debo decirte, Anthony, que no me imagino casada contigo.

De repente, Anthony la levantó por el aire y la besó.

—¿Ah, no?

Ella se alejó de él y cayó sobre la cama.

—Eso demuestra que no puedo pensar cuando estoy a tu lado. Ahora, si traes mi ropa, me marcharé. Y ¿por qué diablos te la llevaste?

—Para asegurarme que estarías aquí cuando regresara de obtener la licencia.

—¿Has dormido conmigo?

Él sonrió ante su tono vacilante.

—Querida, te hice el amor. Que haya dormido contigo o no carece de importancia después de eso, ¿no lo crees?

Ella decidió no decir nada y lamentó haber tocado el tema. Él podía envolverla con sus argumentos de todos modos.

—Mi ropa, Anthony.

—Dobson la traerá. Y la maleta que dejaste en el carruaje está en mi cuarto de vestir, si es que la necesitas.

Roslynn arqueó las cejas.

—¿La has recuperado? Gracias a Dios.

—Por Dios, no es posible que hayas sido tan descuidada como para dejar algo de valor en un coche alquilado.

Ella se molestó ante la crítica de él.

—Cuando vine estaba muy alterada —dijo ella agriamente, defendiéndose—. Y, si mal no recuerdas, lo estuve mucho más cuando llegué a esta habitación.

—Efectivamente —dijo él—. Pero deberías verificar si están todas tus pertenencias.

—Sólo me preocupaba el contrato matrimonial. Llevaría mucho tiempo hacer redactar otro.

—Ah —dijo Anthony sonriendo—. El contrato infame. Puedes dejarlo aquí para que yo lo lea.

—¿Y para que lo extravíes intencionalmente? No.

—Querida niña, deberías confiar un poco en mí. Nuestra relación sería más agradable, ¿no crees? —Como ella se negaba a responder, él suspiró—. Muy bien, hazlo a tu manera. —Pero, para que ella viera que él también desconfiaba, añadió—: Estarás en Silverley cuando vaya por ti, ¿verdad?

Roslynn se ruborizó.

—Sí. Fuiste muy amable al hacerme tu proposición. Te debo una respuesta. Pero no admitiré discusiones al respecto. Deberás aceptar mi decisión, sea cual sea.

Anthony salió de la habitación sonriendo. Respecto de eso, confiaba tan poco en ella como ella en él. Debía hacerla seguir para asegurarse de que no se marcharía a Escocia. También necesitaba que alguien mantuviera a Warton lejos de Silverley mientras ella permaneciera allí. No podía arriesgarse a que se encontraran después de haber desprestigiado al hombre con una mentira infamante.

Respecto de la respuesta de ella no estaba preocupado. El primo de ella no era el único que podía lograr que se casaran, de una manera u otra.

20

—No puedo creerlo. ¿Tony te ha pedido que te cases con él? ¿Mi tío Tony?

—Sé a qué te refieres —dijo Roslynn, divertida ante la expresión azorada de Regina—. A mí también me cuesta creerlo.

—Pero es tan repentino... bueno, él conoce tu situación. Debe ser repentino si desea que lo aceptes. Oh, esto es grandioso. Tío Jason no cabrá en sí del asombro. Toda la familia se sorprenderá. Nunca pensamos que lo haría. Oh, es maravilloso.

Que fuera maravilloso o no era discutible, pero Roslynn sonrió para no decepcionar a Regina, que obviamente estaba encantada. Ella había tomado una decisión durante el largo viaje a Silverley. Afortunadamente, pues, desde que llegó, no había tenido un instante de respiro. Primero había debido atender las reprimendas justificadas de Nettie. Luego Regina quiso saber todo lo relativo al secuestro y a la huida de Roslynn de manos de su captor. Nettie lo había mencionado para explicar el motivo de su inesperada visita.

Ahora Roslynn pensaba que pronto llegaría Anthony para obtener una respuesta. Era notable que Regina no le hubiera preguntado cuál sería esa respuesta. Naturalmente, ella era parcial. No podría concebir que una mujer dudara ante la posibilidad de casarse con un hombre tan apuesto y encantador como Anthony, aunque tuviera un pasado dudoso.

—Habrá que avisar a todos —dijo Regina con entusiasmo—. Si quieres me encargaré de ello. Y estoy segura de que querrás que se celebre la boda en cuanto las amonestaciones...

—Nada de amonestaciones, gatita —dijo Anthony, entrando en la habitación sin previo aviso—. Puedes informar a la familia, pero ya se lo he notificado al sacerdote y lo he invitado a cenar. Después celebraremos la pequeña ceremonia. ¿Es eso lo suficientemente rápido para ti, Roslynn?

Ella no había imaginado que debería comunicarle su decisión en cuanto llegara. Pero él la estaba mirando a los ojos, aguardando su confirmación o su negativa, y ella hubiera jurado que había en él algo diferente. ¿Nervios, quizá? ¿Sería realmente su respuesta tan importante para él?

—Sí, así estará bien... pero antes debemos hablar de ciertas cosas.

Anthony exhaló el aire lentamente y sonrió.

—Naturalmente. ¿Nos disculpas, gatita?

Regina se puso de pie y le echó los brazos al cuello.

—¿Disculparte? Te aporrearía. No nos habías dicho nada.

—¿Y estropear la sorpresa?

—Oh, Tony, es maravilloso —dijo, feliz—. Estoy impaciente por decírselo a Nicholas, de modo que me marcharé. —Rió—. Antes de que me echéis.

Anthony sonrió cálidamente al contemplarla mientras salía de la habitación, dilatando el momento en que debería afrontar las consecuencias. Pensó que no debería haber apremiado a Roslynn de esa manera. Y cuando ella dijo que debían hablar de ciertas cosas él notó que el tono de su voz era muy serio.

—Espero que no serás siempre tan despótico.

La voz de Roslynn era cortante. Anthony se volvió y la miró con una sonrisa forzada.

—No. Puedo ser muy maleable en manos de la mujer adecuada.

A ella no le hizo gracia. Su expresión se tornó más fría aún.

—Siéntate, Anthony. Antes de que acceda a casarme contigo deberás aceptar ciertas cosas.

—¿Será doloroso? —Ella entrecerró los ojos y él suspiró—. Bien, dime lo peor.

—Deseo tener un hijo.

—¿Sólo uno?

Demonios, ella hubiera deseado arrojarle algo a la cabeza. ¿Es que nunca podía hablar en serio?

—En realidad, me gustaría tener por lo menos tres, pero uno será suficiente por ahora —dijo ella secamente.

—Bien, esto justifica que me siente, ¿verdad? —dijo él, y se sentó junto a ella en el sofá—. ¿También tienes preferencias respecto del sexo? Quiero decir que si deseas niñas y sólo tenemos niños, estoy dispuesto a seguir intentándolo, siempre que tú lo estés.

Su tono era de chanza, pero ella tuvo la sensación de que hablaba en serio.

—¿No tienes inconveniente en tener hijos?

—Mi querida niña, ¿de dónde has sacado esa idea? Después de todo, la manera de engendrarlos siempre ha sido mi actividad favorita.

Ella se ruborizó intensamente. Miró sus manos, fuertemente entrelazadas sobre su regazo. Notó que él la contemplaba, divertido ante su vergüenza. Pero todavía había más.

Sin mirarlo a los ojos, ella dijo:

—Me alegra que seas tan razonable, pero hay otra condición poco ortodoxa. Tu amante, o amantes...

Él la interrumpió tomándole el mentón y obligándola a mirarlo.

—Esto no es necesario —dijo suavemente—. Un caballero siempre renuncia a sus amantes cuando se casa.

—No siempre.

—Puede ser, pero en mi caso...

—Déjame terminar, Anthony. —Su voz era nuevamente dura. Inclinando tozudamente el mentón, dijo—: No te pido que renuncies a nada. Por el contrario, insisto en que continúes frecuentando a tus amantes.

Él se apoyó contra el respaldo del sofá y sacudió la cabeza.

—He sabido que hay esposas complacientes, pero ¿no crees que exageras un poco?

—Hablo en serio.

—Lo sé. —Frunció el entrecejo, furioso; no sólo porque ella parecía hablar realmente en serio, sino por la sugerencia en sí misma—. Si crees que accederé a un matrimonio puramente nominal...

—No, no; me interpretas mal. —Ella estaba auténticamente sorprendida ante esa explosión de ira. Había pensado que él estaría fascinado con su sugerencia—. ¿Cómo podría tener un hijo si nuestro matrimonio fuera puramente nominal?

—Exactamente —dijo él, cortante.

—Anthony. —Ella suspiró, comprendiendo que había herido su orgullo. Era obvio que él esperaba tener una mujer celosa y que ella lo decepcionaba.

—Tengo la intención de ser tu esposa en todo sentido. Es lo menos que puedo hacer, después de comprobar que me has salvado. Sólo deseo que me escuches.

—Estoy pasmado.

Ella volvió a suspirar. ¿Por qué discutía él ese punto? Aparentemente, era la solución ideal. Ella no se casaría con él si no se ponían de acuerdo sobre el tema.

Lo intentó nuevamente.

—No comprendo por qué te exaltas. No me amas. Lo

174

dijiste. Y tampoco están en juego mis sentimientos; al menos, todavía no. Pero me gustas y nos... por lo menos yo me siento atraída hacia ti.

—Sabes muy bien que la atracción es mutua.

Ella ignoró la airada interrupción.

—Ese fue uno de mis requisitos previos, que el marido que escogiera fuese físicamente agradable, para que no me importara tanto...

Ella se interrumpió ante el bufido de él, sabiendo que él estaba pensando en la noche anterior y en cómo ella la había disfrutado. No, no era necesario aclarar que con él, ciertas obligaciones maritales le resultarían muy placenteras.

—Eres bien parecido —continuó diciendo ella— y encantador. Eso es innegable. Y estoy segura de que podemos llevarnos bien. Pero como nuestra relación no está basada en el amor, no tienes por qué asumir ese compromiso. Tampoco yo, si bien soy la que necesita desesperadamente un marido. Pero en tu caso, no sería realista de mi parte esperar que fueras fiel a tus promesas. ¿No lo comprendes? De modo que no te pido que lo seas. Nuestro matrimonio será un convenio comercial, un matrimonio por conveniencia. La fidelidad no es indispensable.

Él la miraba como si ella hubiera enloquecido. Roslynn pensó que quizás estaba exagerando, pero ¿de qué otra manera podía expresar civilizadamente que ella no confiaba en él y que probablemente jamás confiaría? Demonios, él admitía ser un libertino. Y un libertino no se reforma a menos que se enamore; eso había dicho su abuelo y ella lo creía porque era sensato. Anthony no tenía por qué enfadarse con ella. Debía ser ella quien se enfadara por verse en la necesidad de formular esa estipulación.

—Quizá deberíamos olvidar todo este asunto —dijo ella secamente.

—Por fin una buena idea —dijo él lentamente.

Ella se alegró de que por lo menos coincidieran en eso.

—Yo no deseaba casarme contigo. Te lo dije.

—¿Qué? —Él se irguió bruscamente. —Aguarda un momento, Roslynn. No he querido decir que no casarnos sea una buena idea. Pensé que tú...

—Pues no —exclamó ella, perdiendo la paciencia—. Y si no accedes a mantener tus amantes, no queda nada por discutir, ¿verdad? No estoy renunciando a lo que me corresponde físicamente. Pero sé lo que eres; cuando la novedad se gaste, comenzarás nuevamente a buscar amoríos. No puedes evitarlo. Está en tu naturaleza.

—Mierda.

Ella prosiguió, como si no hubiese oído su palabrota.

—Soy tan tonta, que estaba dispuesta a compartirte. Hubiéramos tenido hermosos niños. Me habrías salvado de Geordie. Era suficiente. No pensaba pedir más.

—Quizá yo esté dispuesto a darte más. ¿O es que no pensaste en ello cuando tuviste este gesto tan magnánimo?

El tono despectivo de él hizo que se pusiera rígida, pero logró controlar nuevamente la situación.

—Todo se reduce a una cosa, Anthony. Jamás podría confiar en ti respecto de otras mujeres. Si llegara a... si llegara a amarte alguna vez, tu traición me haría sufrir demasiado. Prefiero saber desde el principio que no me serás fiel. De ese modo nuestra relación no se modificará. Seríamos amigos y...

—¿Amantes?

—Bueno, sí. Pero como no accedes a mi petición, no hay más que decir, ¿verdad?

—¿Acaso he dicho que no accedería? —La voz de Anthony había recuperado la serenidad, pero era una serenidad forzada. Su expresión dura, su postura rígida, indicaban que aún estaba furioso—. Veamos si estamos de acuerdo, querida. Deseas tener un hijo conmigo, pero, al mismo tiempo, no deseas que te sea fiel. Tú serás mi esposa en todo sentido, pero yo continuaré con mi vida habitual y frecuentaré todas las mujeres que desee.

176

—Discretamente, Anthony.

—Oh, sí, discretamente. Comprendo que no desees que se sepa, sobre todo porque me arrojas de tu lado antes de que trasponga el umbral de la puerta. De modo que si no regreso a casa dos o tres noches por semana, tú serás feliz, ¿no es así?

No se dignó responder a esa pregunta.

—¿Estás de acuerdo?

—Naturalmente. —Anthony sonrió fríamente, pero Roslynn no lo notó—. ¿Qué hombre podría rehusar semejante propuesta?

A Roslynn no le agradó el comentario. Tampoco estaba segura de que le agradara la aceptación de él, ahora que la había logrado. Él no había discutido mucho. Había resistido un poco y luego había aceptado de mal grado. Ah, hombre despreciable. Seguramente estaba encantado con las condiciones que ella le había impuesto. Ahora, ella debería sobrellevarlas.

21

El coche de los Eden tenía buena suspensión, era cómodo y contaba con almohadones y mantas, copas y champaña. Roslynn no necesitó los almohadones, pues el hombro de su marido le resultó muy agradable. También
rechazó el champaña, pues ya había bebido varias copas
después de la ceremonia.

Lo habían hecho; se habían casado. Una noche hicieron
el amor y la noche siguiente se casaron. Era tan increíble
que Roslynn se preguntó si no lo había deseado desde un
comienzo; si no fue para eso para lo que se dirigió a la casa
de Anthony la noche anterior, en lugar de marcharse directamente a Silverley, tal como lo había planeado. Pero no
sería un matrimonio ideal. Ella, con su propia terquedad,
había tratado de que no lo fuera y no debía olvidar que era
así. Pero lo tenía; eso era indudable. Era su marido, aunque
no lo fuera con exclusividad.

Ella sonrió y se acurrucó junto a él, feliz de estar tan
complacida como para actuar con naturalidad. Anthony
bebía champaña a pequeños sorbos y miraba pensativamente por la ventanilla. El silencio era agradable; el champaña
que ella había bebido la adormilaba.

No estaba segura de por qué no pasarían la noche en

Silverley, tal como ella lo había supuesto. Anthony había dicho algo acerca de los ruidos y de su propia cama y de su deseo de comenzar bien las cosas. En ese momento le había parecido un tanto ominoso, sobre todo lo referente a los ruidos, pero ya no recordaba por qué. Probablemente a causa del nerviosismo propio de una recién casada. Después de todo, acababa de renunciar a su independencia y se había entregado a un hombre al que apenas conocía y que estaba lleno de sorpresas, como la de haber decidido casarse con ella.

Tenía sobrados motivos para estar nerviosa. ¿Acaso no la había sorprendido él en dos ocasiones ese día, primero al discutir sus condiciones y luego al firmar el contrato matrimonial sin haberlo leído? Nicholas, que había oficiado como testigo, protestó. Ella también lo había hecho. Pero aun después de haber firmado ese maldito papel, Anthony se había negado a leerlo. Y ahora la llevaba de regreso a Londres, que era lo que ella menos esperaba.

En realidad, se hubiera sentido más segura si pasaba su noche de bodas en la casa de los Eden. Pero ese día ya había planteado demasiadas exigencias y no protestó cuando Anthony decidió marcharse con ella después de la breve celebración. Habían cenado temprano y la ceremonia matrimonial había sido muy breve. No era tan tarde, pero probablemente sería medianoche cuando llegaran a la casa de Anthony, en la ciudad.

Ella decidió aprovechar el viaje para descansar y dormir un poco. Volvió a sonreír, pues cuando vio los almohadones y mantas apilados en los asientos no había pensado en dormir. La había espantado la idea de pasar su noche de bodas en el coche. Nettie viajaba en un carruaje más pequeño detrás de ellos, a una velocidad menor. Estaban a solas en un coche que era lo suficientemente amplio como para hacer cuanto se les ocurriera. El resplandor amarillo de la lámpara del coche lo inundaba con una luz suave y romántica. Pero no, Anthony sólo había sugerido que ella durmiera durante el viaje de regreso a Londres. Ni siquiera la había besado; sólo la había acercado a él.

Roslynn podía culpar al champaña por hacerla pensar que su noche de bodas comenzaría temprano. Ni siquiera estaba segura de tener una noche de bodas. Después del alboroto que había provocado Anthony a causa de las condiciones que ella le impusiera y aunque las hubiera aceptado, no se sorprendería si la dejara en la casa y se marchara para visitar a una de sus numerosas mujeres. ¿Y qué podría decir ella al respecto? Él mismo le había dicho que lo había arrojado lejos de ella.

Anthony oyó el suspiro de su mujer y se preguntó cuáles serían sus pensamientos. Probablemente estaba tramando más argucias para desligarse de él todo lo posible. Era risible, pero no había pensado así unas horas atrás. Por primera vez en su vida había decidido casarse y ella sólo deseaba ser una amante; y ni siquiera una amante posesiva. ¿Acaso no sentía nada por él y por eso le permitía alegremente que él saliera de sus brazos para arrojarse en los de otra mujer? Si él hubiera deseado continuar con su vida disipada, hubiera permanecido soltero.

Había transcurrido más o menos media hora cuando el disparo quebró el silencio de la noche y obligó al coche a detenerse bruscamente. Roslynn se incorporó parpadeando y oyó que Anthony maldecía en voz baja.

—¿Hemos llegado? —preguntó ella, confundida, mirando por la ventanilla.

—Aún no, querida.

—Entonces...

—Creo que nos van a asaltar.

Ella lo miró a los ojos.

—¿Bandoleros? Entonces, ¿qué haces ahí sentado? ¿No harás nada?

—Querida mía, estamos en Inglaterra y los asaltos son tan comunes que uno llega a pensar en ellos como donativos a los pobres. Nadie que esté en su sano juicio viaja a estas horas de la noche con objetos de valor. Vaciaremos nuestros bolsillos y continuaremos viajando sin problemas. En pocos minutos, todo habrá pasado.

Ella lo miró, horrorizada.

—¿Así como así? ¿Y si no deseo ser asaltada?

Él suspiró.

—Supongo que esta es la primera vez que te ocurre.

—Naturalmente. Y me asombra que permanezcas tranquilamente sentado y no hagas nada al respecto.

—¿Y qué sugieres que haga, considerando que no llevo un arma conmigo?

—Yo poseo una.

Cuando ella se inclinó para tomar el arma que tenía oculta en la bota, él la agarró de la muñeca.

—Ni lo intentes —le advirtió.

—Pero...

—No.

Ella se echó hacia atrás y lo miró, enfadada.

—Es una vergüenza que un marido no defienda a su mujer de los asaltantes.

—Cede, Roslynn —dijo él con impaciencia—. Son tan sólo unas pocas libras y algunas baratijas.

—Y una fortuna en alhajas.

Él la miró, luego miró la maleta que estaba sobre el asiento frente a ellos; la misma que ella había dejado negligentemente en el interior del coche que alquilara la noche anterior; y gruñó:

—Maldición. ¿Cómo se te ocurre viajar en coche con una fortuna? Muy bien. —Examinó el interior, pero no se le ocurrió nada. Luego miró nuevamente a Roslynn—. Ponte la capa sobre los hombros... sí. —El profundo escote de su vestido permitía ver el nacimiento de sus senos, pero era recatado si se comparaba con otros que se usaban en la época—. Ahora, baja un poco tu vestido...

—Anthony...

—No es momento para gazmoñerías —dijo él, sentándose en el asiento opuesto al de ella—. Los distraerás.

—Bien, en ese caso...

—Es suficiente, querida. —Él frunció el entrecejo—. Quizás a ti no te importe que otras mujeres me vean desnudo, pero yo no soy tan generoso respecto de tus encantos y los demás hombres.

—Sólo trataba de ayudar —replicó Roslynn, fastidiada porque él le recordaba el convenio impuesto por ella.

—Muy loable, pero queremos que el individuo te mire ávidamente, no que reviente sus pantalones.

—¿Que reviente sus pantalones? ¿Qué dices?

Él sonrió.

—Te lo demostraré con gusto en otro momento.

En ese momento apareció el asaltante; abrió la puerta del coche e introdujo la cabeza en el interior. Roslynn se sobresaltó. Una cosa era hablar de un asalto, aun cuando este fuera inminente, y otra ver al ladrón cara a cara.

El coche era elevado y sólo se vio la parte superior del torso del hombre, pero era un torso grande, de hombros anchos y musculosos, enfundado en una chaqueta demasiado ceñida. Sus cabellos eran oscuros e hirsutos y tenía la cabeza envuelta en una chalina sucia. Sus dedos gruesos sostenían una vieja y oxidada pistola, apuntada directamente hacia Anthony.

Roslynn no podía dejar de mirar el arma, mientras su corazón latía alocadamente. No lo había imaginado así... en realidad, no había imaginado nada. Como no conocía personalmente a ningún bandolero, ¿cómo podría saber cuán peligrosos eran? Pero había instado a Anthony a hacer algo, y si lo mataban, ella sería la culpable. ¿Y para qué? ¿Para salvar unas estúpidas joyas que podían ser reemplazadas?

Miró a Anthony, preguntándose cómo podría hacerle saber que olvidara sus palabras. El asaltante dijo:

—Buenas noches, señor. —Su voz sonaba amortiguada por la chalina—. Ha sido muy amable al quedarse quieto y sentado hasta que yo llegara. Tuve un problema con mi caballo después de aclarar la situación con el cochero. Pero quiero aligerar su carga...

En ese momento el individuo miró a Roslynn. Anthony tomó la muñeca del hombre y lo atrajo violentamente hacia él, para darle un puñetazo.

Fue tan rápido que Roslynn no tuvo tiempo de alarmarse viendo que la mano que había agarrado Anthony era la que empuñaba la pistola. El bandolero cayó al suelo, boca abajo. Con toda calma, Anthony apoyó un pie sobre su espalda para evitar que se deslizara por la puerta y le quitó el arma.

—Sé una niña buena y quédate aquí mientras compruebo si estaba solo o tiene compañeros en las cercanías.

Antes de que Roslynn pudiera responder, Anthony descendió del coche. El asaltante cayó por la otra puerta y ella se encontró en el coche vacío, sin poder pronunciar palabra. Nunca había tenido tanto miedo en su vida, ni siquiera por sí misma. El hecho de que Anthony corriera peligro fue una revelación para ella. Descubrió que no podía tolerar la espera y temió escuchar más disparos.

Afortunadamente, él regresó a los pocos instantes, sonriendo.

—Según nuestro asustado conductor (aparentemente, este es su primer asalto), el individuo estaba solo.

El inmenso alivio de Roslynn fue expresado explosivamente.

—¿Cómo has podido asustarme así? Pudiste haber muerto.

Anthony arqueó las cejas ante la vehemencia de ella.

—Mi querida niña, ¿qué esperabas que hiciera? Tú me exigiste que actuara.

—No me referí a que te dejaras matar.

—Me alegra oírlo —dijo él secamente—. Pero ya está hecho.

—No me digas que...

Él la arrojó sobre su regazo y la besó con pasión. Luego sus besos se tornaron más suaves y finalmente sonrió.

—Así está mejor. Ahora podrás pensar en otra cosa y puedo asegurarte que continuaremos con esto más tarde. —La colocó suavemente de nuevo a su lado y tomó la botella de champaña—. Pero ahora me gustaría beber otra copa y tú puedes seguir durmiendo.

—Como si pudiera —dijo Roslynn, pero ya no estaba enfadada.

—Será mejor que lo intentes, cariño, porque te aseguro que no tendrás oportunidad de hacerlo más tarde.

Ella no respondió. Aguardó a que él se instalara en el asiento con la copa en la mano y volvió a recostarse contra su hombro. Su corazón latía nuevamente a un ritmo normal, pero la experiencia había sido muy desagradable. Precisamente en su noche de bodas. Esas cosas no sucedían en la noche de bodas de una.

Malhumorada por haberse asustado sin motivo, dijo:

—La próxima vez no me hagas caso y no seas tan heroico. Las joyas no eran tan importantes.

—Quizá, pero como soy tu marido hubiera debido reponerlas, y no desearía incurrir en un gasto tan grande.

—¿De modo que te has casado conmigo por mi dinero?

—¿Por qué otro motivo habría de hacerlo?

La ironía de su voz hizo que Roslynn lo mirara; vio que él contemplaba fijamente su escote. Estuvo a punto de echarse a reír. Realmente, ¿por qué otro motivo? El hombre era un libertino cabal, pero ella no lo ignoraba y sabía que no existía la menor esperanza de cambiarlo.

Ella suspiró, preguntándose si no debería decirle que si se había casado con ella por su dinero, recibiría una agradable sorpresa. Su contrato matrimonial era muy generoso respecto de él. Y aunque evidentemente Anthony tenía una fortuna que le permitía vivir sin trabajar, era el cuarto hijo y nunca sería tan rico como para despreciar lo que ella había aportado al matrimonio.

Tendría que decírselo, pero no ahora. El susto que le había provocado el asalto frustrado la había conmocionado demasiado. Al cabo de unos instantes, se durmió profundamente.

22

Anthony sacudió a Roslynn para despertarla en el momento en que salieron de King's Road y tomaron Grosvenor Place. Ya estaban cerca de Piccadilly, donde se hallaba la casa de él, frente a Green Park. Deseó que James hubiera salido esa noche y que Jeremy estuviera en la cama, pues ya era tarde, y no deseaba dar explicaciones. Además, durante todo el viaje, excepto cuando fue brevemente interrumpido por el asaltante, había estado añorando su cama. No podía aguardar más tiempo.

En ese momento, Roslynn no pensaba en el problema. Había dormido profundamente y tuvo dificultades para despertar completamente y tomar conciencia de que ya habían llegado. Sólo deseaba continuar durmiendo. Ya no pensaba en su noche de bodas, ni en su nuevo marido ni en nada. Pero alguien la sacudía enérgicamente.

Anthony quedó perplejo cuando Roslynn gimió, irritada, y apartó la mano de él, negándose a abrir los ojos. Generalmente, las mujeres no dormían en su presencia, de modo que no estaba habituado a esforzarse por despertar a una que se negaba a hacerlo. Le había sugerido que durmiera para descansar un poco, no para que lo hiciera durante toda la noche.

Anthony lo intentó nuevamente.

—Vamos, niña, ¿o es que has olvidado qué día es hoy?

—¿Mmm?

—¿No recuerdas las campanas de la boda? ¿No piensas en un marido que espera que te pongas algo suave y delgado y sensual para complacerlo?

Ella bostezó, pero logró sentarse, parpadeando y frotándose los ojos como una niña.

—No suelo viajar con esa clase de cosas.

Él sonrió. Por lo menos la mente de Roslynn funcionaba, aunque con una lentitud que le impedía darse cuenta de que él bromeaba.

—No te preocupes, querida. Esta mañana envié por tus cosas.

Eso la despertó.

—No. Fue una tontería, pues aún no sabías si me casaría contigo o no. Geordie pudo haber estado al acecho para averiguar adónde había ido yo.

Anthony esperaba que así fuera y por eso lo había hecho. Si tenía suerte, el hombre que él había enviado para seguir el rastro de los perseguidores tendría al día siguiente una dirección para darle. Pero rió ante la preocupación de ella.

—Sé que uno no se casa todos los días, cariño, pero resulta desconcertante y muy perjudicial para el ego que continuamente olvides tu condición de mujer casada. Lo estás y, cuanto antes lo sepa tu primo, mejor; de esa manera dejará de molestarte.

Ella comenzó a sonreír y luego su expresión se convirtió en una manifestación de gran deleite.

—Es verdad. Estoy tan habituada a huir de Geordie, que supongo que tardaré un tiempo en acostumbrarme a la idea de que ya no necesito hacerlo. Ya está. Soy libre.

—No del todo, querida mía.

—No, no he querido decir...

—Lo sé —dijo él, dando una palmadita en el mentón de Roslynn—. Pero ahora eres mía y estoy descubriendo muy rápidamente que soy un latoso posesivo.

Era una frase absurda, pero Roslynn estaba segura de que él le tomaba el pelo, como siempre. Si alguna vez llegara a hablar de algún asunto seriamente, probablemente ella moriría de la impresión.

Cambiando de tema, ella preguntó:

—Anthony, ¿por qué insististe en regresar a Londres esta noche?

Los ojos de Anthony brillaron, divertidos.

—Las novias suelen estar nerviosas en su noche de bodas. Pensé que estarías más cómoda en una cama que ya conoces.

Sonrojándose, ella respondió en un susurro:

—Supongo que me lo busqué.

—Así es.

—Pero hablaste de ruidos.

—¿Sí? No tiene importancia. Seremos muy silenciosos.

Nuevamente bromeaba. Ella no estaba segura de que le agradase que lo hiciera esa noche. No estaba segura de llegar a habituarse a sus bromas relativas a hacer el amor. Pero esa noche...

Ella bostezó y Anthony sonrió. El coche se detuvo.

—Por fin —dijo él y saltó del coche—. Ven, querida; haré el esfuerzo de llevarte en mis brazos para cruzar el umbral.

Ella tomó su mano y salió del carruaje.

—No es necesario...

—Permíteme cumplir mi papel —dijo él, tomándola en sus brazos—. Después de todo, deben de haber inventado esta curiosa costumbre por algún motivo. Quizá para que la novia no pueda huir.

—Qué tontería. —Ella rió y rodeó con su brazo el cuello de Anthony. —Quizás algunas novias se desmayaron en el umbral y hubo que llevarlas al interior de la casa en brazos.

—¿Sólo algunas? —bromeó él—. Te aseguro que existe una gran ignorancia sobre cuanto ocurre en el lecho conyugal. En estos tiempos las madres no se atreven a tocar esos temas. Es una pena, porque los pobres novios se ven en grandes dificultades, tratando de calmar nervios y temores, cuando en realidad desean desflorar a sus esposas.

—Anthony —exclamó ella, aunque le resultó difícil no reír ante la sonrisa malévola de él—. ¿Necesitas decir esas cosas? —Luego añadió—: Además, algunas novias no tienen madres que las instruyan.

—Ah, nos estamos poniendo personales. —Él llamó a la puerta y luego la miró tiernamente—. Pero, ¿no estabas asustada, verdad, cariño?

—No me diste tiempo para estarlo —dijo ella, sonrojándose.

—¿Y ahora que sabes de qué se trata?

—Creo que voy a desmayarme.

Él se echó a reír, pero cuando se abrió la puerta, convirtió la risa en tos. Dobson los contempló con expresión estoica. Roslynn experimentó cierta decepción ante su aire hastiado, como si estuviera muy habituado a ver a su amo en la puerta con una mujer en los brazos. Pero cuando pasaron junto a Dobson y ella vio su expresión, se sintió aliviada; estaba azorado. Ella ocultó su sonrisa contra el hombro de Anthony.

Por mirar al mayordomo, no vio a James Malory, que en ese momento entraba en el vestíbulo, con una copa en la mano. No demostró sorpresa alguna y su voz sonó suave y serena.

—Imagino que no debería estar presenciando esto.

—Esperaba que no lo hicieras —dijo Anthony, sin detenerse—. Pero ya que lo has hecho, te informo que me he casado con esta joven.

—¡Diantre!

—Lo ha hecho —dijo Roslynn, riendo, encantada ante

su reacción—. ¿O supones que permitiría que cualquiera me llevara en brazos para atravesar el umbral de la puerta?

Anthony se detuvo bruscamente, algo sorprendido al comprobar que había logrado desconcertar a ese hermano en particular.

—Por Dios, James, durante toda la vida he aguardado el momento de verte anonadado. Pero comprenderás que no puedo esperar a que reacciones, ¿verdad? —Y continuó su camino.

Cuando llegaron a la planta alta, Roslynn murmuró sonriendo.

—Hemos sido perversos, ¿no crees?

—De ninguna manera, niña —dijo él—. Si he de tenerte durante un rato a solas, era necesario dejar boquiabierto a mi hermano. La familia no tardará en bombardearnos con preguntas y buenos deseos. —Cuando entraron en la habitación de Anthony, él se recostó contra la puerta, suspirando—. Al fin solos.

Antes de que Roslynn pudiera decir nada, la depositó en el suelo y al mismo tiempo la obligó a volverse hacia él. Ella quedó prácticamente acostada sobre él, posición de la que ambos disfrutaron, mientras él la cubría de besos.

Él acarició sus mejillas con el dorso de sus dedos y ella abrió lentamente los ojos. Los de Anthony estaban cargados de pasión. Su voz era una caricia y su aliento tibio rozaba los labios de ella.

—¿Alguna vez te has parado a pensar en que esta es la única noche de tu vida en que todos saben que tienes la intención de hacer el amor? Oh, cariño, me encanta que te ruborices por mí.

—Es algo que sólo he estado haciendo últimamente... desde que te conocí.

Su respuesta fue un estímulo para los sentidos de Anthony. La apartó de sí con manos temblorosas y gruñó tiernamente.

—Fui un estúpido. No debí aguardar tanto tiempo. Te concederé cinco minutos para hacer cuanto necesites, pero, por Dios, Roslynn, apiádate de mí y métete en la cama antes de que yo regrese.

—¿Con algo delgado y sensual?

—No, por Dios —exclamó él—. No podría soportarlo en este momento.

Luego desapareció, encerrándose en su cuarto de vestir. Roslynn permaneció con una sonrisa boba y una tibia sensación de expectación en el estómago. ¿Había ella logrado eso? ¿Hacerle perder el control? Qué extraordinario. Pero ella tampoco estaba muy serena. Era muy distinto saber qué sucedería que no saberlo. Facilitaba las cosas. Experimentaba una gran ansiedad. Pero todavía era demasiado inexperta para no estar también un tanto nerviosa.

Con dedos torpes se despojó de sus ropas, pero logró hacerlo con rapidez. Su corazón latía a una velocidad anormal. Sus oídos estaban atentos al ruido de la puerta que se abriría en cualquier momento. Se metió en la cama; no sabía si cubrirse completamente con la sábana o dejar una parte de su cuerpo al descubierto. En ese momento triunfó la modestia. Se preguntó si la frecuencia modificaría las cosas; si llegaría a poder expresar cierta indiferencia. Tratándose de Anthony, lo dudaba. Lo más probable era que esto se convirtiera en un hábito.

Cuando regresó, Anthony llevaba una bata larga de terciopelo color carmesí. Muy avergonzada, Roslynn percibió que ni siquiera había pensado en ponerse una camisa de dormir. No hubiera permanecido con ella durante mucho tiempo, pero ¿no era indecoroso que una esposa aguardara a su marido desnuda en la cama? Quizá no; por lo menos esa noche. Y la sonrisa de Anthony cuando se acercó a la cama expresaba su aprobación.

—Permíteme —dijo él, sentándose a su lado y quitando las horquillas de sus cabellos.

Ella tocó uno de los rizos rojizos que cayeron sobre sus hombros.

—Lo olvidé.

—Me alegro.

Y era verdad. Adoraba sus cabellos y disfrutaba tocándolos. Dejó las horquillas a un lado y masajeó el cuero cabelludo de Roslynn hasta que ella cerró los ojos y en sus labios se dibujó una sonrisa soñadora.

—Qué agradable —murmuró ella suavemente.

—¿Lo es? ¿Y esto?

Apoyó sus labios sobre las sienes de ella y luego los deslizó hasta su boca. La besó apasionadamente antes de continuar, besando su cuello y luego sus senos. Roslynn se estremeció.

—Eso es demasiado agradable —murmuró ella.

Anthony rió, complacido.

—Oh, cariño, ¿realmente fue anoche? Parece que ha transcurrido una eternidad desde entonces.

Ella apoyó su mano sobre la mejilla de él y luego pasó un dedo sobre sus labios.

—¿Nada más que una eternidad?

Él la nombró con pasión y luego tomó su muñeca y besó la palma de su mano sin dejar de mirarla. Una corriente eléctrica, caliente y hormigueante, se estableció entre ambos. Y la mirada fija de él la traspasó, inmovilizándola, mientras él se quitaba la bata, apartaba la sábana y se tendía sobre Roslynn. Comenzó a besarla tan intensa y apasionadamente que cuando la penetró ella estaba transida de deseo, tanto que alcanzó la culminación de inmediato, lanzando un grito de plenitud que hizo que Anthony también la alcanzara.

Rendida de placer, Roslynn sostuvo entre sus brazos el cuerpo cubierto de sudor de Anthony y ambos aguardaron hasta que su respiración se normalizó. Ella no tenía prisa para que él se moviera y lo sostuvo con fuerza. Él tampoco deseaba moverse. Su cabeza se apoyó sobre el hombro de ella y su aliento rozó su cuello, provocándole levísimas cosquillas. Un escalofrío recorrió los brazos de Roslynn y él lo percibió.

—He actuado como un recién casado típico —dijo él, suspirando—. Impaciente, apresurado y ahora contrito. —Apoyó el peso de su cuerpo sobre los codos; Roslynn se conmocionó al sentir que la ingle de él presionaba sobre la suya—. Te doy permiso para que me castigues, querida.

—¿Por qué?

—Bueno, si no lo sabes...

—¿Por qué, Anthony?

—Por mi descontrol, naturalmente. Un hombre de mi edad y experiencia no tiene excusas, de modo que debo culparte. Me has hecho perder la cabeza.

—¿Acaso es malo eso?

—Tú lo decidirás dentro de un rato, cuando te haga el amor más lentamente.

Ella rió.

—Si no supiera que no es así, diría que estás tratando de que te adule. Debes saber que tu actuación no ha sido deficiente. Todo lo contrario. Has estado maravilloso.

Él sonrió seductoramente y ella se conmovió. Lanzó un suspiro entreabriendo los labios y él se inclinó para besarlos tiernamente.

Pero entonces se levantó, la cubrió por sorpresa con la sábana y tomó la bata que había dejado caer negligentemente en el suelo. Volvió a sentarse en el borde de la cama, pero a cierta distancia de ella. Eso debió servir a Roslynn de advertencia.

Con un suspiro fingido, dijo:

—En lo que respecta al ruido.

Ella parpadeó.

—¿El ruido?

—La exteriorización de tu temperamento escocés.

Roslynn sonrió, creyendo que él bromeaba.

—Me enfadaré, ¿verdad?

—Es muy probable, pues debo decirte que hoy te mentí.

Ella se puso seria.

—¿Acerca de qué?

—¿No lo adivinas, querida mía? Ahora que me he casado, no tengo la menor intención de mantener a mis amantes. Te defraudo, ¿no?

—Pero, estuviste de acuerdo.

Él sonrió con masculina satisfacción.

—Hoy hubiera aceptado cualquier cosa con tal de hacerte legalmente mía; incluso lo hubiera hecho por escrito, pero afortunadamente no me lo exigiste.

Roslynn lo miró con incredulidad; la languidez fue rápidamente reemplazada por la ira. Se sentía estafada. Estaba furiosa.

—Te has casado conmigo empleando falsedades.

—Me he casado contigo de buena fe.

—Te ofrecí una situación ideal.

—Que no pedí ni deseaba. Y si lo piensas, comprenderás cuán absurda era tu petición. Tú no me pediste que me casara contigo; fui yo quien te lo pidió y deseo que sepas que jamás lo hice antes. Ni lo hubiera hecho desaprensivamente. He tenido amantes que podrían haberme durado toda la vida. Ahora deseo una esposa.

La calma de él resultaba ridícula frente a la furia de ella y Roslynn, avergonzada, bajó la voz.

—Eso dices ahora, pero ¿qué sucederá dentro de un mes o de un año? Pronto tus ojos comenzarán a mirar a otras mujeres.

Anthony sonrió, sabiendo que su sonrisa la enfurecería más aún.

—Mis ojos las han estado mirando durante los últimos diecinueve años. Dales un descanso, Roslynn. Están fijos en ti y no desean moverse.

Ella entrecerró los ojos y lo miró enardecida, tal como él lo previera.

—¿De modo que piensas que bromeo? Bien, déjame decirte...

Él se inclinó y la tomó de la cintura, arrastrándola por la cama y acercándola a su pecho. La sábana quedó atrás, pero ella estaba demasiado enfadada y no lo notó. Pero Anthony no lo estaba y la sensación que experimentó debajo de su cinto le hizo desear concluir la discusión y volver a disfrutar de los placeres de su noche de bodas. Niña tonta. Tanto alboroto porque sólo la quería a ella. Debería estar feliz en lugar de armar un revuelo. Pero él lo había imaginado y tenía una respuesta preparada.

—¿Por qué no llegamos a un acuerdo, cariño? ¿Aún insistes en que tenga una amante?

—Demonios. ¿Acaso no te lo he estado diciendo? —dijo ella.

—Muy bien. —Sus ojos acariciaron el rostro de ella, se detuvieron en sus labios y su voz se hizo más profunda—. ¿Estás preparada para desempeñar ese papel?

—¿Yo?

Él volvió a sonreír, con esa sonrisa enloquecedora.

—¿Quién si no? Eres la única mujer que me interesa en este momento.

—No es eso lo que quise decir y lo sabes.

—Quizá, pero es todo cuanto puedo hacer.

Roslynn no le creyó.

—Seguramente hay una mujer a la que has estado frecuentando.

—Seguramente. En realidad hay varias. Pero ninguna de ellas es mi amante, cariño. Y deseo que sepas que no las he visto desde que te conocí. Pero eso nada tiene que ver, ¿verdad? La cuestión es que no deseo volver a acostarme con ninguna de ellas. Estás atada a mí.

—Anthony, por favor, habla en serio aunque sólo sea una vez —rogó ella con exasperación.

—Querida mía, jamás he hablado tan en serio en mi vida. ¿Cómo hacerle el amor a otra mujer si tú eres la única que deseo? Sabes que no se puede. El deseo no obedece a la voluntad. ¿O no has pensado en ello?

Ella lo miraba, confundida y algo asombrada, pero luego frunció el entrecejo y apretó los labios.

—Pero eso no significa que en algún momento no te guste alguien a quien veas.

Anthony suspiró, fastidiado.

—Si ese día llega, te juro, Roslynn, que no me importará. Bastará que te imagine tal como estás ahora y eso alcanzará para complacerme.

Ella soltó un bufido.

—Sabes decir muy bien las cosas, lo admito. Pero olvidas que no me amas.

Él la arrojó sobre la cama y cubrió su cuerpo con el suyo.

—Entonces estudiemos cuáles son mis sentimientos, ¿quieres? —Su voz parecía un ronroneo, pero era obvio que había perdido la paciencia—. Existe una gran cantidad de deseo. Ha sido una tortura aguardar hasta ahora para tocarte. Existe una gran posesividad, la que he descubierto recientemente. Existen celos, que he experimentado durante semanas. —Arqueó las cejas y ella lo miró, asombrada—. No me digas que te sorprende.

—¿Tuviste celos? ¿De quién?

—De todos, incluso de mi maldito hermano. Y, ya que hablamos del tema, debes saber que los caballeros con los que pensabas casarte eran todos muy adecuados, a excepción de Fleming, que es realmente raro. Fueron todas mentiras,

Roslynn, porque no soportaba la idea de que ninguno de ellos te tuviera.

En ese momento la sostenía de los brazos, esperando la violenta reacción de ella después de esa confesión. Pero Roslynn permaneció inmóvil; el azoramiento era mayor que el enfado.

—Entonces... debes quererme un poco —dijo ella en voz muy baja y vacilante.

—Mierda —explotó él—. ¿Me hubiera casado contigo de no ser así?

En absoluto intimidada, ella le recordó:

—Te has casado conmigo para ayudarme a salir de una situación horrenda, y te lo agradezco.

Anthony cerró brevemente los ojos, tratando de controlarse. Cuando los abrió, su mirada era dura. Pero su voz, serenamente arrogante.

—Querida mía, si sólo hubiera deseado salvarte, como tú dices, hubiera podido provocar la muerte prematura de tu primo sin mayores inconvenientes. Pero te quería para mí; así de sencillo. —El tono de su voz cambió y se tornó severo—. Y si vuelves a decirme que frecuente a otras mujeres, me convertiré en un marido arcaico y te daré una zurra. ¿He sido claro? No habrá otras mujeres; ni ahora, ni nunca.

Aguardó que ella estallara. Pero ella sonrió, con una sonrisa que encendió los reflejos dorados de sus ojos.

Anthony no supo qué pensar de ese cambio súbito. Hasta que ella dijo:

—¿No mencionaste antes algo acerca de hacerlo más lentamente? Se supone que yo debía decidir...

Él rió, interrumpiéndola. Su risa era profunda y exultante.

—No cambies nunca, cariño. No te querría si fueras diferente.

Y procedió a poseerla a su manera, con la amplia colaboración de ella.

23

—Y ahora, ¿qué sucede? ¿Qué haces ahí sentada, sonriendo?

Roslynn inclinó levemente el espejo de mano y vio la imagen de Nettie reflejada detrás de ella. Su sonrisa se hizo más ancha y sus ojos, brillantes, trataron de parecer inocentes. Se volvió, aún sentada sobre la banqueta.

—¿Sonreía? No puedo imaginar por qué.

Nettie lanzó un bufido, pero también esbozó una sonrisa.

—Estás contenta contigo misma, ¿verdad?

Roslynn dejó de fingir.

—Sí. Oh, Nettie, nunca creí que pudiera ser tan feliz.

—No me sorprende. Has conquistado a un hombre muy apuesto. Pero, ¿por qué lo mantenías en secreto?

—No hubo ningún secreto. No figuraba en mi lista, Nettie. Cuando me pidió que me casara con él, me sorprendí tanto como los demás.

—Bien, todo cuanto pido es que seas feliz con él. Es mucho más de lo que esperaba, dada la prisa que llevabas. Ni siquiera importa que esta casa sea tan espartana y que los criados sean groseros y esnobs.

Roslynn rió.

—Imagino que has conocido a Dobson.

—Sí; es un patán. Y un estirado. Pero no me sorprende, ya que es el que tiene a sus órdenes a los demás criados. No hay un ama de llaves ni criadas; sólo dos que vienen varias veces por semana para realizar la limpieza. Hasta el cocinero es un hombre, y también es muy vanidoso.

—Por lo visto, tienes muchas quejas, Nettie. Pero no te preocupes tanto. Olvidas que esta era una residencia de hombres solteros. Estoy segura de que Anthony no pondrá objeciones si hacemos algunos cambios. Hay que comprar muebles nuevos. —Miró a su alrededor y pensó en el toque femenino que necesitaba su nuevo dormitorio—. Habrá que contratar nuevos criados. Puedo asegurarte que estaremos muy ocupadas en las próximas semanas.

—No incurras en gastos excesivos por mi causa. Y recuerda que antes de gastar, debes consultar a tu marido. Los maridos suelen ser quisquillosos respecto de esas cosas.

—No te preocupes, Nettie. No usaré su dinero pues tengo fortuna propia.

—Deberías hablar primero con él, niña. A los hombres les gusta pagar las cuentas de sus mujeres, ¿no lo sabías? El problema es que has estado ocupándote de ti misma durante demasiado tiempo, incluso antes de que Duncan muriera. Pero ahora estás casada. Debes hacer concesiones y hacer las cosas de otra manera si deseas mantener la armonía conyugal. —En ese momento, llamaron a la puerta y Nettie dijo—: Ya debe de estar preparada el agua para tu baño. ¿Tienes prisa para reunirte con tu marido a la hora de almorzar? O tienes tiempo para...

—Hay mucho tiempo, Nettie. Creo que Anthony ha salido. —Roslynn se ruborizó—. Cuando me lo dijo estaba medio dormida. Pero dijo algo acerca de su paseo a caballo matutino y algunas cosas que debía hacer. No creo que regrese antes de la hora de comer, de modo que puedo dedicar el día a conocer la casa y los criados. Y además, debo enviar una nota a Frances para explicarle lo ocurrido.

Roslynn había dormido muy poco la noche anterior, de manera que pensó que todo eso era suficiente para un día.

Una hora después se había puesto un vestido de fresca muselina de color beige, estampado con flores primaverales en colores rosado y amarillo. Salió de la habitación de Anthony, que ahora era también la de ella, y comenzó a caminar por el vestíbulo. Prácticamente no había visto la casa la última vez que estuvo en ella, ni tampoco la noche anterior, pero pronto solucionaría el problema. Iba a necesitar la ayuda de Dobson. Dado que había otros Malory en la residencia, no podía abrir puertas indiscriminadamente.

Dedicó un instante a pensar en los otros dos habitantes de la casa, el hermano de Anthony y su hijo. Se preguntó si Anthony admitiría ahora que Jeremy Malory era su hijo. No había motivo alguno para que lo negara, al menos no ante ella. Era un joven apuesto, del cual se podía estar orgulloso, y era el vivo retrato de su padre. Era ridículo que Anthony negara su paternidad; bastaba mirar al muchacho para saber quién lo había engendrado.

Ella debía hacerse amiga del joven, cosa que no le parecía difícil. James Malory, en cambio, era otra cosa. No había motivos para ser muy amistosa con él, sino todo lo contrario. ¿Debería decir a Anthony que James la había besado en una ocasión? Quizá ya lo sabía. Le había dicho que había estado celoso de su hermano.

Sonrió al recordar la disparatada conversación que habían mantenido la noche anterior. No sabía cómo lo había logrado, pero la había convencido de que sería un marido maravilloso. Todos sus prejuicios acerca de los libertinos se habían desvanecido. Él le sería fiel. Ella lo sabía y lo creía firmemente, y eso la hacía enormemente feliz. ¿Qué más podía pedir que tener a Anthony Malory sólo para ella? Su amor, pensó. Pero lo tendría. Debía tenerlo.

—Diablos, ¿qué estás haciendo tú aquí?

Roslynn se detuvo en lo alto de la escalera. Jeremy Malory, que se dirigía a la planta alta, se detuvo bruscamente, boquiabierto. Roslynn decidió responderle traviesamente, pues era obvio que él aún no se había enterado de su matrimonio.

—He pasado la noche aquí, ¿no lo sabías?

—¿Has pasado la noche? —repitió él.

—Sí, y he estado pensando en instalarme en esta casa.

—Pero aquí somos todos solteros.

—Pero hay mucho sitio, ¿no crees? Y en esta casa hace falta una mujer.

—¿Ah, sí? —dijo él, confundido; luego sacudió la cabeza—. Pero no sería decoroso. Tú eres una dama... bueno, quiero decir... ya sabes. No sería correcto.

—¿No? —Roslynn sonrió—. Entonces deberé hablar con tu padre. Él insiste en que me quede.

—¿El? —Jeremy estuvo a punto de ahogarse—. Diablos, sí que la ha hecho buena. El tío Tony se pondrá furioso. Te había echado el ojo. Demonios, es probable que ahora nos arroje a la calle.

—Jeremy —comenzó a decir ella, dejando la broma a un lado. No pensó que lo afectaría tanto—. No necesitas fingir. Sé que Anthony es tu padre. Y lamento haberte hecho una broma. Me quedo porque ayer me casé con tu padre. Debió decírtelo.

Jeremy volvió a abrir la boca, estupefacto, pero se recuperó rápidamente.

—Cuando hablas de mi padre, ¿te refieres a Anthony? ¿Te has casado con Anthony Malory?

—No tienes por qué sorprenderte tanto.

—Pero... no lo creo. ¿Tony casado? No lo haría, estoy seguro.

—¿Por qué no?

—Porque no. Es un soltero contumaz. Muchas mujeres lo asedian. ¿Para qué desearía una esposa?

—Ten cuidado, jovencito —le advirtió Roslynn secamente—. Estás a punto de ofenderme.

Jeremy se ruborizó.

—Dis... disculpa, lady Chadwick. No he querido ofenderte.

—Ahora soy lady Malory, Jeremy —dijo ella, mostrando su anillo de bodas—. Nos casamos anoche en Silverley y tu prima Regina fue testigo de la boda. De modo que debes creerlo. No tengo por qué mentir y puedes preguntárselo a tu padre cuando regrese.

—¿Mi padre estuvo allí?

Roslynn suspiró.

—¿No crees que debió estar tratándose de su propia boda?

—No, me refería a James. Él es mi padre.

Ahora, la sorprendida fue Roslynn, pues era obvio que Jeremy hablaba en serio.

—Pero, te pareces tanto a Anthony...

—Lo sé. —Él sonrió—. Pero también Reggie se parece a él y Amy, la hija del tío Edward. Y mi tía Melissa, la madre de Reggie, también se le parecía, aunque no la conocí. Murió cuando Reggie era un bebé. Los otros Malory son rubios. Sólo nosotros cinco nos parecemos a la bisabuela Malory.

—Aún debo aprender muchas cosas acerca de esta familia; es muy numerosa.

—¿Es cierto que se ha casado contigo? ¿Lo ha hecho realmente?

—Sí, Jeremy, lo ha hecho. —Ella sonrió y descendió unos escalones para tomar su brazo—. Ven y te lo contaré todo. James, tu padre, estaba aquí anoche cuando Anthony me hizo cruzar el umbral en sus brazos. Si crees que has recibido una sorpresa, deberías haber visto su rostro; estaba azorado.

—No lo dudo. —Su risa era muy profunda para un hombre tan joven, pero contagiosa.

24

Cuando Anthony y James entraron en la taberna y miraron el salón atestado de gente, se produjo el mismo fenómeno que había tenido lugar repetidamente a lo largo de la tarde. Los ocupantes los contemplaron, se dieron codazos entre sí y luego se hizo el silencio; un silencio tan denso como el humo que flotaba sobre las mesas gastadas.

La gentuza de los muelles no veía con buenos ojos la invasión de los caballeros en su territorio, y siempre había algún resentido que iniciaba una riña. Esa riña podía convertirse en el momento culminante de la velada; una oportunidad para que las clases bajas se apoderasen de algo de los ricos que los explotaban; arrastrando sus cuerpos golpeados por el suelo y arrojándolos a la calle medio muertos y, en ocasiones, totalmente muertos.

Pero el tamaño de estos dos aristócratas los hizo vacilar. No tenían el aspecto de los caballeros elegantes que consideraban divertido frecuentar establecimientos que luego despreciaban durante el día. No, estos dos eran obviamente diferentes y su aspecto era amenazador. Si alguno pensó en algún momento en crearles problemas, no tardó en cambiar de idea al mirarlos detenidamente. Y luego continuó bebiendo y divirtiéndose, ignorándolos.

El silencio había durado unos veinte segundos. Anthony ni siquiera lo notó. Estaba fatigado, frustrado y un tanto borracho, ya que habían bebido en las nueve tabernas en las que habían entrado para interrogar a los cantineros. James lo percibió y, una vez más, se regañaba a sí mismo por no vestirse adecuadamente para esa clase de salidas. Pero ninguno de los dos pensó que la excursión se prolongase todo el día.

Anthony decidió que ya era suficiente para un día, pero en ese momento vislumbró una mata de cabellos rojizos. Miró a su hermano y le señaló el bar con la mirada. James miró hacia allí y también vio al individuo. Los cabellos rojizos no bastaban para convertirlo en Geordie Cameron, pero era probable que fuera un escocés. James suspiró, con la esperanza de que la búsqueda hubiera concluido. Las persecuciones infructuosas no eran su manera favorita de emplear el tiempo.

—¿Por qué no nos sentamos en esa mesa cerca del bar y tratamos de escuchar lo que se habla? —sugirió James.

—¿Por qué no ir directamente y preguntarle? —dijo Anthony.

—A estos hombres no les gusta que les hagan preguntas, querido hermano. Por lo general tienen algo que ocultar. ¿Aún no se te había ocurrido?

Anthony frunció el ceño pero asintió. James estaba en lo cierto. Las personas a las que habían hecho preguntas no habían colaborado con ellos. Pero deseaba concluir ese asunto y regresar a su casa. Su mujer lo aguardaba y no era esta la manera en que imaginó pasar su segundo día de matrimonio.

Lo que debió llevar tan sólo unas pocas horas se había convertido en una comedia exasperante. Anthony se había dispuesto a explicar a James el asunto de Geordie Cameron y el motivo por el que se había casado tan apresuradamente, cuando John, el investigador, interrumpió su desayuno para entregarle la dirección de Cameron, que había obtenido después de perseguir a los secuaces de Cameron hasta su guarida.

Fue seguramente la expresión de ave de presa satisfecha que apareció en el rostro de Anthony lo que instó a James a ofrecerle su compañía. No porque Anthony tuviera intenciones de herir al canalla. Sólo deseaba impresionarlo con una contundente zurra, informarle que Roslynn estaba ya fuera de su alcance, pues no sabía si Cameron estaría enterado del casamiento a través de los periódicos, y advertirle que no la molestase más. Muy sencillo. No necesitaba la ayuda de James, pero a medida que transcurrió el día, se alegró de tenerlo a su lado.

La primera frustración la sufrieron cuando descubrieron que Cameron ya había abandonado el apartamento que había alquilado. Era importante el hecho de que lo hubiera hecho la noche anterior, en tanto Roslynn había burlado su vigilancia el día anterior. O confiaba en que ella no denunciara su secuestro ante las autoridades o era simplemente estúpido. Pero la noche anterior había decidido cambiar de domicilio. Y como aún era pronto para que se hubiese enterado del casamiento de Roslynn, Anthony dudaba de que el hombre hubiera renunciado a la búsqueda para regresar a Escocia. Por esa razón pasó el resto del día haciendo averiguaciones en cuanto alojamiento y taberna había en la vecindad, aunque infructuosamente.

Sólo conocía a Geordie Cameron a través de la descripción que le había hecho la dueña del apartamento, pero coincidía con el aspecto del individuo que estaba en el bar. Alto, de cabellos rojizos, ojos de color azul claro, bien parecido, muy apuesto, según la señora Pym. Anthony aún no había podido ver sus ojos y no sabía si era apuesto, ya que esa era una apreciación subjetiva, pero el resto coincidía, incluida la ropa que llevaba. Estaba acompañado; probablemente se tratara de uno de sus secuaces. Era un hombre bajo que llevaba una gorra encasquetada hasta las orejas, que impedía distinguir claramente sus rasgos.

Estaban conversando, y la sugerencia de James respecto de que escucharan la conversación parecía razonable, a pesar de que Anthony estaba perdiendo la paciencia. Después de todo el trabajo que se había tomado ese día, ya no sólo deseaba golpear al individuo sino que contemplaba con placer la perspectiva de causarle un daño más permanente. Había dejado de almorzar, de cenar, de hacer el amor con su mujer. Esperaba que ella apreciara los esfuerzos que estaba haciendo por su causa.

Fue detrás de su hermano hasta la mesa ocupada por dos hombres de aspecto rudo y su malhumor se disipó un tanto cuando vio que su hermano los miraba fijamente para que desocuparan los asientos.

—Es asombroso cómo lo logras, viejo.

James sonrió inocentemente.

—¿El qué?

—Expresar crimen y destrucción con esos ojitos verdes.

—No puedo evitar que los individuos crean que pueda dañarlos físicamente. No es mi intención, y lo sabes. Soy el hombre más pacífico de este lado del...

—¿Infierno? —sugirió Anthony con una sonrisa torcida—. Menos mal que Connie no está aquí; de lo contrario se moriría de risa.

—Basta, cachorro. Debemos beber algo para no seguir llamando la atención.

Anthony se volvió para llamar a una camarera. Una prostituta sorprendentemente bonita para un sitio como ese se sentó en su regazo y le rodeó el cuello con los brazos. Lo hizo tan rápidamente que él no tuvo tiempo de reaccionar.

James se apiadó de él, divertido ante la situación en que se veía envuelto su hermano.

—Te has equivocado de regazo, muchacha. —La camarera lo miró, confundida, y James sonrió—. Tienes frente a ti una de las criaturas más dignas de compasión de este mundo: un hombre casado y que, además, esta noche está muy preocupado. Si deseas depositar tu bonito trasero sobre este otro lado de la mesa, quizá descubras que es más rentable.

La camarera rió al escuchar las palabras de James, a las que estaba habituada, pero que no esperaba de un caballero tan elegante. Miró ansiosamente a Anthony, que era el que había llamado su atención cuando ambos entraron en el lugar. Valía la pena volver a intentarlo, si bien el otro era tan apuesto como él.

Ignoró el ceño fruncido de Anthony, provocado por el comentario de James, y enroscó sus largos cabellos rubios en torno de su cuello para acercarlo a ella y, debajo de la mesa, sus nalgas se movieron provocativamente sobre su regazo.

—¿Estás seguro de que no me quieres, amorcito? Sería muy feliz si...

Reaccionando con suma rapidez, Anthony la levantó, obligándola a ponerse de pie y empujándola hacia James.

—En otro momento, amorcito —dijo secamente, pero entrecerró los ojos al ver la mirada divertida de James.

James no estaba perturbado en lo más mínimo. Tomó a la joven por la cintura, acarició sus nalgas, murmuró algunas palabras en su oído y le encargó dos cervezas.

—¿Te ha gustado? —dijo Anthony burlonamente.

—Sea este tu hombre o no, ya he tenido suficiente por hoy. No me desagradaría obtener alguna compensación por el trabajo que me he tomado y ella parece ser la indicada para proporcionármela.

Anthony sonrió.

—Sí, imagino que así será. Pero no olvides que me prefirió a mí.

—Tu victoria reciente te ha vuelto soberbio, muchacho. Odio hacerte volver a la realidad, pero obviamente es necesario recordarte que, de ahora en adelante, sólo podrás limitarte a mirar, mientras que yo puedo hacer cuanto se me antoje.

—¿Acaso me he quejado de mi condición de hombre casado?

—Recuerda esas palabras cuando lo hagas. Las mujeres deben ser disfrutadas en el momento. Si la situación se prolonga, la cordura del hombre corre peligro.

Anthony sonrió serenamente, a pesar de que él solía pensar lo mismo. James no lo vio. Su mirada se había dirigido hacia los dos hombres que estaban en el bar, conversando. Se fijó especialmente en el hombre más bajo y frunció el entrecejo; tenía las nalgas más bonitas que jamás viera en un individuo del sexo masculino.

Anthony también les prestó atención cuando el pelirrojo, que estaba a menos de dos metros de distancia, levantó un tanto la voz. Su acento escocés era inconfundible y nuevamente recordó por qué se hallaban allí.

—Ya he oído suficiente —dijo Anthony y se puso de pie.

James lo tomó del brazo y dijo en voz baja:

—No has oído nada. Sé razonable, Tony. No sabemos cuántos de los individuos que se hallan aquí puedan ser hombres que trabajan para él. Podemos aguardar hasta que se marche.

—Tú podrás aguardar. Yo tengo una esposa en casa y ya la he hecho esperar demasiado.

Pero antes de que diera un paso más, James dijo en voz alta:

—¡Cameron! —con la esperanza de que no hubiera respuesta, pues Anthony se encontraba muy alterado. Lamentablemente, la hubo; ambos individuos se volvieron a un tiempo y recorrieron el salón con la mirada, uno con temor, el otro agresivamente. Los dos pares de ojos se fijaron sobre Anthony cuando este se quitó de encima la mano de James y avanzó hacia ellos. Pero Anthony sólo miraba al escocés.

—¿Cameron? —preguntó en voz baja.

—Mi nombre es MacDonell, hombre, Ian MacDonell.

—Miente —gruñó Anthony, agarrando al hombre por las solapas y llevándolo hacia arriba y adelante, hasta que los ojos de ambos estuvieron al mismo nivel y a pocos centímetros de distancia.

Anthony comprendió su error cuando ya era demasiado tarde. Los ojos entrecerrados que lo miraban con furia eran grises, no azules. En ese mismo instante, el pequeño hombrecito que estaba junto a ellos sacó un cuchillo de la manga.

James intervino, pues Anthony estaba tan concentrado en el pelirrojo que no había notado la maniobra de su compañero. Arrojó el cuchillo hacia un lado, pero fue atacado con golpes de puño y puntapiés. No le hizo mucho daño, pues el hombrecito apenas tenía la fuerza de un niño. Pero James no estaba dispuesto a tolerar el ataque. Sin esfuerzo alguno, levantó en vilo a su contrincante. No se sorprendió al tocar un seno con la mano.

Anthony los miró y contempló azorado el delicado mentón, los labios tersos y la pequeña nariz. La gorra le cubría los ojos, pero los pómulos eran innegablemente femeninos.

Sorprendido, exclamó en voz alta:

—Dios mío, es una mujer.

James sonrió.

—Lo sé.

—Se han lucido, miserables —dijo la joven, y varios hombres la miraron—. Mac, haz algo.

MacDonell lo hizo. Llevó el brazo hacia atrás para golpear a Anthony. Fue un movimiento rápido; era imposible no pelear. Además, Anthony necesitaba desahogar su frustración. Agarró el puño del hombre y lo aplastó contra la mesada del bar.

—No haga eso, MacDonell —dijo Anthony—. He cometido un error; le pido disculpas.

MacDonell quedó desconcertado ante la facilidad con que Anthony lo había dominado. No era mucho más pequeño que el inglés, pero le era imposible levantar el puño. Y tuvo la sensación de que, aunque pudiera hacerlo, no le serviría de mucho.

Prudentemente, el escocés asintió con un gesto de la cabeza y Anthony soltó su mano. Pero James aún sostenía a su compañera y el escocés dirigió su ira hacia él.

—Suéltela o lo golpearé. No puedo permitir que la maltrate...

—Cálmese, MacDonell —dijo Anthony en voz baja—. No le hará daño. ¿Nos permite que los acompañemos hasta la salida?

—No es necesario...

—Mire a su alrededor —dijo James—. Aparentemente es necesario, a causa del error que ha cometido mi hermano.

Tomó a la joven y se encaminó hacia la puerta, llevándola debajo del brazo. Ella trató de protestar pero se contuvo cuando él oprimió sus costillas. Como MacDonell no la oyó quejarse, los siguió. Anthony hizo lo mismo, después de dejar unas monedas sobre la barra, en pago de las cervezas que nunca bebieron. Miró hacia el salón y vio que la mayoría de los clientes aún miraban a James y a la joven; en realidad, más a la joven que a James. Él se preguntó durante cuánto tiempo habría estado en la taberna hasta que su disfraz fue descubierto. No importaba. Aunque llevaba pantalones y suéter muy grande, cualquiera de aquellos hombres hubiera intentado aprovecharse de ella si James no la sostuviera con tanta firmeza.

Anthony imaginó que era esperar demasiado suponer que podrían salir de allí sin que se produjera otro incidente. Se apresuró a unirse a los otros cuando la camarera apareció de pronto y aferró el brazo de James con gesto posesivo, deteniéndolo.

Anthony llegó a tiempo para escuchar su protesta.

—Oye, no pensarás marcharte, ¿verdad?

James, en lugar de hacerla a un lado, le sonrió.

—Regresaré más tarde, cariño.

Ella cambió su expresión y ni siquiera miró el bulto que él llevaba debajo del brazo.

—Mi trabajo termina a las dos.

—Entonces, vendré a las dos.

—Es demasiado tarde —dijo un marinero musculoso que se había puesto de pie, impidiendo que James avanzara.

Anthony suspiró y se acercó a su hermano.

—Supongo que no tendrás inconveniente en dejarla en el suelo y ocuparte de esto, James.

—No.

—Eso pensé.

—No intervengas —dijo el marinero—. No tiene derecho a entrar aquí y llevarse a dos de nuestras mujeres.

—¿Dos? ¿Esta pequeña golfa es vuestra? —Anthony miró a la joven que se había levantado la gorra para ver mejor y los miraba con expresión asesina—. ¿Perteneces a este hombre, cariño?

Ella hizo un gesto negativo con la cabeza. Afortunadamente, el marinero era un bruto mal parecido; de lo contrario, quizá la respuesta hubiera sido diferente, pues estaba furiosa a causa de la manera en que la estaban tratando. Anthony no la culpaba. James la sostenía con más fuerza de la necesaria y le había hecho adoptar una postura muy poco digna.

—Imagino que eso lo aclara todo. —No fue una pregunta. Anthony estaba harto del incidente, sobre todo porque él era el único culpable de cuanto había ocurrido—. Sé amable y apártate de nuestro camino.

Pero el marinero se mantuvo firme.

—No la sacará de aquí.

—Mierda —dijo Anthony. Luego dio un puñetazo al individuo.

El marinero aterrizó, inconsciente, a varios metros de distancia. El hombre que había estado sentado a su lado se levantó gruñendo, pero no fue lo suficientemente veloz. Un golpe lo envió nuevamente a su silla; su nariz sangraba.

Anthony se volvió lentamente y arqueó una ceja con gesto interrogante.

—¿Hay alguien más que desee intervenir?

De espaldas a él, MacDonell sonreía, alegrándose de no haberse enfrentado al inglés. Nadie se movió; aparentemente coincidían con MacDonell. Todo había sucedido muy rápidamente. Sabían distinguir a un buen pugilista cuando lo veían.

—Muy bien, muchacho —dijo James, felicitándolo—. ¿Podemos marcharnos?

Anthony asintió y sonrió.

—Después de ti, viejo.

Cuando estuvieron afuera, James dejó a la joven de pie frente a él. Ella lo miró a la luz tenue de la lámpara que pendía sobre la puerta de la taberna, vaciló un instante y luego le propinó un puntapié en la canilla y huyó calle abajo. Él maldijo violentamente y se dispuso a correr tras ella, pero poco después se detuvo al ver que era inútil. Ella ya había desaparecido en la oscuridad de la calle.

Se volvió, maldiciendo una vez más y comprobó que también MacDonell se había esfumado.

—¿A dónde diablos se ha ido el escocés?

Anthony, que reía a carcajadas, no le oyó.

—¿Qué dices?

James sonrió tensamente.

—El escocés. Ha desaparecido.

Anthony se volvió.

—Qué ingrato. Quería preguntarle por qué ambos volvieron la cabeza cuando nombré a Cameron.

—Al diablo con eso —dijo James—. ¿Cómo podré encontrarla si no sé quién es?

—¿Encontrarla? —dijo Anthony, riendo de nuevo—. Te regocijas con el castigo, hermano. ¿Para qué quieres una ramera que insiste en lastimarte, cuando tienes otra que está contando los minutos aguardando tu regreso?

—Me ha intrigado —dijo James simplemente. Luego se encogió de hombros—. Supongo que tienes razón. La pequeña camarera podrá tomar su lugar. —Pero volvió a mirar calle abajo antes de que ambos se encaminaran hacia el coche que los aguardaba.

25

Roslynn estaba en la sala de recibo junto a la ventana, con la mejilla apoyada contra el cristal y aferrando con sus manos la cortina azul junto a ella. Hacía treinta minutos que estaba allí; desde que salió del comedor, después de una cena incómoda con Jeremy y su primo Derek, que había venido a buscarlo para salir.

Por lo menos, la llegada de Derek Malory la había distraído durante un rato. El heredero del marqués era un joven apuesto de la edad de Roslynn, rubio y de ojos pardos con reflejos verdosos. Vestido de etiqueta, su estampa era muy atractiva y Roslynn adivinó de inmediato que seguía los pasos de su tío; otro libertino en una familia que ya tenía demasiados. Pero Derek Malory todavía tenía un aire juvenil que le daba un aspecto inofensivo y encantador.

Al enterarse del casamiento de su tío, reaccionó tal como lo había hecho Jeremy; al principio con incredulidad y luego con alegría. Además, fue el primero que la llamó tía Roslynn; y no bromeaba, lo cual la sobresaltó levemente. Era en realidad una tía ahora, y de pronto tenía numerosos sobrinos y sobrinas. Una familia instantánea, gracias a su casamiento con Anthony. Una familia cálida y acogedora, según Jeremy.

Pero Jeremy y Derek ya se habían marchado y Roslynn se había puesto nuevamente melancólica, sin notar que había estado de pie en el mismo sitio durante media hora, contemplando el tráfico que pasaba por Piccadilly.

Además, estaba enferma de preocupación. Algo le había sucedido a Anthony. Seguramente estaba herido y no podía comunicarse con ella. Por eso había transcurrido todo el día sin noticias acerca de él. Por otra parte, lo que había comenzado siendo una leve irritación por sentirse abandonada, se había convertido, con el transcurso de las horas, en una cólera reprimida, sobre todo cuando llegó Derek y ella no supo cómo explicar la ausencia de Anthony. Durante todo el día se había ocupado de sus asuntos, sin pensar que ahora tenía una esposa que podía estar preocupada por él.

Esos sentimientos conflictivos le habían quitado el apetito, a pesar de que había organizado una cena especial, que retrasó durante más de una hora, esperando que Anthony llegara a tiempo. No lo había hecho y la ansiedad de Roslynn era cada vez mayor; superaba su enfado y le provocaba un malestar físico.

Demonios, ¿dónde estaba? Era tan sólo su segundo día de matrimonio. ¿Lo había olvidado? Deberían haber pasado el día juntos, tratando de conocerse mejor.

Finalmente, un coche se detuvo frente a la puerta y Roslynn salió corriendo de la habitación, haciendo una señal a Dobson para que no abriera la puerta de entrada. Ella misma la abrió, antes de que Anthony llamara. Lo miró de arriba abajo, buscando heridas, pero no las había. Estaba bien. Hubiera deseado abrazarlo y golpearlo al mismo tiempo, pero se mantuvo inmóvil, con las manos entrelazadas, para no hacer ninguna de las dos cosas.

Cuando Anthony la miró y la vio tan hermosa con su vestido color verde pálido y encaje blanco, su rostro se iluminó con una sonrisa.

—Dios, pareces una visión, cariño. No imaginas el día horrible que he pasado.

Roslynn se mantuvo inmóvil en el centro del umbral.

—¿Por qué no me lo dijiste?

El acento la delató. Él retrocedió para mirarla mejor y notó su gesto hosco y sus labios apretados.

—¿Sucede algo, querida?

—¿Sabes qué hora es?

—Ah, es eso. —Él rió—. ¿Me has echado de menos, cariño?

—¿Echarte de menos? —dijo ella exasperada—. Engreído. Si no deseas venir a casa durante varios días no me importa. Pero creo que la más elemental educación indica que es necesario avisar cuando uno no piensa regresar durante todo el día.

—Sí, supongo que así es —dijo él, sorprendiéndola—. Y lo recordaré la próxima vez que emplee todo el día tratando de hallar a ese huidizo primo tuyo.

—¿Geordie? Pero... ¿por qué?

—¿Por qué habría de ser? Para darle la buena noticia. ¿O no has comprendido que hasta que se entere de tu nueva condición sigue siendo un peligro para ti?

Roslynn enrojeció de furia. Él se había retrasado por ella y ella lo recibía encolerizada.

—Lo lamento, Tony.

Su mirada contrita era irresistible. Él la acercó a su cuerpo y ella apoyó la cabeza sobre su hombro.

—Niña tonta —dijo él bromeando—; no tienes por qué lamentar nada. Me agrada que alguien se preocupe por mí. Estabas preocupada, ¿verdad? ¿Por eso te has enfadado?

Ella asintió, pero no estaba muy convencida de cuanto él decía. Su nariz percibió un aroma dulzón y provocativo que provenía del abrigo de Anthony; parecía... perfume, y perfume barato además. Ella se echó hacia atrás, frunciendo el entrecejo, y vio una hebra amarilla sobre el hombro de él... pero no era una hebra, era un cabello rubio. Ella lo tomó entre sus dedos y tiró, pero continuaba saliendo; era un cabello muy largo. Pudo pensar que era suyo, a pesar de que el color era más claro; pero no era fino sino grueso.

—Lo sabía —dijo ella, mirándolo enfurecida.

—¿Sabías qué? ¿Qué te ocurre ahora?

—Esto. —Le mostró el cabello—. No es mío y decididamente tampoco es tuyo, ¿verdad?

Anthony frunció el ceño, tomando el cabello.

—No es lo que crees, Roslynn.

Ella cruzó los brazos sobre el pecho.

—¿Ah, no? Supongo que una ramera atrevida se dejó caer inesperadamente sobre tu regazo y te impregnó de olor a perfume barato antes de que pudieras evitarlo.

«Dios mío», gruñó él para sí mismo, «¿cómo lo ha adivinado?».

—En realidad...

—Demonios, ni siquiera sabes inventar tus propias excusas —gritó ella.

Era tan ridículo; tan risible, pero Anthony no osó reír al ver la expresión asesina de Roslynn. Muy serenamente dijo:

—En realidad, fue una camarera. Y no me habría hallado en condiciones de que se instalara en mi regazo si no hubiera estado en una de las numerosas tabernas a las que fui en busca de tu primo.

—Así que me culpas por tu infidelidad. Muy típicamente masculino, ¿no? Pero te diré de qué soy culpable: de haber creído en tus palabras anoche. Ya no volveré a cometer ese error.

—Roslynn...

Cuando él trató de tocarla, ella retrocedió bruscamente y, antes de que pudiera detenerla, le cerró la puerta en el rostro. Anthony maldijo profusamente; había perdido la paciencia, pero no tenía cómo descargar su malhumor.

Se volvió, vio la calle vacía y rechinó los dientes. Al menos James había seguido su camino en el coche, rumbo a White's, para matar el tiempo antes de su cita con la susodicha camarera. No hubiera podido soportar que su hermano fuera testigo de semejante absurdo, ni verlo reír a carcajadas, mientras le recordaba las delicias de la vida conyugal.

Mierda. Lo habían echado de su propia casa. Una buena culminación de un día que había ido de mal en peor. Anthony reaccionó. Era su casa. ¿Qué derecho tenía ella de echarlo de su propia casa?

Se volvió y comenzó a dar puntapiés a la puerta. Pero luego pensó que era mejor accionar la falleba. Como no estaba cerrada con llave, abrió la puerta violentamente. El ruido que hizo le produjo una gran satisfacción, pero no atemperó su ira. Sorprendió a su mujer, que en ese momento subía la escalera.

—Baja de inmediato, lady Malory. Nuestra discusión no ha concluido.

Anthony se sorprendió al ver que ella le obedecía al instante. Cuando estuvo junto a él, lo miró desdeñosamente.

—Si no te marchas, lo haré yo —dijo ella, dirigiéndose hacia la puerta de entrada, que aún estaba abierta.

Anthony tomó su muñeca y la obligó a girar sobre sí misma.

—Ni lo sueñes. No dejarás esta casa, ni yo tampoco. Estamos casados, ¿lo recuerdas? Y tengo entendido que las personas casadas viven juntas.

—No puedes obligarme a permanecer aquí.

—¿Ah, no?

Podía, y Roslynn se enfureció aún más al recordar que le había otorgado ese derecho.

Soltó violentamente la mano y se frotó la muñeca, que seguramente estaría amoratada a la mañana siguiente.

—Muy bien, pero me instalaré en otra habitación, y si

tienes algo que decir al respecto, puedes postergarlo para otro momento.

Se volvió para dirigirse hacia las escaleras, pero Anthony la cogió por el hombro y la obligó a volverse.

—Prefiero hacerlo ahora, querida mía —dijo él ásperamente—. Me condenas sin escucharme.

—Has traído la prueba contigo. Habla por sí misma.

Él cerró los ojos, exasperado.

—Aunque fuera así, que no lo es, no me permites defenderme. Es injusto, desde todo punto de vista.

—¿Injusto? —dijo ella, con ojos brillantes de cólera—. Sólo te ahorro la molestia, pues digas cuanto digas, no lo creería.

Trató nuevamente de alejarse, pero él la acercó otra vez a sí.

—Maldición, mujer, estaba buscando a Cameron.

—Puede ser, pero también hiciste un pequeño desvío. Y bien, yo te lo había permitido.

Furioso, él dijo:

—Entonces, ¿por qué montas este escándalo?

—Me mentiste. Trataste de hacerme creer que sería de otra manera; por eso, no te perdono.

Ella se volvió, pero la voz de él la detuvo.

—Si te marchas, te zurraré.

—No te atreverías.

Él entrecerró los ojos.

—Te aseguro, cariño, que en este momento sería un placer. Bien, te lo advertiré tan sólo una vez. Aunque no lo creas, ya no me importa. La pequeña ramera que se me sentó encima sólo estaba haciendo su trabajo. Hizo su oferta y yo la rehusé. Eso fue todo.

Fríamente, Roslynn preguntó:

—¿Has terminado?

Pero fue Anthony quien se volvió y se marchó.

26

Esa noche, Roslynn lloró hasta quedarse dormida; era la primera vez que le sucedía desde que era niña. El hecho de que Anthony no intentara acercarse a ella en su nueva habitación fue un alivio, pero la hizo llorar más amargamente. Lo odiaba; no deseaba volver a verlo, pero estaba atada a él.

Si no fuera una ingenua tonta... Pero había permitido que él la convenciera de que podían tener un matrimonio normal y ahora estaba pagando el precio de su credulidad, con un resentimiento que no podía evitar y una amargura que nunca había experimentado. Esa mañana había sido inmensamente feliz durante unas horas, y por eso, el hecho de volver a la realidad era tanto más difícil de soportar. No podría perdonarle que hubiera estropeado su oportunidad de ser feliz.

¿Por qué no dejó las cosas tal como estaban? ¿Por qué la ilusionó, para luego destrozar sus ilusiones?

Nettie no necesitó que le contaran lo sucedido, pues todos los habitantes de la casa oyeron la airada discusión, pero no abrió la boca mientras ayudó a Roslynn a cambiar de habitación. A la mañana siguiente le aplicó compresas frías sobre los ojos inflamados, nuevamente sin comentarios. El canalla estaba incluso estropeando su aspecto físico.

Pero la solución de hierbas preparada por Nettie borró todas las huellas de la triste noche que había pasado su ama. Lástima que no tuviera una pócima mágica para aliviar el sufrimiento interior de Roslynn. Sin embargo, cuando bajó, ataviada con un alegre vestido de color amarillo que contrastaba con su humor, nadie hubiera dicho que los sentimientos negativos aún bullían dentro de ella. Afortunadamente, porque se encontró con numerosos Malory en la sala de recibo, pero gracias a Dios, ninguno de ellos era su marido.

Había comenzado. Y precisamente cuando no sabía si toleraría la presencia de Anthony ese día. Además, no tenía la menor idea de cuál sería su humor cuando bajara. Quizá demostraría su estado de ánimo, pero ella no intentaba hacerlo.

Sonrió cálidamente. Que no se llevara bien con su esposo no significaba que tuviera que enemistarse con el resto de la familia.

James fue el primero en verla y de inmediato se puso de pie para hacer las presentaciones del caso.

—Buenos días, querida niña. Como ves, los mayores han venido a inspeccionarte. Mis hermanos Jason y Edward... la desposada ruborosa.

La expresión empleada por James hizo fruncir el entrecejo a Jason. Ambos, él y Edward, eran corpulentos, rubios y de ojos verdes, pero Edward era más fornido. Jason parecía una versión mayor de James; era serio y, como él, tenía un aspecto implacable. Edward era totalmente opuesto. Más tarde ella comprobó que tenía buen carácter, buen humor, era alegre, pero formal y serio en cuestiones de negocios.

Ambos se pusieron de pie. Edward abrazó cariñosamente a Roslynn. Jason, más reservado, besó su mano. Jeremy, que no necesitaba ser presentado, le guiñó un ojo. Afortunadamente, ni él ni James habían estado en casa la noche anterior y, por ende, no habían escuchado la embarazosa escena que había tenido lugar en el vestíbulo.

—No imaginas cuánto placer me produce esto, querida —dijo Jason, sonriendo cálidamente, mientras la conducía hasta el sofá para sentarse junto a ella—. Creí que Tony jamás se casaría.

—No creí que el muchacho pensara sentar cabeza —añadió Edward jovialmente—. Me alegra haberme equivocado. Me alegra mucho.

Dadas las circunstancias, Roslynn no supo qué responder, ya que era evidente que Anthony no pensaba hacerlo. Pero ellos deseaban creer que era así, de modo que decidió no contradecirlos. Tampoco les haría creer que se trataba de una unión basada en el amor, pues no lo era de ningún modo.

Comenzó a hablar con vacilación.

—Ha habido motivos para nuestro casamiento y creo que deberíais conocerlos...

—Ya lo sabemos, querida —interrumpió Edward—. Reggie nos ha hablado de tu primo. En realidad no importa. Si Tony no hubiera estado dispuesto, no habría tomado esa decisión.

—Lo ha hecho para ayudarme —dijo Roslynn. Los tres sonrieron dubitativamente y ella insistió—: En realidad ha sido así.

—Tonterías —dijo Jason—. Tony no es de esos hombres a quienes les gusta pasar por héroes, excepto con las damiselas.

—Todo lo contrario —dijo Edward, riendo.

James dijo:

—Basta mirarte, querida niña, para saber cuál fue el motivo. No lo culpo en lo más mínimo.

Jason interceptó la sonrisa libertina de James, que hizo ruborizar a Roslynn.

—Nada de eso ahora —dijo a James, frunciendo el entrecejo.

—Oh, vamos Jason. El matrimonio la salvó de mí.

—¿Desde cuándo ha sido un impedimento para ti? —preguntó Jason con brusquedad.

—Cierto. —James se encogió de hombros—. Pero yo no seduzco a mis cuñadas.

Roslynn no sabía que se trataba de una broma. Tampoco sabía que esos hermanos eran felices cuando discutían, aunque fuera en broma.

—Señores, por favor —dijo—, estoy segura de que James no ha querido ofenderme.

—Ya ves —dijo James con gesto presumido—. Ella sabía que no debía tomar mis palabras en serio. De todos modos, ¿qué hay de malo en mirar?

—Por lo general, las miradas expresan los sentimientos —dijo Jason ceñudamente.

—Ah, pero no los míos. Me resulta más divertido no ser tan obvio... como tú, hermano.

Edward rió.

—Te ha atrapado, Jason. En este momento tu expresión es un tanto feroz.

—Sí —dijo James—. Tu gesto es tan adusto que seguramente la nueva integrante de la familia creerá que eres serio.

La expresión de Jason se suavizó cuando miró a Roslynn.

—Lo lamento, querida. Qué pensarás de...

—Que eres un tirano, y no está desacertada —dijo James, sin poder contenerse, aunque con ello logró que Jason lo mirase nuevamente con gesto severo.

—De ninguna manera —dijo Roslynn—. Soy hija única; es tan... interesante ver cómo se relacionan entre sí los miembros de una familia numerosa. Decidme, ¿quién es el árbitro de la familia?

Su pregunta provocó una carcajada general. Transformó a James, tornándolo aún más apuesto. También suavizó los rasgos de Jason, demostrando que, a los cuarenta y seis años todavía era endiabladamente atractivo y que su aspecto no era tan intimidatorio como le había parecido al principio. Edward se volvió más adorable aún. Dios, esos Malory ponían en peligro el equilibrio de una joven. Y ella se había casado con uno de ellos.

—Ya os dije que era una joya —dijo James a sus hermanos—. Es la pareja perfecta para Anthony, ¿no creéis?

—Así parece —dijo Edward, secando sus lágrimas—. Pero creí que habías dicho que era escocesa. No he percibido su acento.

Una voz serena respondió desde la puerta, antes de que pudiera hacerlo James.

—Aparece cuando se enfada, en el momento más inesperado.

James no pudo evitar un comentario malicioso.

—Sin duda, lo sabes por experiencia.

—Sin duda —dijo Anthony, mirando directamente a su mujer.

Roslynn cerró los puños al verlo tan informalmente apoyado contra el marco de la puerta, los brazos cruzados y una rodilla flexionada para cruzar los pies a la altura de los tobillos. ¿Cómo se atrevía? De modo que deseaba hacer juegos de palabras.

Sonrió dulzonamente a Anthony, aceptando el desafío.

—No alardees. Sólo guardo rencor cuando las personas se lo merecen.

James echó leña al fuego.

—Pues entonces, Anthony, no tienes por qué preocuparte. ¿No es así?

—¿Cuándo zarpa tu barco, hermano? —replicó Anthony, y James rió.

Los hermanos mayores y Jeremy se acercaron para felicitarlo y palmearlo cariñosamente. Roslynn contempló la feliz escena, iracunda. De modo que fingiría que nada malo ocurría. Y bien, ella también podía hacerlo en tanto estuviera allí la familia y en tanto él se mantuviera a distancia. Pero no fue así. Se sentó junto a ella en el sofá, tomando el lugar de Jason, y rodeó sus hombros con su brazo, actitud demasiado marital.

—¿Has pasado bien la noche, cariño?

—Vete al diablo —murmuró ella, aunque sonrió al decirlo.

Anthony rió, si bien el esfuerzo hizo que le doliera la cabeza. Gracias a la tozudez de su mujer, la noche anterior se había emborrachado y estaba sufriendo las consecuencias. Hubiera preferido permanecer en la cama, pero no pudo hacerlo cuando Willis le informó que los mayores habían llegado. Maldito inconveniente. No podría discutir con Roslynn en presencia de todos ellos.

En realidad, debería haber puesto fin a la discusión la noche anterior. Pero ingenuamente creyó que después de dormir toda la noche, ella se hallaría más receptiva y razonable. Por eso no había derribado su puerta. Debería haberlo hecho. Ella aún estaba resentida, de modo que no hubiera podido enfadarla más aún. Mierda. Querría matar al que alguna vez dijo que las mujeres eran seres maleables.

Momentáneamente, decidió ignorar a su mujer, pero no quitó su brazo de los hombros de Roslynn.

—Eddie, ¿dónde está el resto de tu familia?

—Vendrán cuando Charlotte logre reunirlos. A propósito, desea organizar una fiesta en honor de vosotros, ya que no hemos podido asistir a la boda. No será una gran recepción; sólo la familia y los amigos.

—¿Por qué no? —dijo Anthony—. Será agradable compartir nuestra felicidad con los demás.

Sonrió íntimamente cuando oyó que Roslynn se atragantaba.

27

—Ayer estuve aquí, pero tenías tantos invitados...

—Que te marchaste —dijo Roslynn. Dejó de extender mantequilla sobre el panecillo para mirar fijamente a Frances—. Lamento que lo hayas hecho.

—No quise parecer una intrusa.

—Fran, era sólo su familia que había venido a conocerme y a felicitar a Anthony. Hubieras sido bienvenida, créeme, especialmente por mí. No imaginas cuán sola me sentí en medio del clan Malory.

Frances calló. Bebió un sorbo de té, jugueteó con la servilleta que tenía sobre su regazo y con el pastel que había sobre su plato y que no había probado. Roslynn la contempló, conteniendo el aliento. Sabía qué se avecinaba. Lo temía, especialmente ahora que lamentaba haberse casado tan apresuradamente con Anthony. Y era la primera vez que veía a Frances desde su boda. Cuando apareció inesperadamente a la hora del desayuno, Roslynn supo que, además de las tentadoras delicias que el cocinero había preparado, debería digerir una considerable cuota de críticas.

Trató de retrasar el momento.

—Espero que no hayas estado muy preocupada la otra

noche. Demonios, ¿sólo hacía cuatro días que Geordie la había secuestrado?

—¿Muy preocupada? —Frances rió amargamente—. Te sacaron de mi casa. Yo era responsable.

—No. Geordie fue muy astuto y nos engañó a todos. Pero espero que comprendas por qué me vi obligada a partir antes de que regresaras.

—Sí, lo comprendo. No podías permanecer conmigo después de que él había descubierto tu paradero. Pero esa nota que me enviaste hace dos días... Jamás podré comprender eso. ¿Cómo has podido hacerlo, Ros? ¿Nada menos que con Anthony Malory?

Y bien, ya había formulado la pregunta tan temida; la misma que ella se había estado formulando. Las respuestas no eran satisfactorias, no para ella; pero debía responder a Frances.

—La noche en que Nettie y yo nos marchamos, me detuve aquí para ver a Anthony.

—No puede ser.

Roslynn vaciló.

—Sé que no debí hacerlo, pero lo hice. Cuando estuvimos en Silverley, él se había ofrecido a ayudarme. El marido de Reggie no conocía muy bien a mis caballeros, pero Anthony, sí. Supuestamente, iba a aclarar algunos rumores sobre ellos. Bueno, la cuestión es que, después de ese encuentro con Geordie, yo llevaba mucha prisa. Vine a esta casa sólo para que él me sugiriera un nombre, para que escogiera uno de los cinco caballeros que fuera el más adecuado para mí.

—Bien. Es razonable, aunque muy indecoroso —dijo Frances—. Estabas asustada y alterada. Esa noche no pensabas con lucidez. Pero, ¿qué sucedió? ¿Por qué escogiste a sir Anthony?

—Me mintió —dijo Roslynn sencillamente, mirando el panecillo que aún tenía en la mano—. Me convenció de que los cinco eran tan inadecuados que no podía casarme con ninguno de ellos. Debiste haber escuchado alguna de sus horribles historias y la forma convincente con que las inventó. En ningún momento sospeché que mentía.

—Entonces, ¿cómo sabes...?

Roslynn rió brevemente.

—Porque después de casarnos lo admitió. Arrogantemente, lo confesó todo.

—Qué canalla.

—Sí, lo es —suspiró Roslynn—. Pero no es esa la cuestión. La noche que vine a verlo yo estaba desesperada, y cuando me dijo todo eso comprendí que estaba como al comienzo y no supe qué hacer.

—De modo que le pediste que se casara contigo —aseguró Frances, sacando sus propias conclusiones—. Bueno, ahora lo comprendo... o creo comprender. Supongo que tuviste la sensación de que no tenías otra alternativa.

—No fue exactamente así —dijo Roslynn, pero decidió no mencionar el hecho de que había sido seducida. Frances no tenía por qué saberlo todo—. Ni siquiera en ese momento pensé que Anthony pudiera ser la solución de mi problema. Demonios; estaba decidida a regresar a Escocia y casarme con un granjero. Fue Anthony quien sugirió que me casara con él.

Frances quedó boquiabierta.

—¿El? —Se repuso rápidamente de la sorpresa—. Bueno, naturalmente pensé que... quiero decir que, como hace un momento has dicho que no hubieras vacilado en hacer la proposición, quizá fue necesario dado que contabas con muy poco tiempo para un noviazgo. Y el tiempo era cada vez menor, de modo que supuse... ¿Realmente te propuso casamiento?

—Sí, y me sorprendí tanto como tú. Pensé que bromeaba.

—Pero no era así, ¿verdad?

—No, en absoluto. Naturalmente, lo rechacé.

Frances volvió a abrir mucho la boca.

—¿Lo hiciste?

—Sí, y me marché a Silverley. —No era necesario que Frances supiera que eso había ocurrido al día siguiente—. Pero, como ves, cambié de idea. Él me ofrecía una solución y decidí encararlo como un asunto de negocios. Aún no sé por qué lo hizo, pero así fue. Esa es toda la historia. —Menos las partes que Roslynn no podía mencionar.

Frances se echó hacia atrás, más tranquila.

—Bien, espero que no tengas que lamentarlo. Rogaré para que se produzca un milagro: que sir Anthony llegue a convertirse en otro Nicholas Eden.

—Dios mío, muérdase la lengua, señora —dijo Anthony, entrando en la habitación—. Ese individuo me resulta intolerable.

La pobre Frances enrojeció intensamente. Roslynn miró a su marido con furia.

—¿Te dedicas a escuchar conversaciones ajenas, señor mío?

—De ninguna manera —dijo él, pero su sonrisa desmentía su negativa—. ¿De modo que han llegado los refuerzos?

Miró a Frances significativamente y fue Roslynn la que se ruborizó esta vez. Recordó que el día anterior, cada vez que él trató de hablar con ella, ella se había dedicado a hablar con algún miembro de la familia, los que se habían quedado a cenar y aún más tarde, proporcionándole una buena excusa para eludirlo durante todo el día. Ahora tampoco estaban solos, con la diferencia de que la visita provenía de su bando. El empleo de la palabra «refuerzos» era indicado, si bien Frances no sabía a qué se refería con ella.

—¿Vas a salir? —preguntó Roslynn, esperanzada.

—Sí. Continuaré la búsqueda de tu querido primo.

—Oh. ¿Y harás otro desvío? —dijo ella agresivamente—. Entonces te veré... cuando te vea, supongo.

Anthony apoyó las manos sobre la mesa y la miró a los ojos.

—Me verás esta noche, querida. No lo dudes. —Luego se incorporó y sonrió forzadamente—. Buenos días, señoras. Ahora pueden continuar despedazándome.

Giró sobre sus talones y salió con tanta indiferencia como había entrado, dejando a Roslynn irritada y a Frances con la sensación de que sucedía mucho más de lo que se dejaba entrever. Anthony, que había salido silenciosamente de la habitación, se marchó de la casa dando un portazo. Roslynn hizo una mueca y Frances arqueó una ceja interrogantemente.

—¿Está disgustado por algún motivo?

—Sí.

—¿Tú también?

—Frances, no deseo hablar de ello.

—¿Tan terrible es? Bien, sólo puedo decirte que has aceptado este matrimonio sabiendo cómo era él. Imagino que no será fácil convivir con él, pero debes hacer todo lo posible por salvar tu matrimonio. No esperes demasiado.

Era risible. No había esperado nada hasta que Anthony le hizo forjar la ilusión de que podría cambiar. Antes de que transcurrieran veinticuatro horas, había demostrado que no podía. Ella lo hubiera comprendido un mes más tarde, incluso una semana, pero ¿cómo podía comprenderlo al día siguiente de que él le jurara que no quería a ninguna otra mujer, sino solamente a ella? El problema era que no podía superar su rabia y aceptar nuevamente la idea original de tomarlo tal cual era.

Anthony tenía pensamientos similares cuando ascendió al carruaje que lo aguardaba. Tenía derecho a estar furioso y lo estaba en grado sumo. Un convenio comercial. Le hubiera gustado saber qué obtendría de ese «convenio comercial» tal como se hallaban las cosas en ese momento.

Mujer empecinada, irracional e irritante. Y además, ilógica. Si empleara un poco de sentido común, comprendería cuán absurdas eran sus acusaciones. Pero no, ni siquiera deseaba hablar del tema. Ayer, cada vez que él lo había intentado, ella le había sonreído falsamente y se había escabullido, usando la familia de él como barrera defensiva. Y ellos estaban encantados con ella. ¿Por qué no? Era adorable, inteligente (excepto cuando se trataba de ciertos asuntos) y hermosa, y todos consideraron que era la salvación de Anthony. Pero en realidad, era el abogado del diablo, cuya misión era enloquecerlo.

Pues no perdería ni una sola noche más de sueño a causa de la testarudez de su mujer. Ella debía dormir en su cama, en lugar de alimentar resentimientos en otra habitación. Esa noche hablarían, sin interrupciones.

Debía pensar en hacer llegar un mensaje a James, sugiriéndole que él y Jeremy salieran esa noche, sin explicarles por qué.

231

28

Poco después de que Frances se marchara, llegó Jeremy con una pila de periódicos y una garbosa sonrisa. Dijo a Roslynn que la noticia aparecería durante dos semanas. Ella halló el anuncio de su casamiento en cada uno de los periódicos, pero debía reconocer que Anthony estaba en lo cierto. No existía ninguna seguridad de que Geordie lo leyera. De manera que no pudo evitar sentirse agradecida ante el hecho de que él, a pesar de estar enfadado con ella, se estaba esforzando por encontrar a Geordie y advertirle al respecto.

Ella estaba casada y a salvo, pero si Geordie lo ignoraba, ¿hasta qué punto lo estaba? En ese mismo momento podía estar tramando una nueva estratagema para secuestrarla y desposarla. Sabía dónde se hallaba ella; por lo menos sabía que su ropa había sido enviada a esa dirección. Y si lograba atraparla nuevamente y ella debía decirle que ya era demasiado tarde, podría, en su cólera, someterla a toda clase de malos tratos.

Por ese motivo, Roslynn había decidido permanecer en su casa durante un tiempo. Las remodelaciones que planeaba podían ser llevadas a cabo por los artesanos que fueran a la casa, sin necesidad de que ella fuera a buscarlos. Había decidido hacer muchas reformas en la casa de Anthony. Y no pensaba informarlo al respecto. Y cuando él percibiera los gastos que debía pagar, ya que ella había cambiado de idea y pensaba emplear sólo el dinero de él, quizá lo meditara detenidamente antes de volver a mentir.

Una pequeña vocecita interior le decía que estaba actuando con malicia y rencor, pero Roslynn no la escuchó. Había decidido gastar el dinero de Anthony como si él poseyese una inmensa fortuna. Incluso quizás insistiría en que él construyese una nueva casa, tal vez una mansión en el campo. Pero primero se dedicaría a redecorar esta. Después de todo, la casa no era tan grande. Ni siquiera poseía un salón de baile. ¿Cómo podría recibir invitados en esas condiciones?

Si se lo propusiera, podría gastar todo el dinero de Anthony y sumirlo en la pobreza. Sí, era una idea interesante. Imaginaba a Anthony humillado, pidiéndole dinero para sobrevivir; la idea la fascinó. Lo merecía por haberla decepcionado.

Pero Roslynn no dedicó mucho tiempo a sus planes de venganza; no podía dejar de pensar en la amenaza implícita de Anthony respecto de una posible confrontación. No podía negar que la perspectiva la preocupaba. Y su nerviosismo aumentó en el transcurso de la tarde; tanto que cuando James le anunció durante la cena que él y Jeremy irían a Vauxhall Gardens esa noche, estuvo a punto de pedirle que la llevaran con ellos. ¿Por qué debían marcharse precisamente esa noche, aunque esa fuera la norma y no la excepción? Si bien Anthony aún no había llegado, Roslynn tuvo la certeza de que finalmente aparecería.

Pero no quiso imponer su compañía a los dos Malory, que aún estaban solteros. No era tan cobarde. Por lo menos así quiso creerlo antes de que James y Jeremy se marcharan. Cuando la puerta de entrada se cerró tras ellos y ella quedó a solas con la servidumbre, la servidumbre de Anthony

(Nettie no contaba), llegó a la conclusión de que era una cobarde.

Era ridículo retirarse a su dormitorio a esa hora tan temprana, pero lo hizo apresuradamente. Dijo a Dobson que informara a Anthony que no se sentía bien y que no deseaba ser molestada bajo ningún concepto. Pero no sabía si daría resultado.

Por si la estratagema fallaba, se puso su camisón menos atractivo (una bata de grueso algodón, más indicada para el invierno crudo de Escocia), ocultó sus cabellos debajo de un horrible gorro de dormir que pidió prestado a Nettie, pues ella jamás los usaba, y completó su atuendo con una gruesa bata que solía usar después del baño.

También consideró la posibilidad de untarse el rostro con una de las cremas que usaba Nettie, pero le pareció una exageración. Al mirarse en el espejo, comprobó que estaba bastante horrible sin necesidad de recurrir a la crema. Si añadía algo más, Anthony percibiría que se trataba de un arsenal demasiado obvio y quizá se echara a reír en lugar de desanimarse.

Como se había abrigado tanto, no se cubrió con las mantas. Se sentó con un libro en la mano; era más natural que fingir estar dormida, cosa que Anthony pondría en duda siendo tan temprano.

No, debía parecer normalmente indispuesta, sin demostrar que trataba de eludirlo. Él se vería obligado a dejarla a solas. Eso, en el caso de que ignorara el mensaje de Dobson. O si regresaba a casa.

Demonios, nada de ello sería necesario si Dobson hubiera encontrado la maldita llave que ella le había pedido el día anterior. Pero, por otra parte, si se encerraba bajo llave, él podría considerarlo como un desafío. Sería evidente que ella no deseaba hablar con él. No, era mejor así. Si deseaba entrar, que entrara. Ella lo haría sentir culpable por haberla molestado, sintiéndose ella tan mal.

El libro que tenía en las manos era una aburrida recopilación de sonetos, melosamente sentimentales, perteneciente al anterior ocupante de la habitación, fuera quien fuese. Pero no tenía otro al alcance de la mano. Era muy tarde para arriesgarse a bajar al estudio de Anthony, donde había una pequeña biblioteca. Si lo hacía, él podría entrar en ese momento y el efecto que ella buscaba crear se echaría a perder.

Dejó a un lado el libro. En otro momento la hubiera fascinado, ya que los sonetos de amor por lo general la conmovían. Pero esa noche no estaba para romanticismos. Su mente comenzó a divagar y se preguntó si sería conveniente prolongar su enfermedad durante todo el día siguiente. Ello le daría tiempo para pensar y para volver a controlar sus emociones.

Afortunadamente, Roslynn aún tenía el libro frente a sí y parecía estar leyendo cuando de repente Anthony abrió la puerta. Lamentablemente, no cayó en la trampa.

—Muy divertido, querida mía —dijo secamente. Su expresión era inescrutable—. ¿Te ha llevado todo el día urdir esto o te inspiraste cuando el halcón y su cachorro te abandonaron?

Como ella no tenía la menor idea de la referencia que él hacía acerca de aves y perros, ignoró la pregunta.

—Pedí no ser molestada.

—Lo sé, cariño. —Cerró la puerta y sonrió de forma intimidatoria—. Pero un marido puede molestar a su mujer en cualquier momento, en cualquier lugar y como le plazca.

El significado que estaba asignando a sus palabras hizo ruborizar a Roslynn y él lo percibió.

—Ah, debe de ser la fiebre —continuó diciendo él, acercándose a la cama—. No me extraña, con toda la ropa que te has puesto. ¿O se trata de un resfriado? No, no has pellizcado tu nariz para que enrojeciera. Entonces debe tratarse de una jaqueca. No es necesario tener síntomas visibles para padecerla, ¿verdad?

Sus palabras provocativas la enfurecieron.

—Bruto. Si la tuviera, no te importaría.

—Oh, no sé. —Se sentó en la cama y jugueteó con el cinturón de la bata de Roslynn. Ahora que ella había dejado de fingir, la sonrisa de él era divertida—. ¿Tienes jaqueca?

—Sí.

—Mentirosa.

—Estoy aprendiendo de mi maestro.

Él rió.

—Muy bien, querida. Me preguntaba cómo abordar el tema. Pero tú lo has hecho por mí.

—¿Qué tema?

—Lo sabes muy bien. ¿Tienes la intención de hacerte la tonta?

—No tengo ninguna intención. Tú saldrás de esta habitación.

Naturalmente, él no lo hizo. Hubiera sido demasiado sencillo. Anthony se apoyó sobre un codo y la escudriñó irritantemente, en silencio.

De pronto, él se inclinó hacia delante y le quitó el gorro de dormir.

—Así está mejor. —Hizo girar el gorro con su dedo, mientras contemplaba los cabellos rojizos de ella que caían sobre sus hombros—. Sabes que adoro tus cabellos. Imagino que los has ocultado para enfadarme, ¿no es así?

—Te halagas a ti mismo.

—Quizá —dijo él suavemente—. Y quizás he conocido a suficientes mujeres para saber cómo funcionan sus mentes cuando se tornan vengativas a causa de un supuesto agravio. Comida fría, cuerpo frío, cama fría. Bien, me has dado todo eso, menos la comida, pero supongo que ya llegará.

Ella le arrojó el libro. Él lo esquivó diestramente.

—Cariño, si deseas apelar a la violencia, te advierto que

estoy muy dispuesto a emplearla. En realidad, si hoy hubiera encontrado a Cameron, creo que primero lo hubiera matado y luego le hubiera formulado preguntas. De modo que no abuses de tu buena fortuna.

Lo dijo con demasiada serenidad como para que ella lo tomase en serio. Estaba demasiado ensimismada en sus propias emociones violentas para darse cuenta de que jamás lo había visto así. Él estaba tranquilo. Ejercía el control de la situación. Pero estaba furioso. Y ella no lo sabía.

—Haz el favor de marcharte —exclamó ella perentoriamente—. Aún no estoy preparada para hablar contigo.

—Ya lo veo. —Arrojó el gorro de dormir al otro extremo de la habitación—. Pero no me importa si lo estás o no, querida mía.

Cuando él se lanzó sobre ella, Roslynn contuvo el aliento y levantó las manos para rechazarlo. Pudo hacerlo porque él se lo permitió... momentáneamente.

—Recuerda la primera condición de este matrimonio, Roslynn. Debo hacerte un hijo; tú insististe en ello. Y yo estuve de acuerdo.

—También aceptaste la segunda condición y la has llevado a cabo. Las mentiras que sobrevinieron después han cambiado la situación.

Ahora ella percibió que él estaba enfadado. Lo veía en su mirada dura y en su mandíbula tensa. Era un hombre diferente, que inspiraba temor... un hombre fascinante. Hizo surgir en ella algo primitivo, irreconocible. Podría haber afrontado sus gritos. Pero no esto. No sabía qué haría él; de qué sería capaz, pero una parte de ella deseaba averiguarlo.

Anthony estaba enfadado; no loco. Y ese destello de deseo que brilló en los ojos de ella cuando lo rechazó atemperó un tanto su cólera. Ella aún lo deseaba. A pesar de su furia, lo deseaba. Con esa seguridad, descubrió que podía aguardar hasta que la irritación de ella desapareciera. No sería una espera agradable, pero no quería que ella lo acusara de violación a la mañana siguiente y que su rencor se viese incrementado.

—Deberías haberte pellizcado la nariz, querida. Lo hubiera creído.

Roslynn parpadeó; no podía dar crédito a sus oídos.

Arremetió contra él con todas sus fuerzas. Él se puso de pie. La miró con una sonrisa tensa.

—He tenido paciencia, pero te advierto que la paciencia de un hombre es muy limitada. No debes ponerme a prueba con frecuencia, especialmente cuando no tengo nada que ocultar ni me siento culpable... aún.

—¡Ja!

Anthony ignoró su exclamación y fue hacia la puerta.

—Sería conveniente que me dijeras hasta cuándo piensas castigarme.

—No te estoy castigando —dijo ella con dureza.

—¿Ah no, cariño? —Él se volvió y dijo secamente—: Bien, recuerda que este juego es para dos.

Durante el resto de la noche, Roslynn caviló sobre el posible significado de esas palabras.

29

Una estocada. Otra estocada. Un gancho izquierdo y luego un golpe cruzado. Un hombre en el suelo, inconsciente. Anthony retrocedió, maldiciendo porque todo había concluido tan rápidamente.

Knighton arrojó una toalla a su rostro. También maldijo al subir al cuadrilátero para examinar al contrincante de Anthony.

—Dios, Malory. No me extraña que Billy tratara de excusarse después de verte entrar. Siempre afirmo que el ring es un buen lugar para descargar frustraciones, pero no cuando se trata de ti.

—Calla, Knighton —dijo Anthony, quitándose los guantes de boxeo.

—De ninguna manera —dijo el hombre mayor, enfadado—. Quisiera saber dónde voy a encontrar a un estúpido que desee subir al cuadrilátero contigo. Pero te diré una cosa: no me molestaré en hacerlo hasta que te encames con esa ramera y te tranquilices. Aléjate de aquí hasta que lo hagas.

Anthony hubiera golpeado a otro hombre por mucho menos que eso, pero Knighton era un amigo. Estuvo a punto de hacerlo por haber estado tan cerca de la verdad. Permaneció allí, inmóvil, conteniendo la ira. La voz de James lo hizo reaccionar.

—¿Otra vez tienes problemas para encontrar un contrincante, Tony?

—No si estás dispuesto a aceptar el desafío.

—¿Tengo aspecto de tonto? —James miró su propio atuendo con fingida sorpresa—. Y pensar que creí que me había vestido muy bien hoy.

Anthony rió y su tensión cedió un poco.

—Como si no pensaras que puedes dejarme tendido en la lona en pocos instantes.

—Por supuesto que podría. No me cabe duda alguna. Aunque no deseo hacerlo.

Anthony bufó y estuvo a punto de recordarle la zurra que le había dado Montieth, aunque James saliera vencedor, pero cambió de idea. No tenía motivos para discutir con su hermano.

—Tengo la impresión de que me sigues. ¿Es por alguna razón en especial?

—La verdad es que deseo aclarar una cuestión contigo... fuera del ring, por supuesto.

Anthony bajó y tomó su chaqueta.

—Salgamos de aquí, ¿quieres?

—Ven, te invito a tomar una copa.

—Bien, pero que sea más de una.

El ambiente de White's era tranquilo por la tarde. Era un sitio ideal para descansar, leer el periódico, hablar de negocios, de política, intercambiar habladurías o emborracharse, que era lo que Anthony pensaba hacer, sin la presencia destructiva de las mujeres, a las que se les prohibía la entrada. Los que solían almorzar allí ya se habían marchado y sólo quedaban los concurrentes habituales, que vivían más en el club que en su casa. Los que cenaban en el lugar y los jugadores aún no habían llegado, aunque ya algunos habían comenzado a jugar partidas de «whist».

—¿Quién se ha encargado de mantener mi asociación

al club durante todos estos años? —preguntó James cuando se sentaron lejos de la ventana, donde solía reunirse el grupo elegante.

—¿Quieres decir que aún eres socio? Pensé que entrabas en calidad de invitado mío.

—Muy gracioso, muchacho. Pero sé que ni Jason ni Eddie se hubieran preocupado por ello.

Anthony, acorralado, frunció el entrecejo.

—Pues soy un estúpido sentimental. Por Dios, son tan sólo unas pocas guineas al año. No quería que tu nombre fuera eliminado de la lista de socios.

—¿O tenías la certeza de que finalmente regresaría?

Anthony se encogió de hombros.

—En parte. Además había una extensa lista de espera para los que deseaban asociarse. No quería que nos abandonaras y te fueras a Brook's.

—Malory. —Un rubicundo conocido de Anthony se acercó a saludarlo—. Ayer pasé por tu casa, pero Dobson dijo que habías salido. Deseaba aclarar algo a raíz de una pequeña apuesta que hice a Hilary. Vio la noticia en el periódico. Decía que te habías casado, imagínate. Naturalmente pensé que se trataba de otra persona. Debía de ser otra, con el mismo apellido. Es así, ¿no? Dime que es una estúpida coincidencia.

Anthony apretó su copa con fuerza, pero, fuera de eso, no demostró estar molesto ante la pregunta.

—Es una estúpida coincidencia —respondió.

—Lo sabía —exclamó el individuo—. Estoy ansioso por ver la expresión de Hilary. Es la primera vez en mucho tiempo que le gano tanto dinero.

—¿Crees que ha sido la respuesta acertada? —preguntó James cuando el rubicundo se alejó—. Imagina las discusiones que causará cuando él afirme que tú mismo le has dicho que no te has casado. Luego discutirán con terceros mejor informados.

—¿Qué diablos me importa? —dijo Anthony—. Cuando me sienta casado admitiré que lo estoy.

James se echó hacia atrás y sonrió.

—¿De modo que ha comenzado el arrepentimiento?

—Oh, cállate. —Anthony apuró su copa y se marchó en busca de otra. Regresó con una botella—. Dijiste que deseabas aclarar un asunto conmigo. Hazlo. Aparentemente, se está convirtiendo en una costumbre.

James pasó por alto el descubrimiento.

—Muy bien. Jeremy me ha dicho que la idea de ir a Vauxhall fue tuya, no de él. Si deseabas deshacerte de nosotros por una noche, ¿por qué hacerlo a través del muchacho?

—¿No os divertisteis?

—Eso no hace al caso. No me agrada ser manipulado, Tony.

—Por eso mismo te envié el mensaje a través de Jeremy. —Anthony sonrió—. Has reconocido que te resulta difícil negarle nada, ahora que te has convertido en un padre cariñoso.

—Vete a la mierda. Pudiste pedírmelo. ¿Soy tan insensible como para no poder comprender que desees pasar una noche a solas con tu mujer?

—Basta, James. Eres tan sensible como un árbol muerto. Si anoche te hubiera pedido que te marcharas, te habrías quedado en casa sólo para saber por qué te lo pedía.

—¿Sí? —James sonrió con desgana—. Sí, supongo que sí. Os hubiera imaginado a ti y a la pequeña escocesa corriendo desnudos por la casa y no habríais podido deshaceros de mí. No me lo hubiera perdido por nada del mundo. Pero, ¿para qué necesitabais tanta intimidad?

Anthony se sirvió otra copa.

—Ya no importa. La velada no concluyó como yo esperaba.

—¿De modo que hay problemas en el paraíso?

Anthony apoyó ruidosamente la botella sobre la pequeña mesa junto a su silla y estalló.

—Ni imaginas de qué me acusó. De hacer el amor con esa pequeña camarera que conocimos la otra noche.

—Ten cuidado. Guardo gratos recuerdos de Margie.

—¿De modo que te reuniste con ella después?

—¿Creías que no lo haría, tratándose de una joven tan bonita? Aunque la pequeña zorra hubiera sido capaz de... no importa. —James se sirvió otra copa, perturbado por haberla perdido—. ¿Por qué no dijiste a tu mujer que la había escogido para mí? Hemos compartido mujeres en muchas ocasiones, pero resulta desagradable compartirlas el mismo día, ¿no lo crees?

—Así es, pero mi querida esposa piensa que soy capaz de hacer toda clase de cosas desagradables. Y me disgusta tener que explicar que no he hecho nada malo. No debería tener que hacerlo. Un poco de confianza no estaría de más.

James suspiró.

—Tony, muchacho, aún debes aprender muchas cosas relativas a las recién casadas.

—¿Acaso has tenido una esposa y crees ser un experto en la materia? —dijo Anthony despectivamente.

—No, por supuesto —dijo James—. Pero el sentido común indica que es un momento muy especial para una mujer. Está adaptándose. Se siente insegura, nerviosa. ¿Confianza? Bah. Las primeras impresiones suelen ser las más duraderas. Tiene sentido, ¿o no?

—Tiene sentido que no sabes de qué hablas. ¿Cuánto tiempo hace que no tratas a una verdadera dama? Los gustos del capitán Hawke se inclinan hacia mujeres completamente distintas.

—No del todo, muchacho. Encabezar una banda de forajidos tiene sus desventajas, especialmente en los establecimientos de la clase baja que uno debe frecuentar. Y es difícil desprenderse de hábitos adquiridos. Pero mis gustos no son diferentes de los tuyos. Duquesa o ramera, siempre que sea atractiva y esté bien predispuesta, lo mismo da. Y no han pasado tantos años como para que no recuerde la idiosincrasia de las duquesas. Además, en un aspecto, todas son iguales. Los celos las convierten en arpías.

—¿Los celos? —dijo Anthony inexpresivamente.

—Bueno, hombre, por Dios, ¿acaso no es ese el problema?

—No pensé que... bueno, ahora que lo mencionas, podría ser por eso que se comporta de una manera tan irracional. Está tan furiosa que ni siquiera quiere hablar de ello.

—Así que Knighton estaba en lo cierto. —James estalló en carcajadas—. ¿Qué ha sucedido con tu sutileza, querido muchacho? Has tenido bastante experiencia en la materia como para saber desenvolverte...

—Mira quién habla —sentenció Anthony, irritado—. El mismo hombre al que dieron un puntapié en la pierna la otra noche. ¿Qué ha ocurrido con la sutileza de Hawke?

—Demonios, Tony —gruñó James—. Si continúas empleando ese nombre, acabaré con una soga al cuello. Hawke ha muerto. Por favor, recuérdalo.

Ahora que su hermano estaba de mal humor, Anthony mejoró su estado de ánimo.

—Cálmate, viejo. Estos individuos no te reconocerían. Pero acuso recibo. Ya que te has tomado el trabajo de matarlo, dejaremos que descanse en paz. Nunca me lo había dicho. ¿Qué fue del resto de tus bandidos?

—Algunos siguieron su propio camino. Otros se unieron al *Maiden Anne*, aunque este cambió de bandera. Viven en el mar hasta que zarpemos nuevamente.

—¿Y cuándo ocurrirá eso?

—Tranquilízate, viejo —parafraseó James—. Me estoy divirtiendo mucho al ver cómo destrozas tu vida y, por ahora, no deseo partir.

30

Eran las cinco de la tarde cuando George Amherst ayudó a los dos hermanos Malory a descender del carruaje que se había detenido frente a la casa de ladrillos de Piccadilly. Realmente, necesitaban ayuda. George sonreía. Lo había hecho desde el momento en que halló a ambos en White's y procuró apaciguar el disturbio que habían provocado. No podía evitarlo. Nunca había visto a Anthony tan borracho. Y en cuanto a James, era sumamente cómico verlo reír a carcajadas al ver el estado en que se hallaba su hermano, cuando el suyo era muy similar.

—A ella no le agradará esto —dijo James, rodeando los hombros de Anthony con el brazo, con lo cual estuvieron a punto de caer ambos al suelo.

—¿A quién? —preguntó Anthony con tono belicoso.

—A tu mujer.

—¿Mujer?

Cuando Anthony comenzó a tambalearse, George lo sostuvo y lo condujo hacia la puerta.

—Espléndido. —Rió—. Casi logras que te arrojen del club por golpear a Billings, cuando lo único que hizo fue felicitarte por tu casamiento, y ahora no recuerdas que tienes una esposa.

George también estaba tratando de habituarse a la idea. Había quedado atónito cuando Anthony había ido el día anterior para decírselo personalmente, antes de que lo leyera en los periódicos.

—Si te ríes, George... si te atreves a hacerlo... te golpearé en la nariz —le había dicho Anthony con gran sinceridad—. Estaba obnubilado. Es la única explicación posible. De modo que no me felicites, por favor. Tus condolencias serían más adecuadas.

Luego se había negado a añadir nada más. No había querido decir quién era ella ni por qué se había casado, ni tampoco dejó entrever por qué estaba arrepentido. Pero George no estaba muy seguro de que fuera así; sobre todo porque lo había arrastrado en la búsqueda del primo de su mujer, que representaba un peligro para ella. Era evidente que deseaba protegerla. También era evidente su deseo de no hablar de ella. Y lo más evidente era la ira subyacente de Anthony. George se alegró mucho al saber que no habían hallado al individuo que Anthony buscaba. El resultado hubiera sido desastroso.

Pero un comentario casual que hizo James cuando George los sacaba de White's aclaró un tanto la situación.

—Acabas de topar con un carácter tan irascible como el tuyo, Tony. No se puede decir que sea negativo en una esposa. Te mantendrá entretenido. —Luego había reído mientras Anthony refunfuñaba—. Cuando tengas tu propia mujer, hermano, espero que sea tan dulce como esa pequeña arpía que te dio un puntapié en lugar de agradecer la ayuda que le prestaste la otra noche.

George estaba a punto de llamar a la puerta, cuando esta se abrió. Dobson apareció con expresión imperturbable, pero experimentó una desagradable sorpresa cuando James le entregó a Anthony para que lo sostuviera.

—¿Dónde está Willis? Creo que necesitaré que me quite los zapatos.

No era la única ayuda que necesitaba, pensó George, sonriendo, mientras el escuálido Dobson, en silencio, trató de llevar a Anthony hacia la escalera. George también tenía problemas para sostener a James.

—Dobson, será mejor que llame a los palafreneros —sugirió George.

—Me temo que están haciendo diligencias para la señora, señor —dijo Dobson, sin mirar hacia atrás.

—Maldición —dijo Anthony al oír esas palabras—. ¿Por qué ha enviado...?

George le dio un codazo para hacerlo callar. La dama en cuestión había salido de la sala de recibo y estaba con las manos apoyadas en las caderas, mirándolos con cara de pocos amigos. George tragó saliva. ¿Esa era la mujer de Anthony? Por Dios, era hermosísima; y estaba furiosa.

—Disculpe, lady Malory —dijo George con vacilación—. Encontré a estos dos un tanto borrachos. Pensé que lo prudente era traerlos a su casa para que durmieran.

—¿Y quién es usted, señor? —preguntó secamente.

George no tuvo tiempo para responder. Anthony, mirando fijamente a su mujer, dijo despectivamente:

—Vamos, querida, sin duda conoces al viejo George. Es el responsable de tu desconfianza hacia el sexo masculino.

Ella miró a George entrecerrando los ojos y él se sonrojó intensamente.

—Maldición, Malory —murmuró, apartando a Anthony de sí—. Te dejaré en los tiernos brazos de tu mujer. Te lo mereces después de semejante observación. —No la había comprendido, pero no era la manera adecuada de presentar una esposa a su mejor amigo.

George se dirigió a Roslynn y la saludó inclinando la cabeza.

—Será hasta otro momento, lady Malory, y espero que en mejores circunstancias. —Enfadado, se marchó, sin molestarse en cerrar la puerta detrás de sí.

Anthony lo contempló, confundido, y tratando sin éxito de mantener el equilibrio en medio del vestíbulo.

—¿He dicho algo inconveniente, George?

James rió con tal fuerza, que él y Dobson retrocedieron dos escalones.

—Eres asombroso, Tony. O no recuerdas nada o recuerdas más de lo que debieras.

Anthony giró sobre sí mismo para mirar a James, que ya estaba en la mitad de la escalera.

—¿Qué demonios quiere decir eso? —preguntó, y James volvió a reír estrepitosamente.

Cuando Anthony pareció a punto de caer de bruces al suelo, Roslynn corrió hacia él, lo tomó del brazo y lo puso alrededor de su cuello y luego rodeó la cintura de Anthony con su propio brazo.

—No puedo creer que hayas hecho esto, hombre —gruñó, mientras lo conducía a través del vestíbulo—. ¿Cómo llegas a esta hora del día en este estado?

—Cualquiera que sea la hora —respondió él, indignado—, ¿a dónde podría ir sino a mi casa?

Tropezó con el escalón inferior y arrastró a Roslynn en su caída.

—Maldición. Debería dejarte aquí.

Anthony, obnubilado por el alcohol, comprendió mal. La rodeó con su brazo y la abrazó con tal fuerza que ella casi no podía respirar.

—No me dejarás, Roslynn. No lo permitiré.

Ella lo miró con incredulidad.

—Tú... oh, Dios, líbrame de los borrachos y de los imbéciles —dijo, exasperada, alejándose de él—. Vamos, tonto. Ponte de pie.

Finalmente, logró llevarlo hasta la planta alta y meterlo en la cama. Cuando Dobson apareció en la puerta un minuto después, ella hizo un gesto para alejarlo, aunque no supo muy bien por qué. Le hubiera sido útil su ayuda. Pero se trataba de una situación excepcional; Anthony estaba indefenso y era incapaz de arreglárselas por sí mismo. Roslynn disfrutó. También la satisfizo pensar que ella era la causa de que estuviera en ese estado. ¿Lo sería realmente?

—¿Puedes decirme por qué llegas a casa borracho a mediodía? —preguntó ella, quitando una de las botas de Anthony.

—¿Borracho? Dios mío, mujer, qué palabra tan desagradable. Los caballeros no se emborrachan.

—Ah. ¿Y qué les ocurre en estas circunstancias?

Él empujó con el pie contra las nalgas de ella hasta que la bota cayó al suelo.

—La palabra es... es... ¿cuál es?

—Borracho —repitió Ros afectadamente.

Él gruñó y, cuando ella se dispuso a quitarle la segunda bota, él empujó con más fuerza, haciéndola tropezar. Ella se volvió con los ojos entrecerrados y vio que él sonreía inocentemente. Ros arrojó la bota al suelo y regresó a la cama para quitarle la chaqueta.

—No has respondido a mi pregunta, Anthony.

—¿Cuál era?

—¿Por qué te hallas en este lamentable estado?

Esta vez, él no se ofendió.

—Vamos, querida. ¿Por qué habría un hombre de beber una copa de más? O porque ha perdido su fortuna, se ha muerto un pariente o su cama está vacía.

Fue ella entonces quien adoptó un aire inocente.

—¿Ha muerto alguien?

Él apoyó las manos sobre las caderas y la atrajo hacia sí con las piernas. Sonreía, pero su sonrisa carecía de humor.

—Si juegas con fuego, cariño, te quemarás —le advirtió severamente.

Roslynn tiró de la corbata de Anthony y luego lo empujó sobre la cama.

—Échate a dormir, cariño. —Y giró sobre sus talones.

—Eres una mujer cruel, Roslynn Malory —dijo él.

Ella se marchó dando un portazo.

31

Anthony despertó con un agudo dolor de cabeza y una maldición en los labios. Se sentó en la cama para encender la lámpara y volvió a maldecir. El reloj marcaba las dos menos cinco. Afuera estaba oscuro, de modo que se dio cuenta de que eran las dos de la mañana. Maldijo nuevamente al ver que estaba completamente despierto en medio de la noche, con un fuerte dolor de cabeza y demasiadas horas por delante antes de que amaneciera.

¿Qué demonios le ocurría? Bueno, en realidad lo sabía, pero no debió permitir que le ocurriera. Recordó vagamente que George los había llevado hasta la casa y también recordaba haber golpeado a Billings... mierda. Deseó no haberlo hecho; Billings era una buena persona. Tendría que disculparse; probablemente más de una vez. Y George, ¿no se había marchado enfadado? Anthony no lo recordaba muy bien.

Incómodo, se miró e hizo una mueca. Qué mujer de mal carácter. Al menos pudo haberlo desvestido y abrigado, ya que era ella la culpable de que él se hubiera emborrachado. Además, ¿no lo había reprendido? Tampoco lo recordaba claramente.

Anthony se inclinó hacia delante, masajeando suavemente sus sienes. Bueno, incluso a esa hora, tenía diversas opciones. Podía tratar de dormir nuevamente, aunque no creía que lo lograse. Ya había dormido más horas de las que acostumbraba. Podía cambiarse de ropa y regresar a White's para una partida de «whist», siempre que no se hubiera comportado de una manera demasiado abominable y le permitieran entrar. O podía ser tan cruel como su esposa y despertarla para ver qué sucedía. No, se sentía demasiado mal como para hacer algo al respecto, en el caso de que ella se volviese súbitamente tratable.

Rió haciendo una mueca. Lo mejor era tratar de sobrellevar su malestar hasta que desapareciera. Le gustaría tomar un baño, pero debería aguardar hasta la mañana para despertar a los criados. Quizá podría comer algo.

Lentamente, porque cada paso que daba retumbaba en su cabeza, Anthony salió de la habitación. Vio luz por debajo de la puerta del dormitorio de su hermano. Llamó pero no aguardó la respuesta y entró. James estaba desnudo, sentado en el borde de su cama, sosteniéndose la cabeza entre las manos. Anthony casi se echó a reír pero se contuvo. Su propio dolor era muy intenso.

James no levantó la mirada para ver quién había entrado. Con voz baja y ominosa dijo:

—Habla en voz muy baja o arriesgarás la vida.

—¿Tú también tienes un hombrecito martillando en tu cabeza?

James levantó lentamente la cabeza. Lo miró con ojos asesinos.

—Por lo menos una docena. Y todos te los debo a ti, canalla...

—Estás loco. Tú me invitaste a tomar una copa, de modo que el único que puede quejarse...

—Una copa, no varias botellas, imbécil.

Ambos dieron un respingo cuando James levantó la voz.

—Bueno, en ese sentido tienes razón.

—Me alegra que lo reconozcas —dijo James, masajeándose las sienes.

Anthony frunció los labios. Era ridícula la forma en que habían castigado sus cuerpos. Cuando Anthony entró en la habitación se había sorprendido al ver desnudo a su hermano; no lo había visto así desde aquella vez en que había entrado intempestivamente en la habitación de esa condesa, cuyo nombre no recordaba, para advertir a James que el marido de ella estaba subiendo las escaleras. Desde esa noche, más de diez años atrás, James había cambiado. Era más corpulento, más sólido. Se habían desarrollado los músculos de sus brazos y su torso y también los de sus piernas. Seguramente debido al ejercicio que había hecho en los barcos, en sus diez años de piratería.

—Sabes, James, eres un espécimen increíblemente bruto.

James sacudió la cabeza ante el insólito comentario y miró su cuerpo. Luego miró a Anthony. Finalmente sonrió.

—A las damas no parece molestarles.

—No, imagino que no. —Anthony rió—. ¿Te apetece jugar a los naipes? No puedo dormir.

—Siempre que no comiences a beber coñac.

—Dios, no. Pensé beber café, y creo que no hemos cenado.

—Dentro de unos minutos me reuniré contigo en la cocina.

Cuando Roslynn se dispuso a desayunar, aún tenía la mirada turbia, pues había pasado otra mala noche. En esta ocasión la culpa era suya. Experimentó cierta culpabilidad por la forma en que había tratado a Anthony la tarde anterior. Debió haberlo desvestido y tratar de que estuviera más cómodo, en lugar de dejarlo tal como estaba y sin cubrirlo con las mantas. Después de todo, era su marido. Conocía su cuerpo. No tenía por qué avergonzarse.

Había estado a punto de ir a la habitación de Anthony media docena de veces para rectificar su error, pero había cambiado de idea, temiendo que él despertara o interpretara mal su preocupación. Y cuando se acostó, no quiso entrar en el dormitorio de él en camisón. Seguramente eso lo hubiera interpretado mal.

Le molestaba sentirse culpable. No lo compadecía. Si él deseaba emborracharse y echarle la culpa a ella, era problema de él. Y si esa mañana sufría las consecuencias de su borrachera, también era su problema. Los excesos había que pagarlos. Entonces, ¿por qué había pasado la mitad de la noche despierta, pensando en él?

—Si la comida es tan mala como para que la mires enfurruñada será mejor que esta mañana coma en el club.

Roslynn lo miró. La aparición súbita de Anthony la sorprendió y simplemente respondió:

—Nada hay de malo en la comida.

—Espléndido —dijo él alegremente—. Entonces no tendrás inconveniente en que me siente a la mesa contigo, ¿verdad?

Sin aguardar respuesta, fue hacia el fogón y comenzó a servirse grandes cantidades de comida. Roslynn miró su alta figura, impecablemente enfundada en una chaqueta de color castaño, pantalones de ante y botas brillantes. No tenía derecho a estar tan magnífico, a estar tan alegre esa mañana. Debería estar gimiendo y gruñendo y maldiciendo su destino.

—Has dormido mucho —dijo Roslynn concisamente, pinchando una salchicha que tenía en su plato.

—Acabo de regresar de mi paseo matutino a caballo. —Se sentó frente a ella y arqueó levemente las cejas con gesto interrogante—. ¿Acabas de levantarte, querida? Afortunadamente aún no había ingerido la salchicha, pues de haberlo hecho, se hubiera atragantado ante esa pregunta, aparentemente inocente. ¿Cómo se atrevía a privarla de la satisfacción de acusarlo, después de su comportamiento vergonzoso del día anterior? Y eso era exactamente lo que él estaba haciendo, al sentarse frente a ella con todo el aspecto de haber pasado una noche perfectamente descansada.

Anthony no esperaba una respuesta a su pregunta; tampoco la obtuvo. Con gesto divertido, contempló a Roslynn mientras ella comía, decidida a ignorarlo. Pero él no se lo permitió.

—He visto una alfombra nueva en el vestíbulo.

Ella no lo miró, a pesar de que era ofensivo llamar simplemente «alfombra» a la costosa Aubusson.

—Me extraña que no la vieras ayer.

«Bravo, cariño», pensó Anthony, sonriendo para sí mismo. Pero ella recibiría sus ataques de todos modos.

—También un nuevo Gainsborough —prosiguió él amenamente, mirando fugazmente el magnífico cuadro que ahora colgaba en un muro a su izquierda.

—El nuevo armario de palisandro para la porcelana y la mesa del comedor llegarán hoy.

Ella continuaba mirando fijamente su plato, pero Anthony percibió el repentino cambio en ella. Ya no estaba allí sentada, reprimiendo la ira. Ahora estaba evidentemente satisfecha.

Anthony estuvo a punto de echarse a reír en voz alta. Su dulce esposa era muy transparente. Teniendo en cuenta la animadversión que ella experimentaba en ese momento hacia él y el tema que estaban tratando, no resultaba difícil percibir qué tramaba. Era un antiguo truco; el de la mujer que hacía pagar a su marido los disgustos que él le provocaba gastando su dinero. Y de acuerdo con los comentarios que ella hiciera antes, no pensaba que él poseyera dinero suficiente como para afrontar tan grandes gastos.

—¿Así que te estás dedicando a redecorar la casa?

Ella se encogió levemente de hombros y respondió con un tono demasiado dulce:

—Sabía que no te molestaría.

—En absoluto, querida. Yo mismo pensaba sugerírtelo.

Ella levantó rápidamente la cabeza, pero respondió velozmente:

—Bien, porque esto es tan sólo el comienzo. Y te alegrará saber que no será tan costoso como pensé cuando recorrí la casa por primera vez. Sólo he gastado cuatro mil libras.

—Perfecto.

Roslynn lo miró con incredulidad. Jamás había esperado esa respuesta. Quizás imaginaba que ella estaba gastando su propio dinero. El canalla se enteraría de la realidad cuando recibiera las facturas.

Ella se puso de pie y arrojó su servilleta sobre la mesa. Estaba mortificada por la reacción de él, o mejor dicho, por su falta de reacción, y no deseaba permanecer en su compañía. Pero no pudo efectuar la salida teatral que hubiera deseado. Después de lo ocurrido el día anterior, debía insistir en que no se repitiera la misma escena ese día, en que esperaba visitas.

—Frances vendrá a cenar esta noche. Si modificas tu costumbre de llegar tarde y decides acompañarnos, por favor trata de estar sobrio.

Anthony tuvo que hacer un esfuerzo para no fruncir los labios.

—¿Nuevamente acudes a los refuerzos, querida?

—No me agrada eso —dijo ella fríamente antes de marcharse. Al llegar a la puerta se volvió y lo miró, furiosa—. Y, para tu información, señor mío, debo decirte que no desconfío de todos los hombres, como tan groseramente señalaste ayer cuando me presentaste a tu amigo: sólo de los libertinos y los presuntuosos.

32

—Ese debe de ser él, señor.

Geordie Cameron se volvió hacia el hombre bajo y con bigote que estaba junto a él.

—¿Cuál de ellos, idiota? Son dos.

Wilbert Stow ni siquiera parpadeó ante el tono agresivo del escocés. Ya estaba habituado a él, a su impaciencia, su irascibilidad, su arrogancia. Si Cameron no le pagara tan bien lo mandaría al diablo. Y quizá también le cortara el cuello, para completar su obra. Pero le pagaba muy bien treinta libras inglesas, que para Wilbert Stow representaban una fortuna. De modo que, como de costumbre, se contuvo, ignorando los insultos.

—El moreno —dijo Wilbert con voz servil—. Es el dueño de la casa. Se llama Anthony Malory.

Geordie dirigió el catalejo hacia la calle y vio claramente los rasgos de Malory, que hablaba con el individuo rubio que lo acompañaba. ¿De modo que ese era el inglés que lo había estado buscando por los barrios bajos en los últimos días y que estaba ocultando a Roslynn? Geordie sabía que ella estaba en su casa, aunque no se hubiera asomado a la calle desde que él había ordenado a Wilbert y a su hermano Thomas que vigilaran constantemente. Allí había sido enviada su ropa. Y allí había ido esa mujer llamada Grenfell en dos ocasiones para visitarla.

Roslynn se creía muy lista al ocultarse en el interior de la casa y no salir. Pero era fácil vigilarla allí, pues Green Park estaba frente a la casa. Había muchos árboles para ocultarse; no era lo mismo que aguardar en un carruaje que podía despertar sospechas, como había ocurrido en la calle South Audley. Ella no podía desplazarse sin que Wilbert o Thomas lo supieran, y tenían un coche en el extremo de la calle, aguardando que saliera de la casa. Era tan sólo cuestión de tiempo.

Mientras tanto, Geordie se ocuparía del petimetre inglés que la ocultaba y que lo había obligado a cambiar de alojamiento dos veces en los últimos cinco días, a causa de su infernal persecución. Ahora que sabía qué aspecto tenía, sería muy sencillo deshacerse de él.

Geordie bajó el catalejo y sonrió. «Pronto, muchacha. Pronto te haré pagar por todo este trastorno. Desearás no haberte vuelto contra mí como tu estúpida madre y el viejo, que ojalá estén pudriéndose en el infierno.»

—¿Te apetece otra copa de jerez, Frances?

Frances miró su copa, casi llena, y luego miró a Roslynn, que volvía a llenar la suya con el líquido ambarino.

—Cálmate, Ros. Si no ha regresado ya, es difícil que lo haga, ¿no lo crees?

Roslynn miró a su amiga por encima del hombro, pero, aunque se esforzó por sonreír, no pudo hacerlo.

—He llegado a la conclusión de que Anthony aparece cuando menos se lo espera, sólo para ponerme nerviosa.

—¿Estás nerviosa?

Roslynn dejó escapar una risita que era casi un gruñido y bebió un sorbo de su segundo jerez antes de volver a sentarse junto a Frances en el nuevo sofá Adams.

—No debería estarlo, ¿no? Después de todo, estando tú aquí, no haría nada inconveniente, y además le advertí que vendrías.

—¿Pero?

Roslynn sonrió, aunque más que una sonrisa fue una mueca.

—Me deja atónita, Fran, con sus cambios de humor. Nunca sé qué esperar.

—No hay nada inusual en eso, querida. También nosotras tenemos nuestros cambios de humor, ¿verdad? Deja de inquietarte.

Roslynn rió.

—Aún no lo ha visto.

Frances la miró, asombrada.

—¿Quieres decir que no sometiste tu elección a su aprobación previa? Pero estas cosas son tan... tan...

—¿Delicadas y femeninas?

Frances contuvo el aliento al ver el brillo travieso de los ojos de Roslynn.

—Dios mío; lo has hecho adrede. Esperas que él los deteste, ¿no?

Roslynn miró en torno suyo, contemplando la habitación que antes tuviera un aspecto masculino y que había sido transformada con hermosos muebles de madera satinada de las Indias. Ahora tenía el aspecto que debía tener una sala de recibo, pues esa sala era en realidad territorio femenino. Adams era famoso por su estilo excesivamente refinado, de estructura y decoración delicadas, pero a ella le gustaba el tallado y el dorado de los dos sofás y los sillones; y especialmente el tapizado de brocado arrasado, de fondo verde oliva y flores plateadas. Los colores no eran femeninos. En ese aspecto, había hecho una concesión. Pero sí lo era la decoración. Además, aún debía decidir cómo sería el nuevo empapelado de los muros...

—No creo que Anthony lo deteste, Frances, y aunque

así sea, es muy probable que no lo diga. Él es así. —Se encogió de hombros—. Pero, si lo hace, me desharé de estos muebles y compraré otros.

Frances frunció el entrecejo.

—Creo que estás habituada a gastar dinero sin pensar en los precios. Olvidas que tu marido no es tan rico como tú.

—Precisamente, no lo olvido.

Ante semejante afirmación, Frances suspiró.

—De modo que es eso. Bien, espero que sepas lo que haces. En cuestiones de dinero, los hombres suelen reaccionar de manera inesperada, ¿sabes? Algunos pueden perder veinte mil libras sin que ello los afecte. Otros se suicidarían.

—No te preocupes, Frances. Anthony seguramente pertenece a la categoría de los indiferentes. ¿Te apetece beber algo más antes de cenar?

Frances miró su copa, aún medio llena, y luego la de Roslynn, nuevamente vacía. Negó con la cabeza, pero no para responder a la pregunta.

—Continúa actuando como si nada te importara, Ros, pero no me convencerás de que no estás ansiosa aguardando su reacción. ¿Se comportó él de una manera muy... desagradable cuando discutisteis sobre ese tema del que no quieres hablar?

—No fue una discusión —respondió Roslynn secamente—. Y se ha comportado de una manera desagradable desde que me casé con él.

—Tú tampoco estuviste adorable la última vez que os vi juntos. Diría que sus estados de ánimo están directamente relacionados con los tuyos, querida.

Ante la sabia observación, Roslynn hizo una mueca.

—Dado que obviamente no cenará con nosotras y que su hermano y su sobrino han salido, seremos sólo tú y yo. Estoy segura de que podremos encontrar un tema de conversación más agradable.

Frances sonrió, cediendo.

—Seguramente, si nos esforzamos lo suficiente.

Roslynn también sonrió y su tensión se alivió un tanto. Frances era buena compañía para ella, aunque le diera algunos consejos que ella no deseaba oír.

Dejó su copa sobre una mesa y se puso de pie.

—Ven. Otra copa estropearía la excelente comida que ha preparado el cocinero, y Dobson nos aguarda en el comedor para comenzar a servir la cena. Ya verás la nueva mesa que me han traído esta tarde. Es sumamente elegante y apta para todos los gustos.

—Y sin duda extravagantemente cara.

Roslynn rió.

—Sí.

Salieron de la sala de recibo cogidas del brazo y fueron hacia el pequeño comedor, que antes fuera una habitación para desayunar, ya que Anthony rara vez cenaba en su casa antes de casarse, y tampoco lo hacía ahora. Pero Roslynn se detuvo bruscamente al ver que Dobson abría la puerta de entrada. Al ver entrar a Anthony, se puso rígida. Su tensión dio paso al asombro cuando vio quién estaba con él. ¿Cómo se atrevía? Pero se había atrevido. Deliberadamente, había traído consigo a George Amherst, sabiendo que Frances estaría allí. Y, a juzgar por el gesto sorprendido de George, que quedó inmóvil al ver a Frances, tampoco se lo había advertido a él.

—Espléndido —dijo Anthony jocosamente, entregando su sombrero y sus guantes al impávido mayordomo—. Veo que hemos llegado a tiempo para cenar, George.

Roslynn apretó los puños. La reacción de Frances fue un poco más dramática. Palideció y, emitiendo un pequeño chillido de horror, se apartó de Roslynn y regresó corriendo a la sala de recibo.

Anthony dio a su amigo una palmada en la espalda, sacándolo de su estupor.

—Y bien, ¿qué haces ahí de pie como un tonto, George? Ve por ella.

—No —dijo Roslynn antes de que George pudiera dar un paso—. ¿No ha hecho suficiente?

Su tono despectivo amilanó al pobre hombre, aunque luego se dirigió hacia la sala de recibo. Estupefacta, Roslynn corrió para cerrarle el paso. Pero no había contado con la intervención de Anthony. Antes de que ella llegara a la puerta de la sala de recibo, atravesó el vestíbulo, la tomó firmemente por la cintura y la condujo hacia la escalera.

Ella estaba indignada.

—Suéltame...

—Vamos, vamos, querida; ten cuidado, por favor —dijo él con soltura—. Creo que ya hemos tenido suficientes escenas desagradables en ese vestíbulo, para deleite de los criados. No hace falta otra.

Él tenía razón, de modo que ella bajó la voz, aunque su furia no había disminuido.

—Si no...

Él apoyó un dedo sobre los labios de Roslynn.

—Presta atención, cariño. Ella se niega a escucharlo. Ya es hora de que él la obligue a hacerlo, y George puede hacerlo allí, sin interrupciones. —Luego hizo una pausa y le sonrió—. Suena conocido, ¿verdad?

—En absoluto —murmuró ella, encolerizada—. Yo te escuché. Pero no te creí.

—Chiquilla testaruda —dijo él cariñosamente—. No importa. Vendrás conmigo mientras me cambio para cenar.

Ella se vio forzada a seguirlo, ya que él la llevó prácticamente en brazos hasta la planta alta. Cuando llegaron a la habitación de Anthony, ella se apartó violentamente de él, sin percibir que Willis estaba de pie junto a la cama.

—Es lo más aborrecible que jamás has hecho —estalló ella.

—Me alegra saberlo —respondió él alegremente—. Creí que lo más aborrecible que había hecho era...

—Calla. Por favor, calla.

Pasó junto a él para dirigirse hacia la puerta. Él la tomó por la cintura y la depositó en el diván que estaba junto a la chimenea. Luego apoyó una mano a cada lado de ella, hasta que Roslynn se vio obligada a apoyarse para mantener la distancia entre ambos. La expresión de él ya no era graciosa, sino tremendamente seria.

—Te quedarás aquí, querida esposa, o te ataré a una silla. —Arqueando levemente una ceja, añadió—: ¿Está claro?

—No serías capaz.

—Puedes tener la certeza de que sí.

Ella apretó los labios y se miraron belicosamente a los ojos. Pero cuando vio que Anthony no se movía y permanecía inclinado sobre ella, consideró prudente ceder.

Expresó su conformidad bajando la mirada y levantando las piernas sobre el diván para estar más cómoda. Anthony aceptó esas señales de rendición y se incorporó, pero continuó de mal humor. Percibió que, al ayudar a George, había perjudicado seriamente su propia causa. Cualquier avance que hubiera podido lograr en su intento de disminuir el enfado de Roslynn se había anulado. Debía aceptarlo. Después de tantos años, George se merecía esa oportunidad. ¿Qué podían significar unas pocas semanas más de animosidad por parte de Roslynn? Una tortura.

Anthony se volvió; su expresión era tan ceñuda que su criado retrocedió involuntariamente. Finalmente, Anthony reparó en él.

—Gracias, Willis. —Su voz era deliberadamente inexpresiva, para disimular su agitación interior—. Como siempre, ha escogido a la perfección.

Al oír sus palabras, Roslynn volvió la cabeza. Primero miró a Willis y luego la ropa que estaba cuidadosamente extendida sobre la cama.

—¿Quiere decir que él sabía que vendrías a casa a cenar?

—Naturalmente, querida —respondió Anthony, quitándose la chaqueta—. Siempre aviso a Willis cuándo debe esperarme, siempre que esté razonablemente seguro de mis horarios.

Ella miró a Willis con expresión acusadora y Willis enrojeció.

—Pudo habérmelo dicho —dijo ella a Anthony.

—No es su obligación.

—Pudiste habérmelo dicho tú.

Anthony la miró por encima del hombro, preguntándose si sería positivo desviar su ira hacia ese tema menor.

—Es verdad, cariño. Y si no hubieras salido apresuradamente de la habitación esta mañana, lo hubiera hecho.

Los ojos de Roslynn brillaron de ira. Bajó los pies al suelo. Se puso de pie sin recordar la amenaza de Anthony, pero luego volvió a sentarse.

Sin embargo no dejó de hablar.

—No hice tal cosa. ¿Cómo te atreves a decir eso?

—¿Oh? —Anthony la miró, esbozando una sonrisa—. ¿Y cómo dirías que fue?

Dejó caer su camisa en la mano de Willis antes de que ella pudiese responder. Roslynn se volvió con tal velocidad que Anthony casi se echó a reír. Por lo menos, el nuevo tema había mejorado su humor. Era muy interesante que ella no deseara verlo cuando se desvestía. Anthony se sentó sobre la cama para que Willis le quitara las botas, pero no dejó de mirar a su mujer. Ella se había peinado de una manera diferente esa noche; su peinado era más frívolo. Sus cabellos estaban recogidos sobre la cabeza y unos rizos colgaban sobre su frente. Hacía demasiado tiempo que sus manos no tocaban esos gloriosos cabellos rojizos; demasiado tiempo que sus labios no rozaban la suave piel de su cuello. Ella había vuelto la cabeza, pero su cuerpo estaba de perfil y sus senos atrajeron la mirada de Anthony.

Anthony se vio obligado a mirar hacia otro lado antes de que fuera embarazoso para él y para Willis continuar desvistiéndose.

—Sabes, querida, no acierto a descifrar la causa de tu malhumor de esta mañana.

—Me provocaste.

Como ella no lo miraba, él tuvo que hacer un esfuerzo para oír sus palabras.

—¿Cómo pude hacerlo si me comporté correctísimamente?

—Te referiste a Frances como a mis refuerzos.

Eso lo oyó.

—Supongo que considerarás grosero que te señale que estabas de pésimo humor antes de que mencionáramos a tu amiga.

—Así es —dijo ella—. Es muy grosero de tu parte.

Él volvió a mirarla y vio que ella tamborileaba con los dedos sobre los brazos del sillón. Él la había arrinconado. No había sido su intención.

Serenamente, dijo:

—A propósito, Roslynn, hasta que encuentre a tu primo, te agradecería que no salieras de casa sin mí.

El brusco cambio de tema la confundió. En otro momento hubiera respondido que ya había llegado a la conclusión de que era más prudente permanecer en la casa durante un tiempo. Pero en ese momento estaba demasiado agradecida de que él hubiera dejado de presionarla sobre la conversación de la mañana.

—Naturalmente —dijo ella.

—¿Te apetece ir a algún lugar en especial en los próximos días?

¿Y verse obligada a soportar su compañía durante todo ese tiempo?

—No —dijo ella.

—Muy bien. —Ella percibió que él se encogía de hombros—. Pero si cambias de parecer, no vaciles en decírmelo.

¿Por qué tenía que ser tan endiabladamente razonable y complaciente?

—¿No has terminado aún?

—En realidad...

—Malory —se oyó gritar al otro lado de la puerta. Entonces, George Amherst irrumpió en la habitación—. Tony, tú...

Roslynn se puso bruscamente de pie. La presencia de Amherst le hizo olvidar la amenaza de Anthony. No permaneció para escuchar lo que George tenía tanta urgencia de decir a su marido; pasó rápidamente junto a él y salió de la habitación, rogando que Anthony no hiciera otra escena para detenerla.

Tampoco volvió la vista hacia atrás; corrió escalera abajo y fue directamente a la sala de recibo. Se detuvo de pronto al ver que Frances aún estaba allí, de pie frente a la chimenea de mármol blanco, dando la espalda a la habitación. Se volvió y Roslynn se angustió al ver el rostro de su amiga bañado en lágrimas.

—Oh, Frances, lo lamento tanto —dijo Roslynn abrazando a Frances—. Nunca perdonaré a Anthony por haber interferido. No tenía derecho...

Frances retrocedió, interrumpiéndola.

—Me voy a casar, Ros.

Roslynn enmudeció. Ni siquiera la sonrisa feliz de Frances, una sonrisa que no había visto en muchos años, la pudo convencer. Las lágrimas contradecían sus palabras. Las lágrimas...

—Entonces, ¿por qué lloras?

Frances rió, temblorosa.

—No puedo evitarlo. He sido una tonta, Ros. George dice que me ama; que siempre me ha amado.

—¿Le crees?

—Sí. —Luego repitió con más fuerza—: Sí.

—Pero, Fran...

—No está tratando de hacerla cambiar de idea, ¿verdad, lady Malory?

Roslynn se sobresaltó y se volvió. George Amherst la miraba con la expresión más hostil que jamás hubiera visto en el rostro de un hombre. Y su voz estaba además cargada de amenazas. Sus ojos grises la miraban con frialdad.

—No —dijo ella, incómoda—. Jamás se me ocurriría...

—Bien. —La transformación fue inmediata, George sonrió seductoramente—. Porque ahora que sé que aún me ama, no permitiría que nadie se interpusiera entre nosotros.

Sus palabras indicaban claramente, tan claramente como la calidez de su mirada, que «nadie» también incluía a Roslynn. Y también era evidente que Frances estaba encantada con la sutil advertencia.

Frances abrazó a la consternada Roslynn, murmurando en su oído:

—¿Comprendes ahora por qué no dudo de su sinceridad? ¿No te parece maravilloso?

¿Maravilloso? Roslynn estaba anonadada. Era un libertino. Y había sido Frances quien le advirtió que no debía confiar en esos hombres; Frances, que ahora deseaba casarse con el que había destrozado su corazón.

—Espero que nos perdones si nos marchamos, querida —dijo Frances, retrocediendo y sonrojándose—. Pero George y yo tenemos mucho de que hablar.

—Estoy seguro de que comprende que en este momento deseamos estar a solas, Franny —añadió George, tomando a Frances por la cintura y acercándola indecorosamente a él—. Después de todo, ella es una recién casada.

Roslynn se atragantó pero, afortunadamente, ninguno de los dos se dio cuenta; estaban ensimismados mirándose a los ojos y no prestaban atención a cuanto los rodeaba. Y aparentemente ella respondió adecuadamente, pues, cuando aún no había transcurrido un minuto, se halló a solas en la sala de recibo, mirando fijamente el suelo, presa de las más encontradas emociones y sumida en la más absoluta perplejidad.

—Veo que te han dado la buena noticia.

Roslynn se volvió lentamente y, durante un instante, al ver a su marido, todos sus pensamientos se desvanecieron. Llevaba una chaqueta de raso color esmeralda y de su cuello brotaba una cascada de encaje blanco. Había peinado sus cabellos hacia atrás, desafiando el estilo en boga, pero eran tan suaves que ya comenzaban a caer sobre sus sienes, formando ondas de ébano. Era magnífico; no había otra palabra para calificarlo; tan apuesto que el corazón de Roslynn se aceleró.

Pero entonces observó su postura, ya familiar; el hombro apoyado contra el marco de la puerta, los brazos cruzados sobre el pecho... y la expresión pagada de sí misma. Diablos, parecía saturado de presunción, con esa sonrisa satisfecha, la risa bailando en sus ojos, que parecían más azules aún por el contraste del verde oscuro de su chaqueta. Era un pavo real, el muy canalla, y no disimulaba su arrogancia.

—¿No tienes nada que decir, cariño, después de haber alborotado tanto sin motivo?

Se burlaba de ella con saña. Ella apretó los dientes, y apoyó los puños sobre las caderas. Sus emociones se habían canalizado y era presa de la furia. Pero él no había terminado. Deseaba hacerla sufrir.

—Debe ser desconcertante comprobar que la misma mujer que fomentó tu desconfianza hacia los hombres te traicione y confíe en uno. Te hace ver las cosas de otra manera, ¿verdad?

—Eres... —No, no lo haría. Se negaba a gritar nuevamente como una campesina, para deleite de los criados—. En realidad —dijo con los dientes apretados— no existe comparación posible entre mi caso y el de ella. —Luego añadió—: Por la mañana recuperará la sensatez.

—Conozco a George y lo dudo. Por la mañana tu amiga sólo pensará en cómo pasó la noche. ¿No te suena familiar?

Ella trató de reprimirse, de evitarlo, pero sus mejillas se encendieron.

—Eres repugnante, Anthony. Se han marchado para conversar.

—Si tú lo dices, cariño.

El tono condescendiente la enfureció. Naturalmente, él estaba en lo cierto. Ella lo sabía. Él lo sabía. Había sido muy embarazosamente obvio por qué George y Frances se marcharon tan apresuradamente. Pero ella jamás lo admitiría frente a él.

Tensa, dijo:

—Creo que me ha entrado dolor de cabeza. Si me disculpas... —Pero tuvo que detenerse al llegar a la puerta, pues él la bloqueaba—. ¿Me permites? —preguntó ella mordazmente.

Anthony se enderezó lentamente, divertido al ver que ella le daba la espalda para pasar junto a él sin tocarlo.

—Cobarde —dijo él en voz baja, y sonrió cuando ella se detuvo en medio del vestíbulo elevando rígidamente los hombros—. Y creo que te debo una lección en una silla, ¿no es así? —Oyó su bufido antes de correr hacia la escalera. Él rió—. Otra vez será, cariño.

33

Dos noches después de lo que Roslynn consideraba la deserción de Frances y su paso al bando enemigo, asistió a la gran fiesta en casa de Edward Malory. Al entrar en el salón de baile, Roslynn se detuvo, sorprendida, obligando a sus dos acompañantes a hacer lo mismo. Los numerosos carruajes que se hallaban frente a la mansión de los Malory debieron de darle una pauta de la gran cantidad de invitados, pero no imaginó que serían casi doscientas personas.

—Creí que se trataba de una pequeña reunión de familiares y amigos —dijo Roslynn a Anthony, sin poder evitar el tono tenso de su voz. Después de todo, la fiesta se celebraba en honor de ellos. Deberían haberle advertido—. Recuerdo que tu hermano habló de algo íntimo.

—En realidad, las fiestas que organiza Charlotte suelen ser más grandes.

—¿Y estos son todos amigos tuyos?

—Lamento decepcionarte, cariño, pero no soy tan popular. —Anthony sonrió—. Cuando Eddie habló de los amigos de la familia, supongo que se refirió a los amigos de cada uno de los miembros individuales de la familia; al menos, así parece. Tu atuendo es muy adecuado, querida.

No la preocupaba su atuendo. El vestido de seda color

verde musgo, con encaje negro sobre franjas de raso en las mangas, de profundo escote y cintura alta era adecuado para cualquier baile, pues en eso se había convertido la reunión. Lo complementaban los guantes negros y los zapatos de raso, pero lo que en realidad la hacían sentir presentable eran los diamantes que lucía en el cuello, las orejas, las muñecas y en varios dedos. Estaba vestida como para ser presentada al príncipe regente.

Roslynn calló. De todos modos, Anthony no le prestaba atención; contemplaba la habitación llena de gente, y ella tuvo oportunidad de mirarlo fugazmente. Luego se obligó a desviar la mirada, rechinando los dientes.

Debería estar orgullosa de llegar con Anthony y James, dos de los hombres más apuestos de Londres, y lo habría estado si se hubiera detenido a pensarlo. Pero lo único que la preocupaba era alejarse de la presencia de su marido. Después del viaje hasta allí, que le había resultado intolerable, pues se había visto obligada a sentarse a su lado, era en ese momento un manojo de nervios.

El viaje no hubiera sido tan terrible, ya que los asientos eran suficientemente espaciosos, pero Anthony la había acercado a él deliberadamente, apoyando un brazo sobre los hombros de ella, y Roslynn nada pudo hacer al respecto, ya que James estaba sentado frente a ellos, observándolos divertidamente. Por eso mismo lo había hecho Anthony; porque sabía que ella no haría una escena en presencia de su hermano.

Pero había sido una tortura, una felicidad dolorosa. Los muslos de él rozando los suyos y ella sentada tan pegada a él. Y no había dejado de mover su maldita mano en ningún momento; sus dedos habían acariciado el brazo desnudo de Roslynn, entre la corta manga de su vestido y el guante que llegaba hasta el codo. Y él sabía muy bien qué efecto producían en ella sus caricias. Aunque se mantuvo rígida como una tabla, no pudo evitar la aceleración de su respiración ni detener los latidos violentos de su corazón o el erizamiento de su piel cada vez que él la rozaba con sus dedos, provocándole escalofríos que demostraban a Anthony cuán efectiva era su caricia inocente.

El viaje le había parecido eterno, si bien había muy pocas calles entre Piccadilly y Grosvenor Square, donde vivía Edward Malory, con su mujer y sus cinco hijos. Y aunque ya habían llegado y Roslynn podía respirar normalmente de nuevo, al poner distancia entre ella y Anthony, sabía que pasaría un rato antes de que pudiera alejarse de él completamente. Dado que la fiesta se celebraba en honor de ellos, la etiqueta los obligaría a permanecer juntos durante las presentaciones. Cuando Roslynn vio la cantidad de invitados, llegó a la conclusión de que llevarían mucho tiempo. Pero en cuanto le hubieran presentado a la última persona...

Todos los Malory estaban presentes. Vio a Regina y a Nicholas, de pie junto a varios de los hijos de Edward; a Jason y su hijo Derek junto a la mesa donde se servían bebidas; y a Jeremy, que había llegado más temprano para ayudar a su tía Charlotte en los detalles de último momento, que aparentemente incluían el traslado de todas las flores del jardín de Charlotte al interior de la casa. Vio a Frances y George y a otras personas que había conocido desde su llegada a Londres.

Entonces percibió el silencio que se hizo en el salón. Los habían visto, y cuando Anthony deslizó su brazo alrededor de la cintura de ella, para ofrecer una imagen de matrimonio enamorado, ella gruñó interiormente. Aparentemente, esa noche había decidido tomarse libertades ilimitadas. Ni siquiera la soltó cuando se acercaron Edward y Charlotte acompañados por un pequeño grupo de personas y comenzaron las presentaciones. La única interrupción se produjo cuando tuvieron que iniciar el baile, en su calidad de invitados de honor. Y esa fue otra excusa que Anthony aprovechó para atormentarla con su proximidad.

Poco después conoció a sus amigos; el grupo más lamentable de lascivos libertinos que pudiera imaginarse. Cada uno de ellos la miró desvergonzadamente, coqueteó con ella, o le hizo bromas intencionadas. Eran divertidos y, al mismo tiempo, ultrajantes. Y lograron alejarla de Anthony bailando con ella una pieza tras otra, hasta que ella les rogó que le dieran un momento de descanso. Anthony ya no estaba cerca de ella. Finalmente, Roslynn pudo tranquilizarse y divertirse.

—Mire, Malory, o juega a los naipes o no —dijo el honorable John Willhurst, exasperado al ver que Anthony se ponía de pie por tercera vez en menos de una hora.

Los otros dos jugadores se pusieron tensos cuando Anthony apoyó ambas manos sobre la mesa y se inclinó hacia Willhurst.

—Iré a estirar las piernas, John. Pero si ello te causa algún problema, ya sabes qué debes hacer.

—No... en absoluto —dijo John Willhurst. Era vecino de Jason y conocía los estallidos temperamentales de los hermanos Malory, ya que había crecido junto a ellos. ¿En qué había estado pensando?—. Yo también desearía tomar una copa.

Willhurst se alejó apresuradamente de la mesa y Anthony miró a los otros jugadores para comprobar si alguno de ellos ponía objeciones. No fue así.

Serenamente, como si no hubiera estado a punto de desafiar a un viejo amigo de la familia, Anthony tomó su copa y salió de la sala de juego. Se detuvo en la entrada del salón de baile y miró a la gente allí reunida, hasta que halló lo que repetidamente lo impulsaba a volver allí. Maldición, ni siquiera podía jugar una partida de naipes cuando Roslynn estaba en los alrededores. El mero hecho de saber que se hallaba cerca de él le impedía concentrarse, tanto, que ya había perdido casi mil libras. No podía evitarlo. Si estaba cerca de ella necesitaba tocarla, y tampoco podía mantenerse alejado de ella.

En el otro extremo del salón, Conrad Sharp dio a James un codazo en las costillas.

—Ha regresado nuevamente.

James miró hacia donde estaba Anthony y rió al verlo fruncir el entrecejo, mientras contemplaba a su mujer que bailaba en la pista.

—Qué rostro tan expresivo. Podría afirmar que mi hermano no es nada feliz.

—Podrías solucionarlo hablando con la dama y diciéndole la verdad.

—Imagino que podría hacerlo.

—¿Pero no lo harás?

—¿Y facilitarle las cosas a Tony? Vamos, Connie. Es mucho más divertido ver cómo se las arregla por su cuenta. Su temperamento no acepta el rechazo. Es probable que empeore la situación antes de salir de ella.

—En el caso de que pueda.

—¿Acaso has perdido la fe? Los Malory siempre resultan victoriosos. —James sonrió—. Además, ella ya está cediendo, aunque quizá no lo hayas notado. Tampoco ella puede dejar de mirar a su alrededor para saber si él está o no. Si existe una mujer profundamente enamorada, es lady Roslynn.

—Pero supongo que ella no se ha dado cuenta.

—Exactamente.

—¿De qué os reís vosotros dos? —preguntó Regina, que estaba acompañada por Nicholas.

James la abrazó.

—De las flaquezas humanas, cariño. En ocasiones somos muy estúpidos.

—No me incluyas —dijo Nicholas.

—En realidad, me excluía a mí mismo —dijo James, haciendo una mueca al mirar a su sobrino político—. Pero tú eres un prístino ejemplo, Montieth.

—Famoso —dijo Regina, suspirando con exasperación y mirando a ambos con furia. Luego tomó el brazo de Conrad. —Connie, ¿me rescatarías invitándome a bailar? Estoy harta de que me salpiquen con sus cuchilladas.

—Me encantaría, preciosa. —Connie sonrió.

James bufó al verlos alejarse, danzando.

—Es muy directa, ¿verdad?

—No la conoces —gruñó Nicholas, en gran parte para sí mismo—. Trata de dormir en el sofá cuando tu mujer está enfadada contigo.

James no pudo evitarlo y se echó a reír.

—Dios mío, ¿tú también? Es muy divertido, muchacho; te aseguro que lo es. ¿Y qué has hecho para merecer...?

—No te he perdonado. —Nicholas frunció el entrecejo ante el gesto divertido de James a sus expensas—. Y ella lo sabe. Cada vez que tú y yo discutimos, luego me lo reprocha. ¿Cuándo te marcharás de Londres?

—Pues parece que es un tema de interés general. —James continuó riendo—. Si con ello logro que sigas durmiendo en el sofá, quizá no me marche nunca.

—Qué bondadoso eres, Malory.

—Creo que lo soy. Si te sirve de consuelo, te diré que hace mucho tiempo que te he perdonado.

—Qué magnánimo. En realidad, el culpable eras tú. Sólo te superé en alta mar...

—Y lograste que me encarcelaran —dijo James, más seriamente.

—¡Ja! Eso fue después de que me zurraras de tal modo que estuve a punto de faltar a mi propia boda.

—A la que habías sido arrastrado —dijo James agriamente.

—Eso es mentira.

—¿Lo es? No puedes negar que mis hermanos tuvieron que obligarte a venir. Yo también llegaría a tiempo en esas circunstancias...

—Y llegaste para acechar con tus insidias.

—¿Acechar? ¡Acechar! —dijo James, iracundo.

Nicholas gruñó.

—Y ahora lo echas todo a perder con tus gritos.

James miró hacia donde miraba Nicholas y vio que Regina había dejado de bailar. Estaba de pie, en medio de la pista de baile, contemplándolos con fastidio. Connie estaba junto a ella, tratando de fingir que no había oído los gritos.

—Me vendría bien tomar otra copa —dijo James de pronto, sonriendo—. Que disfrutes del sofá, muchacho. —Y se alejó, rumbo a la mesa. Al pasar junto a Anthony no pudo resistir el impulso de decirle—: Tú y Montieth deberíais comparar vuestras respectivas situaciones, querido hermano. Padece tus mismos males.

—¿Ah, sí? —Anthony recorrió el salón con la mirada hasta ver a Nicholas. Secamente, añadió—: Si es así, obviamente ha logrado aventarlos.

James rió al ver que Nicholas besaba a su mujer, sin importarle las miradas que se posaban sobre ellos.

—Es muy listo. Regan no puede regañarlo mientras él la besa.

Pero Anthony no oyó su comentario. Una vez más oyó la carcajada de Roslynn festejando la ocurrencia de su compañero de baile. Se abrió paso entre las parejas que bailaban hasta llegar a donde estaban ellos y dio una palmada no muy suave sobre el hombro de Justin Warton para obligarlos a detenerse.

—¿Ocurre algo, Malory? —preguntó cautelosamente lord Warton, advirtiendo la amenaza subyacente en la actitud y la expresión de Anthony.

—Nada. —Anthony sonrió tensamente, pero estiró el brazo y tomó el de Roslynn, que comenzaba a apartarse—. Sólo trato de recuperar lo que me pertenece. —Con una leve inclinación de la cabeza, comenzó a bailar con su mujer el vals que aún se escuchaba—. ¿Te diviertes, cariño?

—Me divertía —dijo Roslynn, tratando de no mirarlo.

Él estrechó su cintura con un poco más de fuerza.

—¿Deseas que nos marchemos?

—No —dijo ella con demasiada rapidez.

—Pero, si no te diviertes...

—Me... divierto —dijo ella ásperamente.

Él le sonrió, contemplando los ojos de ella que miraban hacia todas partes, menos hacia él. La acercó más a su cuerpo y notó que el pulso de Roslynn se aceleraba. Se preguntó qué haría ella si él empleara la estrategia de Montieth.

Le preguntó:

—Cariño, ¿qué harías si concluyera este baile con un beso?

—¿Qué?

Lo miró fijamente a los ojos.

—Te produce pánico, ¿verdad? —dijo él—. ¿Por qué?

—No es así.

—Ah, ahora hablas con acento escocés; es la señal que indica...

—Calla —murmuró ella; las palabras de él la alarmaron tanto que cometió un error al bailar.

Anthony sonrió, encantado, y decidió darle un respiro. Si hacía algo inconveniente en el salón de baile, no sólo cometería un acto de mal gusto, sino que no obtendría ningún resultado.

Al ver la fortuna que ella lucía en diamantes, dijo con tono impersonal:

—¿Qué puede darle un hombre a una mujer que lo tiene todo?

—Algo que no pueda ser comprado —dijo ella con voz

ausente, pues aún pensaba en qué ocurriría cuando concluyese esa pieza.

—¿Su corazón, tal vez?

—Quizá... no... quiero decir... —tartamudeó ella. Luego lo miró encolerizada y continuó diciendo amargamente—: Ya no deseo tu corazón.

Una mano acarició los rizos que caían sobre su sien.

—¿Y si ya lo poseyeras? —preguntó él suavemente.

Durante un instante, Roslynn se vio perturbada por su mirada. Incluso se acercó a él y estuvo a punto de ofrecerle sus labios, sin importarle la gente ni el problema que había entre ambos. Pero de pronto reaccionó y se apartó de él, mirándolo con enfado.

Furiosa consigo misma, dijo:

—Si tu corazón me pertenece, puedo hacer con él cuanto desee, y desearía cortarlo en pedacitos antes de devolvértelo.

—Mujer despiadada.

—No precisamente. —Ella sonrió sin alegría, divirtiéndolo sin saberlo—. Mi corazón está donde debe estar y allí se quedará.

Con esas palabras, se soltó de los brazos de él y se dirigió hacia donde estaban sus hermanos mayores. Sólo en su presencia se sentía protegida de los audaces sarcasmos de Anthony y de las caricias presuntamente inocentes de sus manos.

34

George llamó varias veces a la puerta, luego retrocedió mientras silbaba una alegre melodía. Dobson abrió la puerta.

—Hace cinco minutos que se marchó, señor —dijo Dobson, antes de que George dijese nada.

—Diablos, y yo creí que me sobraba tiempo —respondió George, pero permaneció imperturbable—. Muy bien. Será fácil encontrarlo.

George volvió a montar su caballo bayo y fue hacia Hyde Park. Conocía los caminos favoritos de Anthony, alejados de Rotten Row, los que las mujeres eludían. En varias ocasiones lo había acompañado en sus paseos matutinos, por lo general después de una noche de parranda, cuando ninguno de ellos debía obligatoriamente irse a dormir. Nunca se había levantado a esas horas insólitas, ni para cabalgar ni para hacer ninguna otra cosa... hasta hacía poco tiempo.

George continuó silbando; estaba de tan buen humor que tenía la sensación de flotar en el aire. En los últimos tres días sus costumbres habían sufrido un cambio drástico, pero no podía ser más feliz. Se acostaba temprano y se levantaba temprano y pasaba todos los días junto a Franny. No, no podía ser más feliz, y todo se lo debía a Anthony. Pero deseaba hallar una oportunidad para dar las gracias a su amigo; por eso había pensado en cabalgar con él esa mañana.

Al entrar en el parque apretó la marcha para alcanzar a Anthony, hasta que lo vio a cierta distancia. Anthony se había detenido antes de comenzar a galopar. George levantó el brazo, pero antes de que pudiera gritar para que Anthony lo oyera, se escuchó un disparo.

Lo oyó y no pudo creerlo. Vio que el caballo de Anthony retrocedía tan bruscamente que el animal y el jinete estuvieron a punto de caer hacia atrás, pero aun así no pudo creerlo. El caballo recuperó el equilibrio, pero estaba evidentemente espantado; trataba de alejarse y movía la cabeza. Retrocedió hacia un arbusto que lo asustó más aún. Un hombre pelirrojo que se hallaba a unos veinte metros de distancia de Anthony montó un caballo oculto entre los arbustos y salió al galope.

Anthony aún no se había puesto de pie y, aunque todo había ocurrido en el espacio de pocos segundos, George comprendió claramente lo sucedido. Entonces Anthony se sentó y se pasó una mano por los cabellos. George, que había palidecido, recuperó el color. Miró al pelirrojo que huía y luego a Anthony, que se ponía de pie, aparentemente ileso, y tomó una decisión. Enfiló su caballo hacia el pelirrojo.

Anthony acababa de entregar su cabalgadura al lacayo para que la llevara de regreso a la caballeriza cuando George pasó junto a él al galope. Mierda. No estaba de humor para soportar a George y su euforia. No porque a Anthony le fastidiara su buena suerte. Pero no necesitaba que le recordaran cuán distinta era su situación personal.

—¿De modo que has salido ileso? —dijo George, sonriendo al ver el gesto ceñudo de Anthony—. ¿No hay huesos rotos?

—Veo que has ido testigo de mi caída. Te agradezco que hayas colaborado en la recuperación de mi caballo.

George rió ante el sarcasmo.

—Creí que preferirías esto, viejo. —Le entregó un trozo de papel.

Anthony arqueó una ceja al leer una dirección que nada le decía.

—¿Es un médico? ¿O un carnicero? —refunfuñó.

George se echó a reír a carcajadas, pues sabía que no enviaría a su caballo favorito a un carnicero.

—Ninguna de las dos cosas. Aquí hallarás al individuo pelirrojo que te ha utilizado para sus prácticas de tiro. Hombre extraño. Ni siquiera aguardó para comprobar si te había herido o matado. Probablemente cree que es un tirador eximio.

Los ojos de Anthony brillaron.

—¿Lo has perseguido hasta el lugar donde vive?

—Naturalmente, cuando te vi levantar tus huesos lastimados del suelo.

—Naturalmente. —Finalmente, Anthony sonrió—. Gracias, George. No hubiera podido ir tras él.

—¿Es el que estabas buscando?

—Estoy casi seguro de que es él.

—¿Irás a visitarlo?

—No te quepa la menor duda.

George se alarmó al ver la expresión fría de los ojos de Anthony.

—¿Quieres que te acompañe?

—En esta ocasión no, amigo —respondió Anthony—. Este encuentro se ha retrasado ya mucho tiempo.

Roslynn abrió la puerta del estudio y se detuvo en seco al ver a Anthony sentado frente al escritorio, limpiando un par de pistolas. No lo había oído regresar de su paseo a caballo. Había permanecido adrede en su habitación hasta que lo oyó partir, pues no deseaba encontrarse con él después de haber actuado como una tonta la noche anterior.

A Anthony le había resultado divertido verla arrastrar a Jeremy de la fiesta, a pesar de las protestas del muchacho. Anthony sabía muy bien por qué no confiaba en sí misma cuando estaba a solas con él, aunque fuera durante un viaje corto. James se había marchado temprano con su amigo Conrad Sharp. Jeremy era su único amortiguador. Roslynn no concebía quedarse a solas con Anthony después de la forma en que él se había mofado de ella durante toda la velada.

Ahora estaba sola con él. Había ido a cambiar un libro por otro. Pero cuando ella entró, él no levantó la mirada. Quizá si ella se marchaba en silencio...

—¿Deseabas algo, querida?

Aún no había levantado la mirada. Roslynn rechinó los dientes.

—No es urgente.

Finalmente, Anthony le prestó atención y miró el libro que ella tenía en la mano.

—Ah, el compañero de las solteronas y las viudas. Nada como un buen libro para pasar una velada cuando uno no tiene otra cosa que hacer, ¿verdad?

Ella hubiera deseado arrojarle el libro a la cabeza. ¿Por qué se empeñaba en aludir al distanciamiento que había entre ambos cada vez que la veía? ¿No podía mantenerse callado hasta que ella pudiera aceptar su infidelidad? Se comportaba como si ella fuese la culpable.

Su actitud injusta la irritó y atacó.

—¿Te estás preparando para un duelo, señor mío? He oído decir que es uno de tus pasatiempos favoritos. ¿Quién será el desdichado marido esta vez?

—¿Marido? —Anthony sonrió tensamente—. De ninguna manera, cariño. Pensaba desafiarte a ti. Quizá si permito que me hieras, te compadecerás de mí y nuestra pequeña guerra concluirá.

Ella quedó boquiabierta. Luego reaccionó.

—Habla en serio, por favor.

Él se encogió de hombros.

—Tu querido primo piensa que si se deshace de tu actual marido, tendrá otra oportunidad contigo.

—No —dijo Roslynn, horrorizada—. Nunca pensé...

—¿No? —interrumpió él secamente—. Pues no te preocupes por ello, cariño. Lo he pensado yo.

—¿Quieres decir que te casaste conmigo sabiendo que tu vida corría peligro?

—Hay cosas por las cuales vale la pena arriesgar la vida... al menos eso pensaba.

Mortificada, Roslynn no pudo soportar más, y salió corriendo del estudio. Fue a su habitación y rompió a llorar. Oh, Dios, había creído que todo concluiría cuando se casara. Nunca imaginó que Geordie trataría de matar a su marido. Y su marido era Anthony. No podía tolerar la idea de que algo le ocurriera a causa de ella.

Debía hacer algo. Debía encontrar a Geordie y hablar con él, entregarle su fortuna, cualquier cosa. Nada debía sucederle a Anthony. Resueltamente, Roslynn secó sus lágrimas y bajó para decir a Anthony cuál era su decisión. Se librarían de Geordie con dinero. De todos modos, era cuanto él deseaba. Pero Anthony se había marchado.

35

Anthony comprendió por qué ni él ni sus agentes habían podido localizar a Cameron. El escocés se había alejado de los muelles y había alquilado un apartamento en una zona mejor de la ciudad, lo cual era sorprendente, dado que los alquileres eran muy altos durante la temporada. El propietario, un individuo cordial, dijo que Cameron había alquilado el apartamento pocos días atrás y que en ese momento se hallaba en él. No sabía si se encontraba a solas. Pero a Anthony le era indiferente.

Cameron se hacía pasar por un tal Campbell, pero Anthony estaba seguro de que se trataba de él. Había encontrado a su hombre. Lo presentía. Su corazón se aceleró por el efecto de la adrenalina que inundó sus venas. Y una vez que arreglara cuentas con Cameron, las arreglaría con Roslynn. Había permitido que ella fijara las reglas, pero ya era suficiente.

Las habitaciones se encontraban en la segunda planta; era la tercera puerta a la izquierda. Anthony llamó suavemente y pocos segundos después la puerta se abrió y vio por primera vez a Geordie Cameron. Los ojos, intensamente azules, sorprendidos al reconocer a Anthony, lo delataron. El escocés tardó unos instantes en reaccionar; luego lo invadió el pánico y trató de cerrar violentamente la puerta. Pero bastó una mano para impedírselo. Anthony lo empujó con fuerza y Geordie soltó la falleba y retrocedió cuando oyó el portazo.

La furia y la ansiedad hicieron presa de Geordie. El inglés no le había parecido tan fuerte de lejos. Tampoco le había parecido tan peligroso. Además, supuestamente estaba muerto o, por lo menos, gravemente herido y, en todo caso, intimidado al saber que Geordie Cameron era su enemigo mortal. Imaginó que Roslynn había sido presa del pánico y había abandonado la casa de Piccadilly, circunstancia que Wilbert y Thomas Stow habrían aprovechado para atraparla. No estaba previsto que el inglés se presentara a su puerta, con aspecto irritantemente saludable y sonriendo ominosamente, lo que alarmó muchísimo a Geordie.

—Me alegro de que no necesitemos perder tiempo presentándonos, Cameron —dijo Anthony, entrando en la habitación y obligando a Geordie a retroceder—. Me hubiera decepcionado tener que explicarle por qué estoy aquí. Y le daré una oportunidad, cosa que usted no hizo esta mañana. ¿Es usted lo suficientemente caballero como para aceptar mi desafío?

El tono impasible de Anthony provocó cierta beligerancia en Geordie.

—¡Ja!, no soy un estúpido.

—Eso es discutible, pero no supuse que haríamos esto de la manera habitual. Muy bien, pues.

Geordie no estaba preparado para el puñetazo. El golpe dio en medio de su mentón y lo envió contra la pequeña mesa del comedor, cuyas frágiles patas se destrozaron, provocando la caída de la mesa y las sillas. Geordie aterrizó sobre todo ello. Al instante se puso de pie y vio que el inglés se quitaba tranquilamente la chaqueta, sin ninguna prisa. Geordie movió la mandíbula, comprobando que estaba intacta, y miró su propia chaqueta, que estaba sobre la cama, en el otro extremo de la habitación. Se preguntó si podría tomar la pistola que estaba en el bolsillo.

Descubrió que no cuando se volvió hacia la cama y fue obligado a girar sobre sí mismo, para recibir un golpe de puño en el estómago y otro en la mejilla. Nuevamente cayó al suelo y esta vez no pudo ponerse de pie tan rápidamente. Tampoco podía respirar. El maldito canalla tenía rocas en los puños.

Anthony dijo:

—Eso ha sido por lo de esta mañana. Ahora nos ocuparemos del verdadero problema.

—No lucharé contra usted —dijo Geordie, sintiendo gusto a sangre en la boca, como consecuencia del puñetazo en el rostro.

—Por supuesto que lo hará, muchacho —dijo Anthony alegremente—. No tiene otra alternativa. Se defienda o no, limpiaré el suelo con su sangre.

—Está loco.

—No. —El tono de Anthony cambió—. Hablo muy en serio.

Se inclinó para levantar a Geordie. Geordie dio puntapiés para alejarlo, pero Anthony lo bloqueó con la rodilla y lo obligó a ponerse de pie. Geordie volvió a sentir las rocas que golpeaban nuevamente su rostro. Se tambaleó hacia atrás y levantó sus puños antes de que Anthony se acercara a él. Trató de golpear con el puño derecho pero no lo logró. Su cuerpo cayó hacia delante cuando recibió dos golpes sucesivos en el estómago. Antes de que pudiera recobrar el aliento, sus labios fueron destrozados contra sus dientes.

—Bas...ta —balbuceó.

—No, Cameron —dijo Anthony, que no acusaba síntomas de fatiga.

Geordie gruñó y volvió a gruñir cuando recibió dos nuevos golpes. El dolor lo enloqueció. Nunca le habían dado una paliza en su vida. No tenía la presencia de ánimo para sobrellevarla como un hombre. Comenzó a gritar y a dar puñetazos en el aire. Cuando logró golpear rió, pero al abrir los ojos descubrió que había golpeado el muro, y se había roto tres nudillos. Anthony lo hizo girar sobre sí mismo y, de un puñetazo, hizo golpear la cabeza de Geordie contra el muro. Al deslizarse hacia el suelo, Cameron comprobó que también su nariz estaba rota.

Pensó que todo había acabado. Estaba derrotado y lo sabía. Le dolía todo el cuerpo y sangraba profusamente. Pero no era el final. Anthony lo levantó, tomándolo de la camisa, lo apoyó contra el muro y lo golpeó reiteradamente. Aunque Geordie trató de evitar los golpes, estos continuaban cayendo sobre él.

Finalmente dejó de sentirlos. Habían cesado. Cayó nuevamente al suelo y permaneció sentado sólo porque el muro lo sostenía. La sangre manaba de su boca, su nariz y de las heridas de su rostro. Tenía dos costillas rotas. El dedo meñique de su mano izquierda estaba fracturado. Sólo podía ver con un ojo y vio a Anthony que lo miraba despectivamente.

—Mierda. Usted no me proporciona satisfacción alguna, Cameron.

Era gracioso. Geordie trató de sonreír, pero sus labios estaban insensibilizados, de modo que no sabía si había podido hacerlo o no. Pero pudo pronunciar una palabra.

—Miserable.

Anthony gruñó y se puso en cuclillas frente a él.

—¿Quiere más?

Geordie gimió:

—No... basta.

—Entonces, preste atención, escocés. Su vida puede depender de ello, porque si me veo obligado a venir nuevamente hasta aquí, no emplearé los puños. Ella es mía ahora y también lo es su herencia. Me casé con ella hace una semana.

A pesar de su embotamiento, Geordie comprendió sus palabras.

—Está mintiendo. Ella no se hubiera casado con usted a menos que firmara ese estúpido contrato; ningún hombre cuerdo lo haría.

286

—Se equivoca, querido muchacho. Lo firmé en presencia de testigos y lo quemé después de la ceremonia.

—No pudo haberlo hecho si había testigos.

—He olvidado decir que los testigos eran miembros de mi familia —dijo Anthony sarcásticamente.

Geordie intentó incorporarse, pero no pudo.

—¿Y qué? Recuperará todo cuando yo la convierta en viuda.

—Evidentemente, usted no aprende —dijo Anthony, tomando nuevamente la camisa de Geordie.

Geordie se aferró a sus muñecas.

—No he querido decirlo. Lo juro.

Anthony lo soltó. Decidió continuar mintiendo en lugar de apelar a la fuerza.

—Que yo muera o no será igual para usted, escocés. Según mi nuevo testamento, todo cuanto poseo, incluyendo la herencia de mi mujer, será heredado por mi familia. Ella se ocupará de que a mi esposa no le falte nada, pero fuera de eso, no recibirá nada. Lo perdió todo el día en que se casó conmigo... y usted también.

El ojo sano de Geordie se entrecerró con furia.

—Ella debe odiarlo por haberla estafado.

—Ese es mi problema, ¿no le parece? —dijo Anthony poniéndose de pie—. Su problema es salir de Londres hoy mismo en el estado en que se encuentra. Si mañana aún está aquí, lo haré arrestar por esa pequeña maniobra que intentó esta mañana en el parque.

—No tiene pruebas.

—¿No? —Anthony sonrió—. El conde de Sherfield fue testigo de todo cuanto ocurrió y lo siguió hasta aquí. ¿Cómo cree que he dado con su paradero? Si mi testimonio no es suficiente para enviarlo a la cárcel, el de él lo será.

Anthony se marchó mientras Cameron murmuraba, diciendo cómo suponía que podía salir de Londres cuando ni siquiera podía ponerse de pie.

36

Afortunadamente, Roslynn no vio a Anthony cuando este regresó a su casa. Después de bañarse y mudarse de ropa no presentaba señales de la riña. Sus nudillos estaban doloridos, pero como había usado guantes, no había en ellos heridas ni marcas de los dientes de Cameron. No obstante, estaba fastidiado. El hombre no había opuesto resistencia alguna y eso lo ponía de mal humor, estado de ánimo inapropiado para afrontar su próximo desafío: Roslynn.

En ese momento ni siquiera deseaba verla, pero lamentablemente ella salió de la sala de recibo en el momento en que él se disponía a volver a salir.

—¿Anthony?

Él frunció el entrecejo ante su tono vacilante, tan inusual en ella.

—¿Qué ocurre?

—¿Has desafiado a Geordie?

Él gruñó:

—No quiso aceptar.

—¿Lo has visto?

—Lo he visto. Y puedes tranquilizarte, querida. Ya no volverá a molestarte.

—¿Acaso...?

—Sólo lo he persuadido para que se marche de Londres. Quizá tenga que llevarle un tercero, pero se marchará. Y no me esperes a cenar. Iré al club.

Roslynn permaneció mirando la puerta después de que él se marchó, preguntándose por qué la perturbaba tanto su concisión. Debería estar aliviada, contenta de que Geordie hubiera recibido una zurra, pues estaba segura de que ese era el método de persuasión que había empleado Anthony. Pero en cambio estaba desanimada, deprimida, a causa de su brusquedad y fría indiferencia. Él había atravesado distintos estados de ánimo en la última semana, pero este era nuevo y a ella no le agradaba en absoluto.

Pensó que había postergado su decisión durante demasiado tiempo. Había llegado el momento de resolver su relación matrimonial, antes de que ya no pudiera decidir nada. Debía hacerlo ahora, hoy, antes de que él regresara.

—¿Y bien, Nettie?

Nettie, que estaba cepillando los cabellos rojizos de Roslynn, hizo una pausa para mirarla en el espejo.

—¿Es eso lo que realmente has decidido, niña?

Roslynn hizo un gesto afirmativo con la cabeza. Le había contado todo a Nettie; le había hablado de cómo Anthony la había seducido en esa misma casa, de las condiciones que ella había puesto para casarse con él y de las mentiras que él había dicho acerca de su fidelidad. Nettie se había enfurecido y asombrado. Roslynn no le ahorró detalles y finalizó comunicando a Nettie su decisión. Quería la opinión y el apoyo de su doncella.

—Creo que estás cometiendo un grave error, niña.

No era esa la opinión que esperaba.

—¿Por qué?

—Lo vas a usar, y eso no le gustará.

—Compartiré su lecho —dijo Roslynn—. ¿Es eso usarlo?

—Compartirás su lecho sólo durante un tiempo.

—Él aceptó tener un hijo conmigo.

—Sí. Pero no aceptó dejar de tener relaciones contigo después de que el hijo fuera concebido, ¿verdad?

Roslynn frunció el entrecejo.

—Sólo trato de protegerme, Nettie. Si continúo manteniendo relaciones íntimas con él... No quiero amarlo.

—Ya lo amas.

—No es así —dijo Roslynn, girando sobre sí misma para mirar a Nettie con furia—. Y no lo amaré. Me niego. Y dejaría que él decidiera. Oh, no sé para qué te he dicho nada.

Nettie resopló, impertérrita ante el estallido de Roslynn.

—Entonces, ve y díselo. Lo vi entrar en su habitación antes de venir hacia aquí.

Roslynn desvió la mirada, con un nudo de nervios en el estómago.

—Quizá debería aguardar hasta mañana. No estaba precisamente cordial cuando se marchó.

—No lo ha estado desde que cambiaste de habitación —le recordó Nettie—. Pero tal vez comprendas que tu idea es una tontería...

—No —dijo Roslynn con voz decidida—. No es una tontería. Es instinto de propia conservación.

—Si tú lo dices, pequeña. —Nettie suspiró—. Pero recuerda que te lo he advertido...

—Buenas noches, Nettie.

Roslynn permaneció sentada frente a su nuevo tocador durante diez minutos más, después de que Nettie se marchó, mirándose en el espejo. Su decisión era la correcta. No perdonaría a Anthony. De ninguna manera. Pero había llegado a la conclusión de que la actitud que había adoptado era un impedimento para lograr sus fines. Podía seguir alimentando su furia y manteniendo a Anthony a distancia, o podía tener un hijo. Lo deseaba. Era así de sencillo.

Pero implicaba tragarse su orgullo e ir en busca de Anthony. Dada la frialdad que él había demostrado hoy, era indudable que ella debería dar el primer paso. Pero se recordó a sí misma que era sólo temporal. Él debía aceptar esa condición. Aún no podía aceptarlo tal como era, aunque lo hubiese hecho cuando se casaron. La verdad era que ya no deseaba que fuera como antes. Comprendió que era muy egoísta al desear poseerlo solamente para ella. Pero como eso no podía ser, debía mantenerse indiferente, para no olvidar en ningún momento que ella nunca sería la única mujer de su vida.

Antes de que el coraje la abandonara, Roslynn salió bruscamente de la habitación. Cruzó el vestíbulo y llamó a la puerta de Anthony. Cuando lo hubo hecho, la aprensión volvió a apoderarse de ella. Cuando llamó por segunda vez, lo hizo tan suavemente que sólo ella escuchó el sonido de su mano contra la puerta. Pero Anthony había oído la primera llamada.

Willis abrió la puerta, la miró y salió en silencio de la habitación, dejando la puerta abierta para que ella entrara. Ella lo hizo con vacilación y cerró la puerta. Temía encontrarse con Anthony. Miró la cama, vacía pero preparada. Se sonrojó y las palmas de sus manos se humedecieron de transpiración. De pronto comprendió que estaba allí para hacer el amor con Anthony. Su corazón comenzó a latir con fuerza, aunque todavía no lo había mirado.

Él la contemplaba. Había contenido el aliento al verla entrar con su camisón de seda blanca, que se adhería provocativamente a las suaves curvas de su cuerpo. Sobre él llevaba una bata, también de seda, pero de mangas largas y transparentes que dejaban ver sus brazos desnudos. Llevaba los cabellos sueltos, que caían en suaves ondas sobre su espalda. Anthony anhelaba hundir sus dedos en ellos. Y estaba descalza.

Fueron sus pies desnudos los que indicaron a Anthony

por qué estaba ella allí. Sólo había dos motivos que los justificaran. O Roslynn era una tonta al creer que podía torturarlo con su provocativo atuendo y luego huir a su habitación sin que él la tocara, o estaba allí para poner fin a su tortura.

Cualquiera que fuese la razón por la que ella se había introducido en su dormitorio, mostrándose como no lo había hecho durante toda la semana, él no tenía la menor intención de permitir que se marchara. Fuera cual fuese la razón, sus días de celibato habían llegado a su fin.

—¿Roslynn?

Su tono era interrogante. Deseaba saber por qué estaba ella allí. Demonios, ¿acaso debía ella decírselo explícitamente? ¿Acaso no era obvio? Willis lo había comprendido al verla, lo que era bastante embarazoso. Pero Anthony iba a obligarla a decirlo. Debería haber sabido que no sería sencillo.

Al oír su voz, ella se volvió. Él estaba sentado en el diván al que en cierto momento había amenazado con atarla. Al recordarlo, experimentó más vergüenza aún y recordó que él la había obligado a sentarse allí mientras él se mudaba de ropa. Al verlo, y al ver cómo él la contemplaba, no pudo emitir palabra.

Pero su corazón continuaba latiendo con violencia; con más fuerza aún, ahora que lo había visto. Llevaba una bata de color azul plateado sobre los pantalones. Era la misma que usara la noche en que hicieron el amor por primera vez. Los recuerdos la hicieron sonrojar y los nervios anudados en su estómago se convirtieron en algo completamente diferente.

—¿Y bien, querida?

Roslynn carraspeó, pero no le fue de mucha utilidad.

—Pensé... pensé que podríamos...

No pudo terminar; él la miraba a los ojos. Su mirada ya no era inescrutable sino intensa, aunque ella no sabía cuál era el sentimiento que la provocaba.

Anthony perdió la paciencia, aguardando que ella dijera lo que él deseaba oír.

—¿Podríamos qué? Tú y yo podríamos hacer muchas cosas. ¿En qué piensas exactamente?

—Me prometiste un hijo —dijo ella. Luego suspiró, aliviada por haberlo dicho.

—¿Te instalarás nuevamente aquí?

Demonios, ella había olvidado el resto.

—No... cuando lo conciba no habrá motivos para...

—¿Para que compartas mi lecho?

La expresión súbitamente furiosa de él la hizo vacilar, pero su decisión ya estaba tomada. Debía mantenerse firme.

—Exactamente.

—Comprendo.

La palabra sonaba ominosa. Roslynn se estremeció. Nettie le había advertido que a él no le gustaría, pero al ver su mandíbula tensa y la fría mirada de sus ojos azules, comprendió que estaba muy enfadado. Él no se movió. Quizás apretó un poco la copa de coñac que tenía en la mano, pero su voz se mantuvo suave cuando prosiguió hablando... suave y amenazadora.

—Esto no es lo que convinimos originariamente.

—Todo ha cambiado desde entonces —le recordó ella.

—Nada ha cambiado, excepto lo que tu mente imagina.

Ella retrocedió.

—Si no aceptas...

—Quédate donde estás, Roslynn —dijo él ásperamente—. Aún no he terminado de analizar esta nueva actitud tuya. —Dejó la copa sobre la mesa que estaba junto a él y apoyó las manos sobre la cintura. En ningún momento dejó de mirarla. Y luego, con calma, o al menos con autodominio, dijo—: ¿De modo que deseas usar mi cuerpo temporalmente con fines de gestación?

—No necesitas ser vulgar al respecto.

—Trataremos el tema tal como lo merece, querida. Tú

deseas un semental, eso es todo. El problema es que no sé si puedo ser lo suficientemente indiferente como para darte sólo lo que deseas. Sería una experiencia completamente nueva para mí. No sé si soy capaz de funcionar de una manera puramente formal.

En ese momento lo hubiera sido. Estaba tan enfadado con ella que sólo deseaba ponerla sobre sus rodillas y darle una zurra, para tratar de que fuera un poco más sensata. Pero le daría exactamente lo que ella pedía y aguardaría hasta ver cuánto tiempo le llevaba admitir que no era eso lo que realmente deseaba.

Roslynn ya tenía sus dudas. Él lo hacía sonar tan... tan animal. ¿Formal? ¿Qué diablos había querido decir con eso? Si pensaba actuar de una manera indiferente, ¿cómo podría hacerle el amor? Él mismo le había dicho que no podía hacerse, a menos que existiera el deseo. Claro que se lo había dicho cuando le afirmó que no quería a ninguna otra mujer, excepto a ella. Y había sido mentira. Pero aun ahora decía que no estaba seguro de poder hacerlo. Demonios. La había perseguido desde el comienzo. ¿Cómo podía no hacerlo?

Él interrumpió sus pensamientos con una orden.

—Ven, Roslynn.

—Anthony; quizá...

—¿Deseas un hijo?

—Sí —respondió ella con un hilo de voz.

—Entonces, ven aquí.

Ella se acercó a él, lentamente y con cierto temor. No le agradaba verlo así, tan controlado, tan frío. Y sabía que su enfado aún subsistía. Pero su corazón se aceleró con cada paso que daba. Harían el amor. No importaba cómo. No importaba dónde, si bien miró fugazmente la cama vacía antes de mirar nuevamente hacia el diván. Y de pronto recordó la amenaza que le hiciera Anthony la noche en que George y Frances habían estado en la casa; le había dicho que le debía el castigo de atarla al diván. Roslynn se detuvo en seco.

Lamentablemente, ya era tarde. Estaba lo suficientemente cerca de Anthony como para que él pudiera tomarla y hacerla sentar sobre su regazo. Ella trató de volverse para mirarlo de frente, pero él se lo impidió y la colocó como él quería, es decir, de espaldas a él. La posición la puso más nerviosa aún, pues no podía ver el rostro de Anthony. Pero quizás esa era su intención. Roslynn ya no sabía qué pensar.

—Estás rígida como una tabla, querida. Recuerda que esto ha sido idea tuya.

—No en un diván.

—No he dicho que lo hiciéramos aquí... aunque tampoco he dicho que no. ¿Qué importa dónde lo hagamos? Lo principal es descubrir si estoy en condiciones de llevar a cabo el intento.

Dada la posición en que él la había colocado, sentada en su regazo y dándole la espalda, ella no podía saber que él ya lo estaba intentando y que había pensado en ello desde el momento en que ella entró en la habitación. Roslynn percibió que él cogía sus cabellos con las manos, pero no supo que llevaba las sedosas guedejas hasta sus labios, ni que las oprimía contra sus mejillas; no pudo ver cómo cerraba los ojos al sentir los cabellos de ella sobre su piel.

—Anthony, no creo que...

—Shh. —Él tiró hacia atrás la cabeza de Roslynn tomándola de los cabellos y le murmuró al oído—: Piensas demasiado, querida. Trata de ser espontánea alguna vez. Quizá te guste.

Ella se contuvo y no respondió. Él bajó los hombros de la bata de Roslynn, deslizando sus manos por los brazos de ella; luego le quitó las mangas y volvió a deslizar las manos hasta sus hombros. Continuó tocando sus hombros, su cuello, pero ella percibió la diferencia entre esta vez y la anterior. Incluso la noche anterior, cuando había acariciado su brazo desnudo en el carruaje, lo había hecho de una manera diferente. Ella había sentido su ardor como una marca de fuego. Ahora no sintió nada; sólo indiferencia, como si tocara un objeto. Formal... oh, Dios.

No podía soportarlo. Trató de incorporarse, pero él tomó firmemente sus senos y la atrajo nuevamente hacia sí.

—No irás a ninguna parte, querida. Has venido con tus malditas condiciones y las he aceptado. No puedes cambiar de idea... otra vez.

La cabeza de Roslynn cayó hacia atrás sobre el pecho de él. Mientras hablaba, él mantuvo las manos quietas. Habían comenzado a acariciar sus senos. Quizás él no sentía nada, pero ella estaba encendida de deseo. Y aparentemente no podía evitarlo; sus piernas y brazos se tornaron lánguidos y tensos alternadamente.

A Roslynn ya no le importaba la falta de pasión de Anthony. Sus propios sentidos la dominaban. Era demasiado tarde para cambiar de idea. Además, todo era sólo un medio para alcanzar un fin. No debía olvidarlo.

Instantes después ya no podía pensar. Las manos de Anthony recorrían el frente de su cuerpo, con caricias ora suaves, ora violentas, pero ya no indiferentes, si bien ya no percibía la diferencia. Incluso la seda de su camisón que se deslizaba hacia arriba sobre sus piernas era una caricia. Entonces, la mano de él tocó el triángulo de vello y se detuvo.

—Abre las piernas —ordenó él. Su aliento caliente rozó la oreja de Roslynn.

Ella se puso tensa durante un instante, pero las palabras la habían estremecido de arriba abajo. Jadeando, con el corazón acelerado, separó apenas las rodillas. La mano de él se mantuvo inmóvil sobre los rizos rojizos, pero la otra se deslizó debajo de su camisón y tocó sus senos. La seda ya no se interponía entre la mano y la piel.

Volvió a ordenar:

—Más, Roslynn.

Ella contuvo el aliento, pero obedeció y movió sus rodillas sobre las de él, hasta que sus piernas colgaron a ambos lados de las nalgas de Anthony. Pero no era suficiente para él. Separó sus propias rodillas, obligándola a abrir más las piernas; sólo entonces su mano se deslizó hacia abajo e insertó un dedo en ella.

Roslynn gimió y arqueó la espalda. Sus dedos se hundieron en la bata de él. No sabía qué estaba haciendo, pero él sí. Cada gemido de placer que ella emitía era una llama que encendía el alma de Anthony. Él mismo no podía comprender cómo podía aún controlar su pasión avasalladora. Pero no podría continuar haciéndolo.

—No importa, ¿verdad? —Su pregunta fue calculadoramente cruel, para mantener viva su ira—. ¿Aquí? ¿En la cama? ¿En el suelo?

Ella oyó la pregunta. Sólo pudo sacudir la cabeza, respondiendo que no.

—En este momento, podría obligarte a renunciar a todas tus malditas condiciones. Lo sabes, ¿no, cariño? —Ella no pudo responder; sólo lanzó un gemido—. Pero no lo haré. Quiero que recuerdes que tú has escogido esto.

A Roslynn ya nada le importaba; sólo el fuego que la consumía. Tampoco a Anthony. Ella lo había empujado más allá de sus límites.

Sin advertencia previa, la deslizó hacia adelante sobre sus rodillas para prepararse; luego la levantó y la penetró. Ella levantó las manos para tomar la cabeza de él, que era lo único que estaba a su alcance. Él acarició todo el torso de ella, mientras ella se acostó contra él, gozando.

Fue un breve instante, antes de que él le recordara que no se trataba de un acto de amor, sino de algo que se hacía con una finalidad específica. Al diablo con ella y sus condenadas condiciones. Anthony deseaba besarla; hacerla girar y poseerla con toda la pasión y la ternura que sentía hacia ella. Pero no lo haría. Quería que ella recordara ese momento con aversión, para que admitiera que deseaba algo más de él que un hijo.

Teniendo presente esa idea, tomó las manos de ella y las puso sobre los brazos del sillón, obligándola a erguirse; luego se echó hacia atrás y ella quedó a horcajadas de él, con sus cabellos que caían sobre el vientre de él. Ella miró hacia atrás, expectante. Él sabía que ella aguardaba que él comenzara, que la guiara, pues ella desconocía por completo las numerosas posiciones que existen para hacer el amor. Tampoco sabía que, en esa posición, era ella quien debía tomar la iniciativa.

Deliberadamente, Anthony dijo:

—Querías usar mi cuerpo. Lo tienes. Ahora, cabalga. —Ella lo miró, sorprendida, pero él no le permitió protestar—. Hazlo.

Ella se volvió para mirarlo de frente; sus mejillas ardían. Pero eso que tenía en su interior debía ser satisfecho. Y si no lo hacía...

Una vez que halló el ritmo, fue sencillo. Fue sencillo porque era maravilloso y ella controlaba la situación y podía imponer su propio tiempo. Podía mecerse suavemente hacia delante y hacia atrás, o podía elevarse y luego caer con fuerza si lo deseaba, o deslizarse hacia abajo con exquisita lentitud. Pudo satisfacer sus caprichos y controlar la situación... hasta que Anthony se hizo cargo de ella.

No tuvo alternativa. Ella se había adaptado muy rápidamente y estaba excitándolo demasiado; sabía que no podría aguardar a que ella llegara a la culminación. No debía aguardar. Debía frustrarla. No necesitaba experimentar placer para concebir un hijo. Pero no podía hacerle eso, lo mereciera o no.

Anthony se incorporó y la tomó por la cintura para mantenerla quieta. Con la otra mano acarició su pubis. La hizo llegar a la cima y luego la soltó, para que ella concluyera por su cuenta. Ella lo hizo; cabalgó sobre él con tal fuerza y velocidad que los espasmos de placer los envolvieron a ambos, con intervalos de pocos segundos.

Ella cayó sobre él, exhausta, feliz, y él le permitió quedarse allí durante unos pocos instantes; y se permitió el placer de abrazarla durante esos pocos instantes. Pero luego se incorporó y la ayudó a ponerse de pie.

—Ve a la cama... a mi cama. Hasta que concibas dormirás aquí.

La frialdad de su voz hizo cesar la euforia de Roslynn, conmocionándola. Se volvió y vio su expresión suave, su mirada turbia, y pensó que sus oídos la habían traicionado. Luego él desvió la mirada, como si ella le fuera indiferente, y se abrochó los pantalones. Entonces ella comprendió que no se los había quitado. Ni siquiera se había abierto la bata. Ella también llevaba puesto su camisón de dormir.

Sus ojos se llenaron de lágrimas. Anthony los vio y su expresión se tornó colérica.

—No —gruñó—; no lo hagas o te daré una zurra. Has obtenido exactamente aquello que viniste a buscar.

—No es verdad —exclamó ella.

—¿No lo es? ¿Acaso esperabas otra cosa al planificar el amor?

Ella le dio la espalda para que no la viese llorar y se refugió en la cama. En ese momento hubiera deseado regresar a su dormitorio, pero no se atrevió a hacerlo al ver el humor del que estaba Anthony. Pero la vergüenza la invadió y continuó llorando. Él tenía razón. Ella había llegado hasta allí pensando que él le haría el amor como en otras ocasiones. Pero se merecía el trato que le había dado. Y la avergonzaba más aún el hecho de haberlo disfrutado.

Había estado tan segura de su decisión. Oh, Dios, ¿por qué no había escuchado a Nettie? ¿Por qué era siempre tan egocéntrica y sólo pensaba en sus propios sentimientos, sin tomar en cuenta los ajenos? Si Anthony le hubiera hecho esa misma proposición, sugiriéndole que compartiera su lecho hasta que concibiera un hijo, para luego no tener nada que ver con ella, ella se hubiera sentido destrozada y hubiera pensado que él era cruel e insensible... Oh, Dios, ¿qué pensaría él de ella? Ella no habría aceptado una proposición tan ultrajante. Se habría sentido ofendida y furiosa, tal como lo estaba él.

Por lo menos, no la amaba. No quería ni pensar qué sentiría él ahora si la amara. Pero sentía otras cosas respecto de ella: deseo, celos, posesividad...

Roslynn comprendió de pronto que todos esos sentimientos estaban relacionados con el amor. Pero él le había dicho que no la amaba. No; había dicho que era muy pronto para hablar de amor. Aunque nunca la había contradicho cuando ella le dijo que él no la amaba. No podía amarla. ¿Y si la amara? Quizá le hubiera dicho la verdad cuando afirmó no haberle sido infiel. Si así fuera, el comportamiento de ella desde que se casaron había sido imperdonable. No... no. No podía estar tan equivocada.

Se sentó en la cama y vio que él aún estaba en el sillón y que tenía nuevamente la copa de coñac en la mano.

—¿Anthony?

Él no la miró, pero su voz fue cortante y amarga.

—Ve a dormir, Roslynn. Nos aparearemos nuevamente cuando yo lo crea conveniente.

Ella dio un respingo y volvió a acostarse. ¿Realmente pensaba que lo había llamado para invitarlo a aparearse? No, estaba tratando de ser desagradable y no podía culparlo por ello. Era indudable que debería soportar muchas otras cosas desagradables, porque no sabía cómo desligarse de ese nuevo convenio que había concertado con él. Pero no se durmió. Y Anthony no se fue a la cama.

37

A la mañana siguiente, Roslynn bajó apresuradamente a las siete y media de la mañana. Sus mejillas aún estaban enrojecidas a causa de la mortificante experiencia de encontrarse con James al salir de la habitación de Anthony, vestida tan sólo con su bata transparente. James todavía llevaba su ropa de etiqueta; obviamente acababa de regresar de una noche de jolgorio y estaba abriendo la puerta de su dormitorio cuando Roslynn lo vio y él la vio a ella. Él la miró detenidamente, de arriba abajo, y frunció el entrecejo con gesto divertidamente interrogante.

Demonios, ella se había sentido muy avergonzada y, con las mejillas encendidas, había entrado apresuradamente en su habitación. Cuando cerró violentamente la puerta, oyó la carcajada de James. Sólo deseaba acurrucarse debajo de las mantas de su cama y no volver a salir de allí. Una cosa era que James pensara que se había reconciliado con Anthony y compartía nuevamente su lecho, y otra que viera que no era ese el caso, pues ella aún dormía en un cuarto separado. ¿Qué pensaría James? No debería importarle. Tenía demasiados problemas en que pensar para preocuparse por lo que el hermano de Anthony pudiese pensar de su insólito comportamiento.

Uno de esos problemas era el de encontrar las facturas de todas sus compras recientes, antes de que las encontrara Anthony. Ahora comprendía que su deseo de provocarle problemas sólo por rencor era infantil. Y totalmente despreciable para una mujer de su edad. Además, él estaba demasiado enfadado con ella para arriesgarse a encolerizarlo aún más, cosa que ocurriría si descubría la gran cantidad de dinero que ella había gastado en su nombre.

No tenía mucho tiempo. Aunque había dejado a Anthony durmiendo en el diván, él siempre se levantaba temprano para su paseo matinal a caballo. Ella deseaba estar fuera de la casa antes de que él bajara. Ahora que Geordie ya no representaba un peligro y ella podía salir libremente, iría al banco y pagaría esas cuentas personalmente. Cuando llegara el momento de volver a encontrarse con Anthony, por lo menos tendría la conciencia tranquila respecto de eso. Luego meditaría sobre la forma de anular ese horrible convenio que había hecho con él, sin sacrificar su orgullo y sin decirle que aún no le había perdonado sus mentiras. En realidad, consideraba que sería imposible corregir la situación sin que su orgullo sufriera. Ya había dedicado la mitad de la noche a tratar de solucionar el problema, sin resultado alguno.

Al entrar en el estudio de Anthony para buscar las facturas, dejó su bolso y su sombrero sobre una silla. La corta chaqueta de color castaño con hebras doradas y el vestido color castaño que llevaba puestos eran adecuados para las diligencias que llevaría a cabo y estaban de acuerdo con su estado de ánimo, lindante con la depresión y la desesperación que la aquejaban, a causa de la situación en que se había colocado.

En el primer cajón había libros mayores y de contabilidad, y en el segundo, correspondencia personal que no revisó. En el tercer cajón halló lo que buscaba y más aún. Estaba lleno de cuentas; algunas abiertas y otras no. Era típico de las clases acomodadas y no la sorprendió. Las cuentas solían ignorarse, en ocasiones durante meses, a veces indefinidamente, por lo general hasta que llegara el momento oportuno de pagarlas. Las suyas no habían sido abiertas. Lo comprobó con alivio al reconocer los nombres de los cinco comerciantes a los que ella había acudido.

Pero esta vez Roslynn no pudo resistir la tentación de examinar el contenido del cajón. Una cuenta de quinientas libras de un sastre no la sorprendió, pero arqueó las cejas al ver una de un joyero por valor de dos mil. Otra por valor de treinta mil a nombre de un señor Simmons le produjo un gran asombro; y ni siquiera decía de qué se trataba. Y eran tan sólo tres acreedores de por lo menos veinte cuentas que había en el cajón.

¿Estaría Anthony endeudado? Demonios, y ella había planeado aumentar sus deudas de forma considerable. Si hubiera abierto esas cuentas hubiera montado en cólera. Gracias a Dios, como el resto de su clase, había guardado todo, postergándolo para otro momento.

Mientras estaba en el banco se ocuparía de transferir a una cuenta a nombre de él los fondos que le correspondían de acuerdo con el contrato matrimonial. Después debería llevar a cabo la penosa tarea de explicárselo a Anthony, pues si no lo hacía, él nunca sabría que ese dinero estaba a su disposición. Y este no era el momento de hablar con él de dinero. Otro maldito problema que la preocupaba.

—Hola.

Roslynn se sobresaltó y ocultó las cuentas en el bolsillo de su falda, que, afortunadamente, estaba a una altura inferior que la del escritorio, de modo que Jeremy no pudo ver qué estaba haciendo. Afortunadamente, estaba solo. Si hubiera sido Anthony, ella no hubiera tenido excusas para estar allí. Con Jeremy no las necesitaba, pero aun así estaba nerviosa.

—Has madrugado —dijo ella, saliendo de detrás del escritorio y poniéndose el sombrero.

—Derek vendrá por mí. Iremos a una fiesta en el campo que quizá dure varios días.

Estaba sumamente alborotado. Deseó haber conocido a Anthony cuando era tan joven como Jeremy, a quien tanto se parecía. Pero dudaba de que Anthony hubiera sido tan transparente, ni siquiera a los diecisiete años.

—¿Tu padre lo sabe?

—Por supuesto.

Lo dijo muy apresuradamente y el instinto maternal de Roslynn surgió inesperadamente.

—¿Qué clase de fiesta es esa?

Jeremy le guiñó un ojo, lleno de entusiasmo.

—No habrá damas, sino muchas mujeres.

—¿Sabe eso tu padre?

Él rió al ver su gesto reprobatorio.

—Dijo que tal vez asistiera.

Roslynn se ruborizó. Si su padre lo aprobaba, ¿quién era ella para entrometerse? El joven ya era lo suficientemente mayor para... bueno, James seguramente pensaba que lo era. Pero sus hijos no saldrían con mujeres a los diecisiete años. Ella se encargaría de que así fuera... en el caso de que tuviera un hijo.

Suspiró y tomó su bolso.

—Bien, que te... —No, no le diría que se divirtiese. No podía aprobar lo que estaba a punto de hacer, aunque su aspecto fuera el de un hombre adulto—. Te veré cuando regreses.

—¿Vas a salir? —preguntó él, preocupado—. ¿No hay peligro?

—Ninguno. —Ella sonrió—. Tu tío se ha encargado de todo.

—Entonces te llevaremos. Derek llegará muy pronto.

—No, un coche me aguarda y me acompañará un lacayo, aunque sólo iré al banco. Sé bueno, Jeremy —dijo al marcharse, mortificándolo.

304

El viaje hasta el banco no resultó tan breve como pensaba, pero, para exasperación de Roslynn, aún era demasiado temprano. En su impaciencia por salir de la casa, no había pensado en la hora. En lugar de permanecer sentada allí, aguardando, ordenó al cochero que diera varias vueltas a la manzana, hasta que finalmente el banco abrió sus puertas.

El trámite le llevó casi una hora, pues también abrió la cuenta de Anthony. Una suma de cien mil libras, además de un adicional mensual de veinte de acuerdo con el contrato, lo ayudaría a saldar sus deudas. Quizá no le agradeciera esa dote, pero esa era otra cuestión. La mayoría de los hombres lo haría. No sabía si Anthony era como la mayoría.

Al salir del banco Roslynn se distrajo al ver a dos hombres riñendo a puñetazos; era algo que uno esperaba ver en los muelles, pero no allí...

Su pensamiento fue interrumpido por un brazo que la tomó desde atrás por la cintura y algo duro y punzante que se clavó en su costado.

—Nada de juegos esta vez, señora, o le demostraré lo afilado que es esto.

Ella no dijo una palabra. En el primer momento, a causa de la sorpresa y luego a causa del temor. A la luz del día y frente a un banco; era increíble. Y su coche estaba allí, a menos de un metro y medio de distancia. Pero la conducían por detrás del coche, mientras la riña que tenía lugar delante de él llamaba la atención de todos. ¿Habría sido organizada para distraer a los demás? Demonios, si esto era obra de Geordie... pero no podía ser. Había sido advertido violentamente. No se atrevería.

La introdujeron dentro de un viejo coche, con cortinas oscuras en las ventanillas. El individuo subió con ella y luego cerró la puerta. Ella trató de levantarse del suelo, pero una mano ruda la empujó nuevamente hacia abajo.

—No me cree problemas, señora, y todo será más sencillo —dijo él introduciendo un trapo en la boca de Roslynn y atándole las manos detrás de la espalda. Luego miró los pies de ella y decidió no correr riesgos. Ató una soga en torno a sus tobillos. Cuando sacó la daga de la bota de Roslynn, rió—. No tendrá otra oportunidad de usarla contra mi hermano.

Roslynn gruñó interiormente. De modo que era uno de los hombres que habían participado en su intento de secuestro. Un hombre de Geordie. Su primo debía de estar loco para volver a intentarlo. Sabía que ella estaba casada. ¿Qué demonios estaba haciendo? La idea que la asaltó la puso tensa. Ahora querría vengarse por haberlo burlado.

El hombre salió del coche y la dejó tendida en el suelo. Pocos minutos después el viejo vehículo comenzó a avanzar. Roslynn se puso de costado para tratar de sentarse. La mordaza que le habían colocado estaba floja y ella comenzó a empujarla hacia afuera con la lengua. Casi había logrado sacársela cuando el coche se detuvo y oyó que el cochero decía:

—Es suficiente, Tom.

Un segundo después se abrió la puerta y entró otro individuo. Era el que ella había herido con su daga. Su labio sangraba y estaba jadeando. La distracción había sido planificada. Era uno de los pugilistas, que probablemente había provocado una riña con un extraño para que nadie notase que el otro hombre se la llevaba. Y ella se había dejado llevar sin protestar, con un cuchillo apoyado en su cuerpo.

Tom le sonrió al levantarla y sentarla frente a él. Volvió a ponerle la mordaza, meneando la cabeza, divertido. Por lo menos no deseaba vengarse por la herida que ella le había causado la vez anterior, o al menos, así lo parecía. La contemplaba, sonriendo. Finalmente, rió.

—Dios, es usted una belleza. Demasiado para ese canalla que nos paga. —Ella trató de hablar a través de la mordaza, pero fue en vano—. No lo intente. Creíamos que jamás podríamos capturarla, pero aquí está. Pórtese bien y no seremos rudos con usted.

Era la segunda vez que le advertían que no debía crear problemas. ¿Qué ocurriría si los creaba? Era una pregunta estúpida, ya que estaba atada de pies y manos y ni siquiera podía gritar.

38

La introdujeron en el edificio, cargándola sobre el hombro de Tom. Antes de eso, habían aguardado que Wil, el otro hombre más bajo, dijera que no había nadie a la vista. Roslynn experimentó cierto optimismo. La llevaban a un sitio donde alguien podía pasar y preguntarles por qué la trataban de esa manera. Sólo necesitaba dar un fuerte grito y sería rescatada.

En la posición en que se hallaba, con la cabeza hacia abajo, apenas vio una parte del edificio antes de entrar. Luego la llevaron escaleras arriba. Pero en la acera de enfrente se veían casas con fachadas de ladrillo, que parecían pertenecer a una zona residencial de cierta categoría. ¿Sería esa una casa de huéspedes? Era probable, ya que no habría nadie a esa hora de la mañana.

¿De modo que Geordie se había instalado en una zona residencial de la ciudad? Eso explicaba que Anthony hubiera tenido tantos problemas para dar con él, pues había pensado que estaría en un sitio semejante al cobertizo del muelle, adonde la habían llevado la vez anterior. Pero de nada le había servido encontrar a Geordie. Y ella, creyéndose segura, había caído en la trampa. Demonios, despreciaba a Geordie por su terquedad escocesa al no darse por vencido.

Se detuvieron y alguien llamó a una puerta. Luego entraron y dejaron caer a Roslynn en una silla. Ella gruñó; los brazos, atados a su espalda, le dolían terriblemente después del largo y lento viaje hasta allí. Pero olvidó su molestia y miró con furia a su alrededor, buscando a Geordie.

Cuando lo vio de pie junto a la cama, con una camisa en la mano, la maleta abierta sobre la cama como si estuviera haciendo el equipaje, lo miró fijamente, preguntándose quién sería. Pero el cabello color zanahoria...

Roslynn hizo una mueca. Si no hubiera sido por el cabello, no lo hubiera reconocido. Estaba horrible. Tenía el aspecto de alguien que debería estar en cama y no haciendo las maletas para marcharse. Dios, cómo lo había dejado Anthony. Su rostro estaba amoratado e inflamado; tenía un ojo negro, completamente cerrado, y el otro, de color morado, apenas estaba abierto. Su nariz estaba hinchada y torcida. Sus labios estaban cubiertos por costras sanguinolentas. Tenía heridas en el rostro y en la frente, donde la piel se había desgarrado sobre el hueso.

No la miraba. Contemplaba a los dos malandrines que la habían llevado hasta allí, que a su vez lo miraban como si nunca lo hubieran visto. ¿Acaso no sabían que él había recibido una paliza? Demonios, ¿se trataba de un error?

Así era. Geordie arrojó la camisa con un gesto de furia, luego gruñó y apoyó las manos sobre sus costillas. El movimiento brusco le produjo un intenso dolor. Wilbert y Tom Stow permanecieron de pie, inmóviles, sin saber qué pensar. Geordie se lo dijo con voz ahogada por la ira. Apenas podía pronunciar las palabras a causa de sus labios inflamados.

—Idiotas. ¿El muchacho que envié no os entregó mi nota?

—¿Esta? —dijo Tom sacando del bolsillo un trozo de papel—. No sabemos leer, señor —dijo, encogiéndose de hombros y dejando caer la nota al suelo.

Geordie gruñó.

—Esto me ocurre por contratar bodoques ingleses.
—Señaló a Roslynn con el dedo—. Ya no la quería. Se ha casado con el maldito inglés.

Aparentemente, Wilbert y Thomas creyeron que era gracioso y se echaron a reír. Roslynn vio que lo poco que quedaba del rostro de Geordie de color normal enrojecía. Si no hubiera tenido que pasar por una situación indignante, también ella lo hubiera hallado gracioso.

No así Geordie.

—Marchaos; ambos.

Los dos hombres dejaron de reír.

—Después de que nos pague, señor.

Wilbert empleó palabras respetuosas, pero su tono no lo era. En realidad, el individuo bajo y barbudo miró a Geordie con gesto amenazante. El hombre más alto que estaba a su lado hizo lo mismo. Geordie se había callado y Roslynn lo miró sorprendida. Ya no estaba encolerizado; tenía miedo. ¿Acaso no tenía dinero para pagarles?

La verdad era que Geordie apenas tenía el dinero suficiente para regresar a Escocia. Había contado con el dinero de Roslynn para pagar a sus mercenarios. Pero todo el dinero había ido a parar a manos del inglés. No era justo. Y ahora estos dos probablemente lo matarían. En su estado, ni siquiera podría defenderse.

Empujando la mordaza con la lengua, Roslynn logró zafarse de ella.

—Desátenme y les daré su dinero... a cambio de mi daga.

—No la toquéis —ordenó Geordie.

Roslynn, furiosa, se volvió hacia él.

—Cállate, Geordie. ¿Sabes qué hará mi marido contigo cuando se entere de esto? Si vuelve a tenerte entre sus manos quedarás mucho peor que ahora.

Wilbert y Thomas repararon en el significado de «vuelve», pero de todos modos escucharon a Geordie. Habían matado a algunos hombres, pero nunca habían lastimado a una mujer. Este trabajo les había desagradado desde un comienzo y no lo habrían aceptado si el escocés no les hubiera ofrecido lo que para ellos representaba una fortuna.

Wilbert se adelantó y cortó las ataduras de Roslynn con la daga de ella. Luego se la entregó, pero retrocedió rápidamente para quedar fuera de su alcance.

Roslynn se sorprendió al comprobar que había resultado muy sencillo, ya que no tenía ninguna seguridad de que los dos rufianes la obedecieran. Pero lo habían hecho y ella se sentía mucho mejor. Y había estado en lo cierto al pensar que Geordie no tenía dinero. De lo contrario, él les hubiera pagado antes de que la liberaran de sus ataduras. Geordie se sentó en la cama, sosteniendo sus costillas y mirando a los tres cautelosamente.

—¿Cuánto? —preguntó ella, poniéndose de pie.

—Treinta libras, señora.

Roslynn miró a su primo desdeñosamente.

—Eres un tacaño, Geordie. Pudiste ofrecer un poco más a estos individuos tan eficientes.

—Podría hacerlo si te hubieran atrapado antes de que ese canalla se casara contigo —dijo él, colérico.

Ella chasqueó la lengua, satisfecha de haber logrado dominar milagrosamente la situación que tanto temía. Tomó un puñado de dinero de su bolso.

—Creo que esto será suficiente, caballeros. —Entregó los billetes a Wilbert.

Los dos hermanos miraron fascinados las cincuenta libras. Wilbert dirigió la mirada al bolso de Roslynn. Ella se puso tensa.

—Ni lo intenten —les advirtió—. Y si no desean terminar como él —dijo mirando a Geordie— no vuelvan a presentarse ante mis ojos.

Ambos sonrieron a la pequeña mujer que osaba amenazarlos. Pero habían recibido una paga abundante. Si el escocés no hubiera estado tan maltrecho, lo habrían golpeado por haberlos insultado. Dadas las circunstancias, se dieron por satisfechos, y después de inclinar las cabezas sonriendo se marcharon.

Pero al llegar a lo alto de las escaleras, dejaron de sonreír. En ese momento subía el mismo caballero cuya casa habían estado vigilando durante los últimos diez días; el mismo que sin duda era el marido de la dama. Su aspecto no era amenazador; ni siquiera los miró al subir los escalones, pero ninguno de los dos hermanos pudo dejar de pensar que el estado en que se hallaba el escocés era obra de ese hombre.

Wilbert sacó su cuchillo, sólo para sentirse más seguro, pero lo ocultó contra su cuerpo. Si el caballero no hubiera actuado con tanta indiferencia, hubiera resultado peligroso. En realidad, había visto el cuchillo y se detuvo. Suspiró antes de hablar.

—Mierda. Vengan conmigo y acabemos de una vez.

Wilbert miró a Thomas antes de que ambos atacaran al mismo tiempo. Pero el ataque no dio el resultado que ellos esperaban. El caballero se apartó un segundo antes de lo previsto y, apoyando la espalda contra el muro, extendió un pie. Thomas rodó por las escaleras y, antes de que Wilbert comprendiera qué estaba ocurriendo, ya no tenía el cuchillo en la mano. Al ver que lo sostenía el caballero en la suya, corrió escaleras abajo, recogió al dolorido Thomas del suelo y lo arrastró fuera del edificio.

Arriba, en la habitación, Roslynn se paseaba furiosamente ante la mirada amargada de Geordie.

—No existen calificativos para definirte, Geordie Cameron. Me avergüenza que lleves ese apellido. Nunca has estado a la altura de él.

—Y tú lo has estado, ¿verdad?

—Cállate. Por tu culpa estoy casada. Por tu culpa, tuve que casarme, cuando no era lo que deseaba, al menos no de esta manera.

—Y lo has perdido todo, ¿verdad, estúpida? —dijo él—. Y me alegra, ¿me oyes? Ya que no puedo poseer la fortuna de los Cameron, por lo menos sé que él ha logrado quitártela.

Roslynn se detuvo y lo miró con furia.

—¿De qué hablas?

—Él me dijo que había quemado tu contrato matrimonial —respondió Geordie con una mueca similar a una risa—. El muy canalla lo posee todo ahora y aunque muera, no lo recuperarás, porque lo heredará su familia. Qué lindo marido te has agenciado, prima.

Ella estuvo a punto de echarse a reír, pero si Anthony se había molestado en urdir esa mentira, ella no lo desmentiría. En realidad, era brillante, pues hacía creer a Geordie que ya no le quedaba ninguna oportunidad.

—De todas maneras, lo prefiero a ti, primo.

Él trató de ponerse de pie, pero gimió y volvió a sentarse en la cama. Roslynn, lejos de compadecerse de él, lo instigó.

—Debiste marcharte cuando aún podías hacerlo, Geordie. Si mi marido te encuentra aquí, te destrozará. Ya habrás comprobado que es un hombre con el que no se juega. Pero te lo mereces por haber intentado matarlo.

—Sólo estaba tratando de asustarlo para que te dejara. No sabía que ya estabas casada con él. Pero me golpeó por disparar contra él. Me dejó tendido en el suelo y no pude levantarme hasta esta mañana. —Pronunció esas palabras gimiendo—. Pero ya ves que iba a marcharme, de modo que no tienes por qué decirle nada a ese maldito espartano.

¿Espartano? Sí, quizás Anthony pudiese en ocasiones ser comparado con esos hombres austeros, famosos por su estricta disciplina y sus hazañas militares, pero sólo en un sentido superficial. Su autocontrol podía ser desesperante cuando se lo proponía, pero cuando no era así, era tan exaltado como cualquier escocés. Sólo había que mirar a Geordie y recordar que él no había recibido ni un rasguño. El pobre Geordie parecía haber sido aplastado por un caballo, y no simplemente zurrado por un hombre a golpes de puño.

—No pensaba decírselo a Anthony; no si realmente te marchas —dijo ella.

—Eres muy bondadosa, niña.

El sarcasmo la enfureció.

—Si esperas que te compadezca, Geordie, lamento decepcionarte. No puedo hacerlo, después de todo cuanto me has hecho. Trataste de hacerme daño.

—Te amaba.

Esas palabras le provocaron una sensación de asfixia. ¿Era posible? Lo había dicho muchas veces a lo largo de los años, pero ella nunca le había creído. ¿Por qué en esta ocasión sonaban sinceras? ¿O quizás él se había convencido a sí mismo de que era así?

En voz baja, temiendo la respuesta, ella preguntó:

—Si es verdad, Geordie, dime qué pasó con mi madre. ¿Tú agujereaste su barco?

Él levantó la cabeza y luego, lentamente, el resto del cuerpo que estaba tendido en la cama.

—¿Por qué no me lo preguntaste cuando sucedió, Roslynn? ¿Por qué nunca me lo preguntó el viejo? No, nunca dañé su barco. Estaba en el lago buscando lombrices para poner en el guisado. No me acerqué a su barco.

—Pero cuando te lo dijeron te horrorizaste.

—Sí, porque deseaba su muerte. Ese día me había golpeado. Pensé que mi deseo se había cumplido. Me sentí culpable.

Roslynn sintió un malestar en el estómago. Durante todos esos años lo habían culpado por algo que no había hecho. Y él sabía qué pensaban pero nunca se defendió; sólo alimentó su resentimiento. No lo convertía en una persona grata ante ella, pero era inocente.

—Lo lamento, Geordie; realmente.

—Pero no te hubieras casado conmigo de todos modos, ¿verdad? Aun sabiendo la verdad.

—No. Y no debiste tratar de obligarme a hacerlo.

—Un hombre hace cualquier cosa cuando está desesperado.

¿Por amor o por dinero? No lo preguntó. Pero pensó que quizás el testamento de su abuelo hubiese sido distinto si hubiese sabido la verdad. Aunque, en realidad, ella no lo creía. Él siempre había despreciado la debilidad de Geordie, algo imperdonable para un hombre que tenía la fortaleza espiritual de Duncan. Ella no era tan implacable. Y debía liberar su conciencia por haber responsabilizado a Geordie de la muerte de su madre, que ahora comprendía había sido un terrible accidente.

Le dejaría el dinero que tenía en su bolso y con el cual pensaba pagar sus cuentas. Diez mil libras no era mucho comparado con lo que ella poseía, pero le serían útiles a Geordie. Y quizá pudiera emplearlas para abrirse camino, en lugar de tratar de hallar siempre la senda fácil que lo convertía en un ser más débil aún.

Roslynn se volvió para tomar el dinero sin que él la viera. Lo dejaría donde él pudiera hallarlo antes de marcharse.

—Te ayudaré a hacer el equipaje, Geordie.

—No deseo que me hagas favores.

Ella ignoró su respuesta llena de amargura y fue hacia el tocador donde aún quedaban algunas prendas. Las tomó y deslizó el dinero entre ellas antes de guardarlas en la maleta. Cometió un error al acercarse tanto a él. Geordie la tomó por la cintura.

—Ros...

La puerta se abrió y él la soltó. Roslynn nunca supo qué había estado a punto de decirle. Deseaba pensar que se disculparía por todo cuanto le había hecho. Pero ya no importaba. Anthony estaba en la habitación.

—Había tanto silencio que pensé que os habríais matado mutuamente.

Ella no le preguntó por qué estaba allí.

—Según parece, tienes la costumbre de escuchar detrás de las puertas, señor mío.

Él no lo negó.

—Es una costumbre útil y, en ocasiones, fascinante. Él «en ocasiones» se refería a la conversación que había escuchado cuando ella había hablado con Frances. Entonces, a él no le había gustado lo que oyó. Pero en esta ocasión, no pudo haber oído nada que lo enfadara. Su mirada era severa, pero ella ya conocía la diferencia. Estaba enfadado, pero no tanto. Quizá fuera tan sólo un resto del enfado de la noche anterior.

—Como ves, se marcha —dijo ella, avanzando hacia su marido.

—¿Y has venido a despedirte? —respondió Anthony secamente—. Qué amable eres, querida.

Ella no entraría en su juego.

—Si has venido para llevarme a casa, te lo agradezco. No tengo coche.

Ella tuvo la esperanza de que sería suficiente y que él no se ocuparía de Geordie, haciendo una escena de la que no deseaba ser testigo. No quería ver a Anthony en el estado de ánimo que seguramente lo había llevado a golpear a Geordie. Su mirada le hizo contener el aliento. Luego miró a Geordie. Roslynn sabía que su primo debía estar temblando de miedo.

—Me habré marchado dentro de una hora —dijo Geordie.

Anthony continuó mirándolo durante un instante más. Luego saludó con una breve inclinación de cabeza y condujo a Roslynn fuera de la habitación. La tomó del codo con fuerza. Cuando llegaron a la calle, Roslynn sólo vio el caballo de Anthony. Un niño de la calle sostenía las riendas.

Roslynn decidió atacar antes de que lo hiciera él.

—¿Qué hacías nuevamente aquí?

—He venido para llevarte a casa.

—Dirás que has venido a asegurarte de que se hubiera marchado, ya que no podías saber que yo estaba aquí.

—También eso.

Ella rechinó los dientes.

—¿Lo sabías?

—No hasta que te oí decirle todas esas cosas desagradables.

De modo que había estado detrás de la puerta desde el comienzo. ¿Habría dicho algo que él no debía oír? No, creía que no... esta vez, no. Pero igualmente estaba enfadada.

—Mejor hubiera sido que ahuyentaras a sus hombres, que aún vigilaban la casa; desde el parque, sin duda. Me siguieron hasta el banco y...

—Sí, Jeremy dijo a dónde ibas. Imagina mi sorpresa al hallarte aquí.

Lo dijo como si no hubiera creído las palabras de Roslynn.

—Demonios, Anthony. No sabía dónde estaba; ¿cómo hubiera podido encontrarlo aunque lo hubiera deseado? Esos pillos que contrató aún no sabían que él había desistido de su propósito de secuestrarme.

—Es plausible —dijo él, entregando una moneda al niño y montando su caballo.

Ella miró con furia la mano que él le ofreció. No le atraía mucho la idea de sentarse junto a él. Hubiera preferido tomar un coche de alquiler, pero no había ninguno a la vista.

Tomó la mano de Anthony y se encontró sentada entre las piernas de él; las suyas caían sobre los muslos de su marido. Obligada a rodearlo con sus brazos, se ruborizó. Fue un viaje desconcertante; le hizo pensar en su dilema principal. Junto al calor de su cuerpo, aspirando su perfume, sólo podía pensar en la forma en que podría liberarse del convenio que había concertado con él, para volver al lecho de Anthony sin ninguna clase de condicionamientos.

39

El viaje hasta Piccadilly le pareció eterno y, por otra parte, no lo suficientemente largo. Roslynn estaba invadida por una extraña euforia. Sin palabras que la distrajeran, oyendo tan sólo el monótono andar del caballo y los latidos del corazón de Anthony cerca de su oído, le resultó fácil olvidar la realidad y encerrarse en un capullo de bienestar.

Le produjo un gran fastidio ser bajada del caballo para enfrentarse con sus enfadosos problemas. En el momento, se sintió desorientada. Miró el sobre arrugado que estaba a sus pies durante varios segundos, antes de darse cuenta de qué se trataba y de agacharse para recogerlo. Pero Anthony fue más rápido.

Roslynn gruñó para sus adentros. Había olvidado por completo esas estúpidas cuentas. Ya era grave que una de ellas cayera de su bolsillo, pero era peor aún que Anthony la tomara. Y hubiera sido muy afortunada si él se la hubiera entregado sin mirarla. Pero no lo hizo. La abrió.

—Anthony.

Él la miró, arqueando una ceja.

—Está dirigida a mí —dijo él.

Ella comenzó a caminar hacia la casa pero él la tomó del

brazo para detenerla, mientras leía el papel que sostenía con la otra mano.

Cuando habló, su voz sólo expresó curiosidad.

—¿Puedo saber qué haces con esto?

Ella se volvió.

—Es la cuenta de algunos de los muebles que compré.

—Es evidente, querida. Pregunto por qué está en tu poder.

—Pensaba pagarla. Por eso...

Se interrumpió al ver que él dirigía la mirada hacia el bolsillo de su falda. Otro sobre asomaba por allí. Durante el viaje se habían salido de su sitio. Y antes de que pudiera decir otra palabra, Anthony metió su mano en el bolsillo de ella y sacó las facturas restantes.

—¿También pensabas pagar estas?

Ella asintió, pero él no la miraba, de manera que dificultosamente dijo:

—Sí.

¿No hubiera sido entonces más apropiado que fueran enviadas a tu nombre?

Ella no comprendía por qué él tomaba el asunto con tanta serenidad.

—Pensé hacerlo, pero lo olvidé.

—No, no lo olvidaste —dijo él, desanimándola. Luego la confundió al añadir en tono divertido—: No eres muy buena para regatear, querida. Yo podría haber comprado todo esto a mitad de precio.

Guardó las facturas en su bolsillo, tal como ella lo esperaba. No obstante, se irritó.

—Son mis compras —le dijo.

—Pero adornan mi casa.

—Yo las he adquirido —insistió ella—, y pienso pagar por ellas.

—No lo harás. No tenías la intención de hacerlo, de modo que dejemos todo como está, ¿quieres?

Le sonreía. Sonreía.

—No seas terco, Anthony. Ya tienes bastantes deudas. Deseo pagar lo que...

—Calla, cariño —la interrumpió él, apoyando las manos sobre sus hombros—. Supongo que no debí dejar que creyeras que no sabía nada, pero parecías divertirte tanto creándome deudas que no quise estropear tu diversión. —Rió al ver que ella bajaba la mirada con expresión culpable y levantó el mentón de Roslynn—. La verdad es que hubieras podido redecorar cien casas y no me hubiera inmutado.

—Pero no eres rico.

Él rió alegremente.

—Es bueno tener un hermano que es un genio con el dinero. Edward tiene talento para ello. Y se ocupa de las finanzas de la familia, para tranquilidad de todos. Si después del trabajo que te has tomado para redecorar la casa, no te agrada, poseo varias propiedades en zonas vecinas, y también en Kent, Northampton, Norfolk, York, Lincoln, Wiltshire, Devon...

—Es suficiente.

—¿Te decepciona saber que no me casé contigo por tu dinero, querida?

—De todos modos, posees una parte de él, en virtud del contrato matrimonial. Esta mañana coloqué el dinero en una cuenta a tu nombre. —Por lo menos eso estaba aclarado.

Él dejó de reír.

—Irás al banco y lo depositarás para nuestros hijos. Y ya que hablamos del tema, debo decirte que yo te mantendré, Roslynn. Pagaré tu ropa, tus alhajas, todo aquello que adorne tu cuerpo.

—¿Y qué haré con mi dinero? —dijo ella ásperamente.

—Lo que desees, siempre que nada tenga que ver con vestidos, alimentación, casas ni todo aquello que yo deba proveer para ti. Sería aconsejable que me consultaras antes de gastarlo. De ese modo evitaremos futuras discusiones.

El espíritu independiente de Roslynn se sintió ofendido. Su corazón de mujer estaba encantado. Y la palabra «hijos» continuaba sonando en sus oídos. Implicaba el fin de las dificultades entre ambos, si bien no vislumbraba esa posibilidad.

—Si vamos a continuar esta conversación, ¿no sería mejor entrar?

Anthony sonrió ante el tono de voz impersonal de Roslynn. Él había aclarado la situación y además recobró su alegría inicial al comprobar que ella dejaba de lado su rencor. Era una ofrenda de paz. Él también podía hacerla. Afortunadamente, la idea que lo había rondado después de ese viaje en el que estuvieron tan juntos se convirtió en una necesidad.

—El tema está zanjado —dijo Anthony, conduciéndola hacia el interior de la casa—, pero hay otro que debe ser solucionado de inmediato.

A Roslynn se le aceleró el corazón, pero no estaba segura de haber comprendido bien. No quiso hacerse ilusiones hasta que él la tomó del brazo y la condujo hasta su habitación. Aun entonces, después de que él hubo cerrado la puerta, no sabía cuáles podían ser sus intenciones. Él cruzó la habitación, se quitó el abrigo y lo arrojó sobre el maldito sillón que habían ocupado la noche anterior.

Ella frunció el entrecejo al mirarlo. Había aprendido la lección, tal como él lo decidiera. El rencor se agitó en su interior, luchando contra el deseo que la invadía por el solo hecho de estar nuevamente en esa habitación.

—Ven aquí, Roslynn.

Él estaba sentado sobre la cama y se desabrochaba lentamente la camisa blanca. El corazón de Roslynn latió con violencia. Anthony era una tentación inimaginable, pero no creía poder soportar nuevamente su tratamiento «formal».

—Supongo que aún te sientes capaz de simular deseo.

—¿Simular? —Anthony arqueó las cejas—. Ya comprendo. Aún no crees en la espontaneidad, ¿verdad, cariño? Ven y ayúdame con las botas, ¿quieres?

Ella lo hizo porque él aún no había respondido su pregunta y no quería huir hasta tener la certeza. Podía soportar lo horrible, pero no la falta de pasión.

—Estás nerviosa —dijo él al ver que ella no se volvía después de dejar caer la segunda bota en el suelo—. No tienes por qué estarlo, querida. Debes aprovechar la oportunidad cuando se presenta.

Anthony vio que la espalda de Roslynn se ponía rígida y se arrepintió al instante de sus palabras. La noche anterior él había sido claro. Ella no lo olvidaría. Pero no podía repetir esa experiencia.

Él se inclinó para atraparla entre sus piernas; sus manos se deslizaron por las costillas de Roslynn hasta tomar sus senos. Apoyó su mejilla sobre la chaqueta de ella. Roslynn echó la cabeza hacia atrás y arqueó el cuerpo. Anthony, encendido de deseo, la dejó caer sobre la cama y se inclinó sobre ella, manteniendo sus piernas entrelazadas con las de Roslynn.

—¿Simulación, querida? No creo que tú y yo seamos capaces de semejante proeza.

La besó con intensa pasión y Roslynn contuvo el aliento. Era exquisito. Era ese fuego devorador que todo lo consumía y que estaba más allá de todo razonamiento. Olvidó la noche anterior. Ahora la besaba como si en ello le fuera la vida, sin ocultamientos ni reticencias, y su alma de mujer revivió entre sus brazos.

40

—Me marcharé dentro de dos días, Tony —dijo James cuando entró en el comedor.

—¿Necesitas ayuda para hacer el equipaje?

—No seas tedioso, cachorro. Sabes bien que has estado encantado de tenerme aquí.

Anthony gruñó y continuó comiendo su desayuno.

—¿Cuándo lo has decidido?

—Al comprender que tu situación es irremediable. Ya no me divierte contemplarla.

Anthony dejó su tenedor y miró con furia la espalda de su hermano, que fue hacia el aparador y se sirvió el desayuno. En realidad, Anthony consideraba que había hecho grandes progresos en las dos últimas semanas. Bastaba que tocara a Roslynn para que ella cayera en sus brazos. No veía nada de irremediable en ello. Pronto ella admitiría que lo necesitaba tanto como él a ella. Reconocería su locura y mandaría al diablo sus reglas. Pero, hasta entonces, él las respetaría al pie de la letra.

—¿Quieres explicar ese comentario?

James se sentó frente a él y dijo:

—Me gusta esta habitación tal como está ahora. ¿Cuánto te costó?

—Maldición, James.

James se encogió de hombros.

—Es obvio, querido muchacho. Ella comparte tu habitación a todas horas del día, pero cuando no estáis ocultos detrás de esa puerta, actuáis como si fuerais extraños. ¿Qué se ha hecho de tu poder para someter a las mujeres? ¿Es ella inmune a él?

—No es asunto tuyo.

—Lo sé.

De todos modos, Anthony le respondió.

—No es inmune, pero tampoco es como las demás mujeres. Tiene ciertas ideas estrafalarias... la cuestión es que deseo que venga a mí voluntariamente y no sólo cuando sus sentidos están obnubilados por el deseo y no tiene alternativa.

—¿Quieres decir que ella... no va hacia ti, es eso?

Anthony respondió frunciendo el entrecejo. James rió.

—No me digas que aún no has aclarado ese pequeño malentendido acerca de la dulce Margie.

—¿Aún recuerdas su nombre?

Era evidente que Anthony se mofaba, pero James lo ignoró.

—En realidad, la he visto a menudo. Es una delicia. —Pero la verdadera razón por la que había regresado a la taberna era aquella arpía con pantalones—. ¿Nunca has intentado explicárselo?

—Lo he hecho. Pero no lo haré dos veces.

James suspiró ante tanta terquedad, si bien la suya era similar.

—El orgullo es propio de los tontos, muchacho. Hace casi un mes que estás casado. Si hubiera sabido el desastre que causarías, hubiera perseguido a la dama.

—Sobre mi cadáver —dijo Anthony, fastidiado.

—Qué susceptible estás. —James sonrió—. No importa. La has ganado. Pero lo que has hecho después es deplorable. Un poco de idilio no estaría de más. ¿Acaso no quedó fascinada contigo a la luz de la luna?

Anthony tuvo que hacer un esfuerzo para no golpear a su hermano.

—Lo último que necesito de ti, James, son consejos. En lo que concierne a mi mujer, tengo mi propia estrategia, y aunque parezca que no da resultado, lo da.

—Es la estrategia más extraña que he visto; enemigos de día, amantes por la noche. Yo no tendría tanta paciencia. Si no se rinden ante el primer intento...

—¿No valen la pena?

—Algunas valen la pena. Pero para qué tomarse el trabajo, habiendo tantas otras disponibles.

—Pero yo tengo a Roslynn.

James rió.

—De acuerdo. ¿Vale ella la pena?

Anthony sonrió lentamente y James calló. Sí, imaginaba que la pequeña escocesa valía un poco de paciencia. Pero en cuanto a la estrategia de Anthony, tenía la impresión de que cavaba su propia fosa. A James no le sorprendería que, al regresar a Inglaterra, descubriera que la mujer de Anthony tenía mucho en común con la de Jason, que echaba mano de cualquier excusa para eludir a su marido.

Nettie apareció en la puerta.

—Disculpe, señor, pero lady Roslynn desea hablar con usted.

—¿Dónde está? —preguntó Anthony.

—En su habitación, señor. No se siente muy bien.

Anthony hizo una seña a Nettie para que se marchara y luego dijo:

—Mierda.

James sacudió la cabeza, fastidiado.

—¿Lo ves? Tu mujer está enferma, y en lugar de estar preocupado...

—Demonios, James; no sabes qué mierda está ocurriendo, de modo que no te entrometas. Si está enferma, es porque lo ha estado deseando. Lo noté la otra mañana cuando... —Anthony se interrumpió al ver que James arqueaba una ceja—. Maldición. Me dirá que voy a ser padre.

—Ah... pero es magnífico —dijo James, encantado. Al ver que el gesto de Anthony se tornaba aún más sombrío, dijo con vacilación—: ¿No lo es?

—No, no lo es.

—Por Dios, Tony, los hijos son parte del matrimonio...

—Lo sé, idiota. Deseo ese hijo. Pero no las condiciones que trae aparejadas.

James comprendió mal y se echó a reír.

—Es el precio de la paternidad, ¿no lo sabías? Dios, sólo deberás alejarte de la cama de ella durante unos pocos meses. Puedes encontrar consuelo en otra parte.

Anthony se puso de pie y, con voz serena pero helada, dijo:

—Si deseara hallar consuelo en otra parte y si sólo fuera durante unos pocos meses, estarías en lo cierto, hermano. Pero en cuanto mi mujer me anuncie su embarazo, comenzará mi celibato.

James, sorprendido, dijo:

—¿De quién fue esa idea ridícula?

—Ciertamente, no fue mía.

—¿Quieres decir que sólo se ha acostado contigo para tener un hijo?

—Así es.

James bufó.

—Odio decirte esto, querido muchacho, pero tengo la impresión de que tu mujer necesita una buena zurra.

—No; necesita reconocer que está equivocada y lo hará. Pero me sulfura no saber cuándo.

41

Nettie insistió en que debía beber té liviano y tostadas. No era un desayuno muy apetitoso, pero sin duda era mejor que el chocolate caliente y los pasteles que habían provocado los vómitos de Roslynn. Había sospechado la semana anterior, cuando su menstruación se atrasó. Y tres días atrás había tenido la certeza, al sentir un intenso malestar por la mañana, que se disipó al mediodía. Y, a medida que pasaban los días, su estado empeoraba. Esa mañana no había podido alejarse del cuarto de baño durante una hora. Temía qué podría ocurrir al día siguiente, y al día siguiente, por la mañana, se casaba Frances. No estaba segura de poder asistir a la boda y eso contribuía a deprimirla más aún, cuando en realidad debería estar felicísima.

A pesar de que ya había comido una tostada, su estómago seguía revuelto. Tan mal se sentía que le costaba recordar que su mayor deseo era tener un bebé. ¿Por qué no podía ser una de esas afortunadas mujeres que nunca habían sentido náuseas por las mañanas? Y había comenzado tan pronto. Sólo habían transcurrido dos semanas desde que concertara ese infamante convenio con Anthony. Y una semana más tarde había sospechado que estaba encinta, lo que demostraba que no habría sido necesario establecer ese acuerdo, pues lo más probable era que hubiera concebido a su hijo la primera vez que hicieron el amor.

Roslynn puso la taza sobre la mesa que estaba junto al diván en que estaba recostada. Fue un movimiento excesivo. Lo había descubierto con horror la mañana en que Anthony le hizo el amor y su estómago se revolvió. En ese momento había apelado a todas sus fuerzas para no tener que avergonzarse confesándolo de inmediato. Y, egoístamente, se había acostado con él en dos ocasiones posteriores, sin decirle la verdad. Pero ya no podía postergarlo más. Esa mañana, apenas ella salió de la habitación de él, Anthony despertó y la llamó. Las náuseas aumentaban, de modo que ya no podría hacer el amor por las mañanas. Debía decírselo antes de que él lo descubriera y se diera cuenta de que ella estaba ignorando el convenio.

Demonios, cómo odiaba ese maldito convenio. Anthony había sido tan maravillosamente cariñoso durante las dos últimas semanas, al menos en su dormitorio. Le hacía el amor con tanta frecuencia que ella sabía muy bien que no podía hacerlo con otra mujer, que era todo suyo. Cada noche parecía su noche de bodas; él era apasionado y tierno como nunca.

Pero fuera del dormitorio era un hombre completamente diferente; se comportaba con indiferencia o era frío y sarcástico, pero nunca agradable. Y Roslynn sabía que la culpa era del convenio; de esa manera él le hacía saber que estaba disgustado por las condiciones que ella le había impuesto.

Y ahora todo había concluido. Pero ella no deseaba que fuera así. Demonios, se había convertido en adicta a Anthony, pero, por propia decisión, lo perdería. Ella había dicho temporalmente. Dos breves semanas.

—¿Deseabas verme?

No había llamado a la puerta sino que había entrado directamente. No había estado en esa habitación desde la noche en que ella había fingido estar indispuesta. Ahora no fingía.

Anthony miró rápidamente los nuevos muebles antes de fijar sus ojos azules sobre ella. La nerviosidad revolvió el estómago de Roslynn.

—Voy a tener un bebé —dijo ella precipitadamente.

Él permaneció de pie frente a ella, las manos en los bolsillos. Su expresión no cambió. Eso fue lo peor. Al menos pudo haber demostrado alguna alegría ante la noticia. O desagrado. En ese momento, Roslynn hubiera preferido el desagrado. Hubiera preferido que se enfureciese, como la noche en que ella estableció sus condiciones.

—Me alegro mucho por ti —dijo él suavemente—. De modo que han concluido tus viajes a mi dormitorio.

—Sí, a menos que...

—¿A menos que qué? —dijo él, interrumpiéndola adrede—. No es mi intención quebrantar tus reglas, cariño.

Ella se mordió los labios para no maldecir esas reglas en su presencia. De todos modos, no sabía qué había comenzado a decir cuando él la interrumpió. Era obvio que él no deseaba oírlo. Y ella había estado esperando, rogando, que él insistiera en olvidar el convenio y que le exigiera que se instalase definitivamente en su dormitorio. Pero no lo haría. ¿Es que ya no le importaba?

Ella desvió la mirada hacia la ventana y con voz inexpresiva dijo:

—Necesitaré una habitación para el bebé.

—James se marchará dentro de pocos días. Puedes redecorar la habitación.

Ella le había dado una oportunidad. Él pudo haber sugerido que fuera esa habitación. Era más conveniente, pues estaba frente a la de él.

Ella continuó mirando por la ventana.

—También es tu hijo, Anthony. ¿No tienes ninguna preferencia respecto de los colores... o alguna otra cosa?

—Decide de acuerdo con tus gustos, querida. A propósito, esta noche no cenaré en casa. Celebraremos la última noche lúcida de George en el club.

A Roslynn le dolió la forma brusca en que cambió de tema. Evidentemente no tenía interés alguno en el bebé, ni en ella. Él se volvió para salir de la habitación sin añadir nada más.

Cuando salió de la habitación, Anthony golpeó el muro con el puño. En el interior de la habitación, las lágrimas rodaban por las mejillas de Roslynn. Se sobresaltó al oír el ruido, pero no le dio importancia.

Nunca se había sentido tan desdichada, y ella era la culpable. Ni siquiera recordaba por qué había hecho ese estúpido convenio. Ah, sí. Había temido que la frecuencia de las relaciones íntimas con Anthony la llevaran a enamorarse de él. Bien, ya era demasiado tarde. Nettie tenía razón.

—¿Era la noticia que esperabas?

Anthony se volvió y vio a James de pie junto a su habitación.

—Lo era.

—Intuyo que la estrategia no está dando resultado, ¿no?

—Maldición, James. Espero que te marches cuanto antes.

330

42

—¿Por qué no se lo dices, Ros?

—No puedo —dijo Roslynn, bebiendo otro sorbo de su copa de champaña.

Durante la fiesta, que fue una pequeña reunión de las amigas de Frances en la casa de su madre, se mantuvieron apartadas de las demás. No sólo los caballeros podían celebrar la noche anterior a la boda. Pero Roslynn no estaba de ánimo para celebraciones, aunque había llegado a aceptar que Frances estuviera sumamente feliz con ese matrimonio y ella compartía la felicidad de su amiga. Pero no podía demostrarlo.

Lamentablemente, Frances había percibido su depresión y había hecho un aparte para hablar con ella, temiendo que Roslynn aún estuviera en contra de la boda. Sólo podría convencer a su amiga de que no era así diciéndole la verdad.

—Si fuera tan sencillo... —comenzó a decir Roslynn, pero Frances la interrumpió.

—Pero es sencillo. Sólo debes decir «te amo». Dos palabritas, querida, y tus problemas desaparecerán.

Roslynn negó con la cabeza.

—La diferencia, Fran, reside en que esas palabras son

sencillas para ti porque sabes que George te ama. Pero Anthony no me ama.

—¿Le has dado algo que pueda amar?

Roslynn hizo una mueca.

—No. Puede decirse que, desde que me casé, he sido una mujer malhumorada.

—Bien, tenías motivos, ¿no es así? Fue lamentable para sir Anthony, pero dijiste que estabas segura de que sólo se había comportado mal esa única vez. Depende de ti, querida. Puedes hacerle saber que le has perdonado ese desliz y que deseas comenzar de nuevo, o puedes continuar como hasta ahora.

Qué alternativa, pensó Roslynn, todavía resentida. ¿Por qué debía ser ella quien hiciera todas las concesiones? Anthony ni siquiera se había disculpado, y era probable que no lo hiciera.

—Un hombre como sir Anthony no aguardará eternamente —prosiguió Frances—. Lo echarás en brazos de otra mujer.

—No necesita que yo lo haga —dijo Roslynn con amargura.

Frances estaba en lo cierto. Si ella no compartía la cama de Anthony, finalmente lo haría otra. Pero lo sabía cuando estableció el convenio. En aquel momento no quiso reconocer ante sí misma que eso le importara. Aunque le importaba, y mucho, porque lo amaba.

Roslynn regresó a su casa a las once, y acababa de quitarse el abrigo y los guantes cuando la puerta volvió a abrirse y aparecieron Anthony y George. Dobson los miró y suspiró. Roslynn tuvo la sensación de haber presenciado ya la misma escena y no había sido divertida; sólo que esta vez era Anthony quien servía de apoyo al otro. George parecía medio dormido.

—Llegas temprano —dijo Roslynn con tono imperturbable.

—El muchacho se ha emborrachado y ha perdido el conocimiento. Pensé que sería mejor acostarlo.

—¿De modo que lo traes aquí en lugar de llevarlo a su casa?

Anthony se encogió de hombros.

—La fuerza de la costumbre, cariño. Cuando salíamos juntos por las noches, la mayoría de las veces George venía a mi casa. Tiene su propia habitación aquí. Aunque, en realidad, ahora la ocupas tú.

Se miraron largamente, hasta que George dijo:

—¿Qué es eso? ¿Quién ocupa mi habitación?

—No te preocupes, viejo, mi mujer tiene algunas cosas en ella, pero no tendrá inconveniente en sacarlas. ¿No es así, querida?

Roslynn sintió que su corazón palpitaba con fuerza. ¿Habría traído él a George para que ella tuviera que cambiar de habitación? Y la única habitación a la que podía ir era la de Anthony.

—No se moleste por mí, lady Malory.

Ella le entendió perfectamente, si bien farfullaba y no parecía capaz de ubicarla en el espacio; miró a Dobson en cambio.

—No es molestia, George —dijo Roslynn—. Sólo tardaré un momento...

—No tienes tiempo —dijo Anthony—. Pesa mucho y si lo dejo en el suelo, no se levantará. Ve adelante, querida, y toma lo que necesites.

Ella lo hizo rápidamente. Recogió velozmente sus cosas y Anthony dejó caer a George en la cama. ¿La habitación de George? De modo que los sonetos que había hallado allí le pertenecían. Nunca lo hubiera creído capaz de escribirlos. Frances era más afortunada de lo que pensaba.

Salió apresuradamente de la habitación, pues Anthony

había comenzado a desvestir a George. Cuando estuvo en el corredor, miró fijamente la puerta del dormitorio de Anthony. Era eso lo que él deseaba que hiciera, ¿verdad? ¿Dónde podría dormir si no? Jeremy y James probablemente aún no habían llegado, pero lo harían. Y sólo había cuatro dormitorios en la planta alta.

Entró vacilantemente en la habitación, esperando hallar a Willis, si bien lo había visto en pocas ocasiones allí últimamente; sólo acudía cuando Anthony lo llamaba. Pero la habitación estaba vacía. O Anthony había planeado esto o no había avisado a Willis. Además, según las costumbres londinenses, era temprano aún. Willis no esperaría que su amo regresara tan pronto.

Roslynn suspiró, sin saber qué pensar. Pero no desperdiciaría la oportunidad. Ella misma no hubiera podido planearla mejor. No tendría que sacrificar su orgullo, confesando que había sido una tonta. Simplemente le demostraría a Anthony que no le molestaba estar allí, sino que lo deseaba.

Comenzó a quitarse la ropa. Cuando Anthony entró en la habitación, se hallaba en camisa. La miró durante unos instantes y luego se dirigió a su cuarto de vestir. Roslynn se metió apresuradamente en la cama. Deseó que él hubiera dicho algo. Dios, esto le recordaba su noche de bodas. Y estaba tan nerviosa como lo había estado entonces.

Cuando él apareció, sólo llevaba una bata. Ella por lo menos había tenido tiempo de ponerse un camisón. No quería ser tan obvia.

Pero era obvio. Mientras él se dedicó a apagar las lámparas, el deseo encendió los ojos dorados de Roslynn al admirar su hermoso cuerpo. Lo había tenido en grandes dosis últimamente. Pero había descubierto que no era suficiente. Nunca lo sería.

La habitación estaba a oscuras; sólo se filtraba por las ventanas un rayo plateado de luna. Antes de que los ojos de Roslynn se habituaran a la oscuridad, sus sentidos se encendieron. Podía oler el aroma de Anthony cuando él se acercó. Cuando la cama cedió bajo su peso, ella contuvo el aliento. Experimentó la misma sensación de vértigo que siempre la invadía cuando él estaba junto a ella. En un instante se inclinaría sobre ella. Sus labios besarían los suyos, cálidos, exigentes...

—Buenas noches, querida.

Ella abrió los ojos. Demonios, en definitiva, no había planeado el desalojo de la habitación de ella. Se atenía a las reglas que ella le había impuesto; no la tocaría cuando ella quedara encinta. No era justo. ¿Cómo podía hacerlo si ella estaba tendida a su lado, deseándolo más que a nada en el mundo?

—Anthony.

—¿Sí?

Su tono de voz era cortante y la inhibió.

—Nada —murmuró ella.

Roslynn permaneció acostada, contando los latidos de su corazón, y deseando haber bebido más de dos copas de champaña en la fiesta de Frances. Pero había pensado en las náuseas de la mañana siguiente, antes de asistir a la boda. No había imaginado que le sería imposible dormir. La noche anterior había apoyado la cabeza en el pecho de Anthony y había contado los latidos de él. Qué gran diferencia podía haber entre un día y otro. No, no era el día; era su maldito convenio.

No podía ser. Tendría que...

Oyó el gruñido, y luego las manos de Anthony la estrecharon contra su pecho. La besó salvajemente, con una pasión desatada que inflamó a ambos. Roslynn no opuso resistencia. Lo aceptó, feliz y tan aliviada que se abandonó por completo entre los brazos de él. El orgullo no importaba. Lo amaba. Se lo diría, pero no en ese momento. Más tarde, cuando pudiera pensar nuevamente con claridad.

43

Todo parecía conspirar para que Roslynn no pudiera tener un momento a solas con Anthony; incluso ella lo hacía. La noche anterior, después de hacer el amor, ella se había dormido profundamente y, a la mañana siguiente, Anthony la había despertado para decirle que George se había marchado y que ella podía volver a su habitación. Sencillamente, como si la noche anterior no hubiera existido. Y, cuando ella estuvo a punto de hablarle, las náuseas la habían obligado a retirarse rápidamente a su habitación.

Luego se había celebrado la boda y habían asistido al almuerzo posterior, que había llevado casi toda la tarde. Pero Anthony no había regresado a casa con ella. Se había marchado directamente para pasar la última noche con su hermano, y Roslynn se torturó durante toda la noche pensando qué estarían haciendo, pues ninguno de ellos regresó hasta la madrugada.

Y esta mañana había sido despertada apresuradamente para ir al puerto a despedir al *Maiden Anne* con toda la familia. Roslynn estaba de pie junto a Jeremy, mientras los hermanos de James lo abrazaban y le deseaban un buen viaje. Ella le había dado un breve beso de despedida que James no dejó de comentar.

—Imagino que lo echarás mucho de menos, ¿verdad, Jeremy?

El joven sonrió.

—Por Dios, no se marcha por mucho tiempo. Y creo que no tendré tiempo de extrañarlo. Él ha dejado instrucciones. Deberé dedicarme al estudio de forma intensiva, deberé evitar meterme en problemas, cuidar del tío Tony y de ti, naturalmente, y tratar de que él esté orgulloso de mí.

—Estoy segura de que estarás a la altura de las circunstancias. —Roslynn trató de sonreír, pero los olores del muelle comenzaron a hacerla sentir mal. Debía llegar al carruaje antes de marearse—. Creo que ha llegado el momento de que te despidas de tu padre.

Jeremy recibió un fuerte abrazo de James y de Conrad y tuvo que escuchar otra larga lista de lo que debía y no debía hacer. Pero los dos hombres fueron llamados para subir a bordo y Jeremy se vio liberado de los consejos de su padre.

James podía culpar a Anthony de las consecuencias de la borrachera que estuvo a punto de hacerlo olvidar. Llamó a Jeremy para que ascendiera la rampa y le entregó una nota.

—Entrega esto a tu tía Roslynn, pero no lo hagas en presencia de Tony.

Jeremy guardó la nota en su bolsillo.

—No es una carta de amor, ¿verdad?

—¿Una carta de amor? —dijo James—. Vete de aquí, cachorro. Y no olvides...

—Lo sé, lo sé. —Jeremy levantó los brazos, riendo—. No haré nada que tú no harías.

Corrió por la rampa antes de que James reaccionara. Pero cuando se volvió, James sonrió. Conrad le preguntó:

—¿Qué era eso?

James se encogió de hombros, comprendiendo que Connie le había visto entregar la nota.

—Finalmente decidí ayudarlo. Si Tony continúa así, vivirá a los tropiezos.

—Creí que no interferirías —le recordó Connie.

—Bueno, es mi hermano, ¿no? Aunque no debería preocuparme por él después de la mala pasada que me jugó anoche. —Como Connie arqueara una ceja, sonrió a pesar de la jaqueca que lo acosaba—. Se aseguró de que me sintiera terriblemente mal hoy, el muy maldito.

—Pero tú no te resististe.

—Naturalmente. No podía dejarlo beber a solas. Pero tú deberás encargarte de la despedida, Connie. Iré a mi camarote. Avísame cuando hayamos zarpado.

Una hora después, Connie se sirvió una medida de whisky de la bien provista bodega del camarote del capitán y se reunió con James.

—No te estarás preocupando por el muchacho, ¿verdad?

—¿Ese pillo? —James sacudió la cabeza y dio un respingo a causa del dolor de cabeza. Bebió otro sorbo de la bebida que Connie había ordenado—. Tony se encargará de que no se meta en problemas graves. Tú serás quien se preocupe. Deberías haber tenido un hijo propio, Connie.

—Quizá lo tenga. Aún no lo he hallado como te ocurrió a ti. Tal vez tengas otros que desconoces.

—Por Dios, uno es suficiente —dijo James, fingiendo horror y haciendo reír a su amigo—. Y bien, ¿qué novedades tienes? ¿Cuántos han venido de la antigua tripulación?

—Dieciocho. Y no ha habido inconvenientes para reemplazar a los que faltaban, excepto el contramaestre, tal como te dije antes.

—¿De modo que hemos zarpado sin contramaestre? Eso significa que deberás trabajar más, Connie.

—Sí, si no fuera que hallé uno ayer; un voluntario. Él y su hermano querían viajar como pasajeros. Cuando le dije que el *Maiden Anne* no los llevaba, se ofreció a trabajar. Jamás he visto a un escocés tan insistente.

—¿Otro escocés? Como si no hubiera tenido suficiente que ver con ellos últimamente. Me alegra de que tus ancestros escoceses sean tan lejanos que ya no los recuerdes, Connie. Entre la persecución del primo de Roslynn y la de la pequeña arpía y su compañero...

—Creí que lo habías olvidado.

James respondió frunciendo el entrecejo.

—¿Cómo sabes que este escocés conoce algo de navegación?

—Lo puse a prueba. Creo que ha trabajado antes. Y afirma haber navegado como comisario, carpintero de abordo y contramaestre.

—Si es verdad, nos será muy útil. Bien. ¿Algo más?

—Johnny se casó.

—¿Johnny? ¿Mi camarero? —James enfureció—. Dios mío, sólo tiene quince años. ¿En qué estaba pensando?

Connie se encogió de hombros.

—Dice que se enamoró y no pudo alejarse de la pequeña mujer.

—¿Pequeña mujer? —bufó James—. Ese jovencito loco necesita una madre, no una esposa. —La cabeza le dolía nuevamente y bebió el resto de la bebida.

—Encontré otro camarero para ti. El hermano de MacDonell...

James derramó la bebida sobre el escritorio.

—¿Quién? —dijo con voz ahogada.

—Maldición, James, ¿qué te ocurre?

—¿MacDonell has dicho? ¿Su nombre es Ian?

—Sí. —Connie lo miró, furioso—. Dios, no es el escocés de la taberna, ¿verdad?

James ignoró la pregunta.

—¿Miraste bien a su hermano?

—La verdad es que no lo hice. Era un individuo pequeño, callado, que se ocultaba detrás de su hermano. Debí contratarlo, pues Johnny me avisó hace sólo dos días que pensaba permanecer en Inglaterra. Pero no pensarás que...

—Lo pienso. —De pronto, James se echó a reír—. Oh, Dios, Connie, esto es increíble. Regresé para buscar a esa arpía, pero ella y su escocés habían desaparecido de la zona. Y ahora ella viene a mi encuentro.

Connie gruñó.

—Bien, tendrás un viaje placentero.

—No te quepa duda alguna —dijo James con una sonrisa maliciosa—. Pero no la desenmascararemos aún. Antes, deseo divertirme un poco.

—Podrías estar equivocado. Quizá sea un muchacho.

—Lo dudo —dijo James—. Pero lo averiguaré cuando ella comience a cumplir con sus tareas.

Y mientras el *Maiden Anne* se alejaba de Inglaterra, James pensó en esas tareas y en su participación en ellas. Sería sin duda un viaje placentero.

340

44

—¿Vas a salir otra vez?

Anthony se detuvo; estaba poniéndose los guantes.

—Iba a hacerlo.

Roslynn salió de la sala de recibo y se acercó a él. Hacía poco más de una hora que habían llegado. Le había llevado todo ese tiempo reunir el coraje necesario para abordarlo, pero ahora que se presentaba la oportunidad, ese coraje parecía abandonarla. Sin embargo debía hacerlo.

—Desearía hablar contigo.

—Muy bien. —Él señaló la sala de recibo.

—No, en la planta alta. —Él arqueó las cejas, ella se ruborizó y agregó rápidamente—: En mi habitación. —Jeremy estaba en algún lugar de la casa, pero ella no quería que nadie interrumpiera esa conversación—. Allí tendremos la intimidad necesaria... para lo que deseo decir.

—Bien, querida.

El tono de Anthony era indiferente. No iba a ser sencillo. ¿Y si no le importaba? ¿Y si sólo lograba hacer el papel de tonta?

Roslynn subió apresuradamente la escalera y Anthony fue lentamente detrás de ella. Arrastraba los pies; temía que lo que ella dijera no le gustase. Era muy pronto aún para que ella dijese lo que él deseaba oír. Había calculado que todavía tardaría varias semanas en admitir que no le gustaba dormir sola. Entonces no se resistiría cuando él le exigiese que respetase el convenio original y fuese su mujer en todos los aspectos.

Cuando Anthony entró en la habitación, Roslynn ya se había sentado en el diván. Como ese asiento estaba ocupado y la cama estaba fuera de la cuestión, él se sentó en la banqueta que estaba frente al tocador, a escasa distancia de ella. Jugueteó con los frascos de perfume aguardando que ella comenzara a hablar. El trozo de papel que había allí era tan sólo un objeto más, pero cuando lo abrió, reconoció la letra de James.

—Anthony, por favor, mírame. —Él lo hizo y entrecerró los ojos. Ella bajó la mirada—. No sé cómo decir esto... pero cometí un error.

—¿Un error?

—Al poner limitaciones a nuestro matrimonio. Desearía... comenzar de nuevo.

Entonces levantó la mirada. Hubiera esperado cualquier cosa menos ira, pero era indudable que él estaba furioso.

—¿Tiene esto algo que ver con tu súbito cambio de actitud? —Tenía el papel entre los dedos.

—¿Qué es? —preguntó ella cautelosamente.

—No juegues conmigo, Roslynn. Sabes muy bien qué es —dijo él.

Ella adoptó el mismo tono agresivo, olvidando momentáneamente su intento de reconciliación.

—No, no lo sé. ¿Dónde lo has encontrado?

—Sobre tu tocador.

—Imposible. Me cambié de ropa cuando regresé del puerto y eso, sea lo que sea —dijo, señalando el papel—, no estaba sobre mi tocador.

—Pero no puedes probarlo, ¿verdad?

Él estaba furioso a causa de la intervención de James, pero sobre todo estaba furioso con ella. ¿Cómo se atrevía a torturarlo y luego, tan sólo por una nota, admitir que estaba equivocada? No quería su maldita contrición. Quería que ella lo deseara sin condicionamientos. Y lo hubiera hecho. Sólo entonces la habría convencido de que lo había acusado injustamente.

Fue hacia la puerta y la abrió, llamando a gritos a Jeremy. O James le había entregado a ella la nota en el muelle, lo que era dudoso ya que Anthony había estado junto a ella durante todo el tiempo, o se la había dado a Jeremy para que se la entregase. Fuera como fuese, no permitiría que ella le mintiese al respecto.

Cuando el joven asomó la cabeza por la puerta de su habitación, en el otro extremo del pasillo, Anthony le preguntó:

—¿Te entregó tu padre algo para que se lo dieras a mi mujer?

Jeremy gruñó.

—Demonios, Tony. Pensé que te habías marchado. Lo puse... tú no debías verlo.

Anthony hizo un bollo de papel con la nota.

—Está bien, muchacho. No hay problema.

Cerró nuevamente la puerta, frunciendo el entrecejo. Ella no había leído la nota. Eso quería decir que... mierda, él acababa de enfadarse con ella.

La halló de pie, con la mano extendida y los ojos brillantes de indignación.

—Entrégame eso, por favor.

—No —dijo él notando su acento, síntoma de su enfado—. Lo lamento. He sacado una conclusión apresurada. La nota no tiene importancia...

—Eso lo decidiré yo. Si eso estaba sobre mi tocador, estaba dirigido a mí, no a ti.

—Entonces, tómalo.

Extendió la mano, con la palma hacia arriba. Cuando ella se acercó y tomó el bollo de papel, él no le dio la oportunidad de leerlo. Cerró sus dedos sobre los de ella y la tomó entre sus brazos.

—Puedes leerla más tarde —dijo tiernamente—. Primero dime qué has querido decir al afirmar haber cometido un error.

Ella olvidó la nota que tenía en el puño cerrado.

—Te hablaba... de las limitaciones. Nunca debí... imponer condiciones a nuestro matrimonio.

—Así es. ¿Eso es todo?

Estaba sonriendo, con esa sonrisa que tanto la perturbaba.

—No debí acostarme contigo tan sólo por el niño, pero temía habituarme tanto a tenerte que después ya nada me importaría.

—¿Y ha sido así? —Los labios de Anthony rozaron sus mejillas, junto a su boca.

—¿Qué?

—¿Te has habituado a mí?

No le permitió responder. Sus labios se apoyaron sobre los de Roslynn, cálidos, seductores, robando su aliento y su alma. Ella se apartó de él.

—Hombre, si continúas besándome, jamás podré decírtelo.

Él rió, sosteniéndola entre sus brazos.

—Pero nada de esto era necesario, cariño. Tu problema consiste en que has dado todo por supuesto. Supusiste que permitiría que siguieras con esa actitud de no me toques indefinidamente. No era así. Aparentemente, también pensaste que hubiera aceptado cuanta condición pusieras respecto de nuestra relación. También te equivocaste en eso. —Suavizó la noticia con otro beso antes de proseguir—. Odio desilusionarte, cariño, pero sólo toleraría tus exigencias ridículas durante el tiempo que yo creyera razonable. Y sólo te lo hubiera permitido durante un par de semanas más.

—¿Y si no?

—Me hubiera instalado aquí.

—¿De veras? —dijo ella, pero estaba a punto de sonreír—. Supongo que sin mi permiso.

—Nunca lo sabremos, ¿verdad? —Él sonrió—. Bien, ¿qué más deseabas decirme?

Ella trató de encogerse de hombros, pero no resultó. Sus sentidos la traicionaban al estar tan cerca de él, ver su mirada tierna, sus labios junto a los suyos.

—Te amo —dijo ella; luego, cuando él la abrazó con tanta fuerza que apenas pudo respirar, gimió.

—Oh, Dios, Roslynn, temí que nunca lo dijeras. ¿Es verdad? ¿A pesar de lo estúpido que he sido durante casi todo el tiempo?

—Sí. —Ella rió, ebria de felicidad ante su reacción.

—Entonces, lee la nota de James.

Era lo último que ella esperaba escuchar en ese momento. Cuando él la soltó y retrocedió, ella lo miró con desconfianza. Pero abrió la nota; la curiosidad era demasiado grande. El mensaje era breve y estaba dirigido a ella.

Dado que Tony es demasiado terco y no te lo dice, pensé que deberías saber que esa pequeña ramera de la taberna, que tú pensaste había seducido a Tony, pasó la noche conmigo. Quizás ella escogió a Tony, tal como lo hiciste tú, pero no tuvo inconveniente en conformarse conmigo. Has estado equivocada respecto de él, querida niña. Creo que te ama.

Cuando Roslynn miró a Anthony sus ojos estaban húmedos de llanto. Él la tomó nuevamente entre sus brazos.

—¿Podrás perdonarme alguna vez, Anthony?

—Tú me has perdonado, ¿no es así?

—Pero no eras culpable.

—Calla, cariño. Ya no importa, ¿verdad? Sigues siendo la única mujer que deseo desde que te conocí, cuando te vi espiando hacia el salón de baile de los Crandal y mostrándome tu dulce trasero.

—¡Anthony!

Él rió y la abrazó con más fuerza para impedir que ella lo golpeara.

—Bueno, es vendad, querida. Me cautivaste totalmente.

—Eras un libertino.

—Aún lo soy —dijo él—. No querrás que me convierta en un hombre serio y formal, ¿verdad? No te gustaría hacer el amor sólo en la oscuridad, adecuadamente vestidos para que la piel no se toque, excepto en las zonas necesarias... ¡Ay! —Ella lo había pellizcado—. No bromeo, querida. —Rió—. Es probable que Warton te hubiera hecho el amor de esa manera. Por supuesto, hubiera muerto a causa de ello... bueno, bueno, no más pellizcos.

—Entonces habla en serio.

—Pero lo hago, mi niña, muy en serio. —Sus dedos se deslizaron entre los cabellos de Roslynn, haciendo caer sus horquillas por todos lados y sin dejar de mirarla a los ojos—. Fuiste mía esa primera noche en que viniste hacia mí bajo la luz de la luna. Me hechizaste. ¿Sabes cuánto deseaba hacerte el amor allí mismo, en el jardín de los Crandal? ¿Qué sentiste tú, cariño?

—Lamenté... no poder tenerte.

—¿Lo lamentaste? —preguntó él tiernamente. Sus pulgares acariciaron las mejillas de Roslynn y sus labios rozaron apenas los de ella—. ¿Me deseas ahora?

—Siempre te he deseado, Anthony —murmuró ella, rodeándole el cuello con los brazos—. Pero no quería desearte. Temía no poder confiar en ti.

—¿Confías en mí ahora?

—Debo hacerlo. Te amo... aunque tú no me ames...

Él apoyó un dedo sobre sus labios.

—Oh, mi hermosa y tonta niña. ¿No leíste la nota de mi hermano? Toda mi familia sabe que te amo aunque no se lo haya dicho. ¿Por qué no lo sabes tú?

—¿Me amas? —preguntó ella con un hilo de voz.

—¿Me habría casado contigo si no te amara?

—Pero, ¿por qué no me lo dijiste?

—Tú no querías casarte conmigo, cariño —le recordó él—. Prácticamente, tuve que obligarte. Y cuando accediste, hiciste todo lo posible para mantenerme a distancia. ¿Acaso me habrías creído si te hubiera confesado mi amor? Roslynn, ¿por qué otro motivo me habría casado contigo?

—Pero... —No había peros. Ella lo besó una y otra vez; su corazón estaba a punto de estallar de alegría.

—Oh, Anthony, me alegra tanto que haya sido así. Y jamás, jamás volveré a comportarme como una tonta, lo juro...

Entre un beso y otro, él dijo:

—Puedes ser una tonta... cuando se te antoje... siempre que no dejes de amarme.

—No podría, aunque quisiera. ¿Y tú?

—Nunca, cariño. Puedes estar segura de ello.

45

—Tengo entendido que debo felicitarte —dijo Nicholas cuando se reunió con Anthony en el jardín para fumar. La cena de los domingos en casa de Edward había reunido a todo el clan, exceptuando a James—. ¿No crees que eres algo mayor para iniciar una nueva familia, Malory?

—¿Cuándo irás a Knighton's Hall, Montieth? —respondió secamente Anthony.

Nicholas rió, ignorando la burla.

—Desde que Roslynn se lo dijo, Reggie no habla de otra cosa. Ahora desea tener otro hijo.

—Será un tanto difícil, ¿verdad? Según James, has caído en desgracia.

—Oh, no suele ser duradero, amigo —dijo Nicholas con una sonrisa irritante—. Tu sobrina posee el famoso carácter de los Malory, pero no es insensible. Además, no le gusta dormir sola.

Anthony lo miró ceñudamente. Aún no podía concebir que su pequeña Regina ya era una mujer... con un marido libertino. Debería haber propinado un puñetazo a Montieth por ese comentario. Pero toda la familia se ensañaría con él si lo hiciera, y Regina sería la primera.

—Uno de estos días, Montieth, lograrás gustarme. Pero no será pronto.

Nicholas se echó a reír y Anthony entró en la casa. Regina lo alcanzó en el vestíbulo para tratar de disipar su irritación.

—¿Has visto a Nicholas, Tony?

—Preferiría no haberlo visto, pero está en el jardín.

—¿Habéis vuelto a discutir? —preguntó ella con el entrecejo fruncido.

—¿Qué puedo decirte, gatita? —Se encogió de hombros y luego añadió deliberadamente—: Pero habrás observado que me he ido. Últimamente se ensaña conmigo.

—Por favor. ¿Cuándo os llevaréis bien vosotros dos?

—Somos demasiado parecidos, mi niña, y lo sabemos. Pero hazme el favor de llevarlo al interior de la casa, ¿quieres? Me apetece pasear con mi mujer, y sería agradable gozar de cierta intimidad.

Anthony sonrió cuando Regina se alejó. Probablemente, Montieth caería nuevamente en desgracia esa noche y el pobre tonto ni siquiera sabría cuál había sido su error. Rió al pensar en ello. Uno de esos días Regina comprendería que él y Nicholas disfrutaban de sus discusiones. Por ahora, Anthony se consideraba vencedor.

Vio que Roslynn había sido acaparada por Edward y, al acercarse, oyó sus últimas palabras.

—Pero no deseo duplicar mi dinero. Demonios, ¿qué haría con tanta cantidad?

—Debí advertirte, cariño, que Eddie te acosaría. No puede ver dinero estático.

Edward se defendió.

—Bueno, es ridículo, Tony. Nadie posee demasiado dinero. Debéis pensar en los niños, y...

—Y estoy seguro de que Roslynn te permitirá administrar su fortuna, siempre que llegue a saber a cuánto asciende.

—Eso es injusto —protestó Roslynn—. Sé exactamente cuánto poseo; sólo que no puedo recordarlo con precisión.

—Ambos hombres rieron, mortificándola—. Muy bien. Mi abogado te hará una visita, Edward. Quizá debería interesarme en esta cuestión.

—Oh, Dios, mira lo que has hecho, Eddie —se quejó Anthony, fingiendo horror—. No quiero que llenes su mente de cifras.

—No, sólo deseas que esté llena de ti —se burló Edward.

—Así es. —Anthony sonrió descaradamente—. Ven, querida; veremos si puedo dirigir tu interés hacia otra cosa.

Anthony la condujo lejos de la casa, hasta que sólo la luz de la luna iluminó el sendero. Junto a los rosales la abrazó y apoyó su mentón sobre el hombro de ella.

—¿Realmente deseas involucrarte en el imperio que te legó tu abuelo?

—No, pero me alegra que por lo menos me lo hayas preguntado. —Ella sonrió y apoyó sus brazos sobre los de él.

—Sólo deseo verte feliz, Roslynn, pues tu felicidad es la mía.

Ella giró entre sus brazos y apoyó su mejilla contra el pecho de Anthony. Lo amaba tanto que no cabía en sí de gozo. Uno de sus dedos dibujó círculos sobre el suave terciopelo azul de la chaqueta de él.

—Hay una cosa —dijo ella en voz baja.

—Lo que tú digas, cariño.

Hubo un prolongado silencio antes de que ella preguntara:

—¿Podríamos tratar de hacerlo nuevamente en el sillón?

La risa encantada de Anthony llenó Grosvenor Square, más allá del jardín.